JN098451

CHARACTER
フリンダ
妹のブランに歪んだ愛情を
向けるやべー貴族。
ドロテア
勇者とともに魔王を倒した強大な
魔法使い。冷徹で打算的なやべー
女だが純情な一面も。
カロリーナ
高飛車でわからせたすぎる
やべー姉弟子。
ニオ
ドロテアの弟子で勇者パーティの
荷物持ち。魔王の呪いを利用して
師匠の肉体を狙うイカれた男。
ブラン
勇者パーティの一員の半吸血鬼。
獲物を狩るのも自分が狩られるの
も同じに考えるやべー戦闘狂。
慈母の闇
魔族を統べる
やべー三大魔王のひとり。

VN
Variant Novels
魔王の呪いで淫乱化した
勇者パーティを、
荷物持ちの俺が
堕とす話
著 名無しの夜
イラスト 平沢Zen
MAOU NO NOROIDE
INRANKA SITA
YUSHAPARTY WO
NIMOTUMOCHI NO
ORE GA
OTOSU HANASI
TAKESHOBO

MAOU NO NOROIDE INRANKA SITA YUSHAPARTY WO
NIMOTUMOCHI NO ORE GA OTOSU HANASI

CONTENTS

プロローグ

俺に組み伏せられた女が熱い吐息を繰り返す。果実のような乳房、その先端が服の一部をぷっくらと盛り上げ、女の発情具合を一目で分からせた。

「し、師匠、本当にいいんですね」

「んっ♡　ハァハァ……い、いいわけあるか。でも、あっ♡　し、仕方ないだろ。こうでもしなきゃ、あっ♡　わ、私がもたないんだよ」

紫電（しでん）のドロテア。当代最強の魔術師として多くの尊敬と畏怖（いふ）を集め、勇者パーティーでもその実力を証明し続けた彼女が、荷物持ちしか能がないと言われた俺の下で牝（めす）の顔を浮かべている。

「も、もう我慢できません。いいんですね？　本当にいいんですね!?　もう止まりませんからね。後で怒るとかなしですよ！」

「い、言いながら、ハァハァ……ふ、服を、あっ♡　ぬ、脱がすな」

獣欲を刺激する、肩が大きく露出した衣服。その胸元を下げようとしたら師匠は嫌そうに身を捩（よじ）った。ローブのスリットから覗く生足が、ただでさえ妖艶な女の姿をより妖しくする。

「ここまできて脱がすなはないでしょ！　脱がすなは！」

「あっ!?　こ、コラ！　ニオ。な、なにやってるんだい？」

そうだ。今こそずっと脱げそうで脱げなかったこの嫌らしい服を下ろして、師匠のたわわな果実を白日の下に晒すのだ。

使命感に燃える俺は師匠のささやかな抵抗をねじ伏せた。そしてその胸元に手を掛ける。

プルン、と際どい服から果実のごときオッパイがこぼれた。

「き、きたぁあああ!!　見えそうで見えなかった師匠の乳首が……ついに、ついに!!　ってか何だこれ？　娼館のお姉様達とは比べものにならないくらい真っピンクなんだが？」

大きくて張りのある乳房。その先端にあるチェリーに俺は舌を――

「いい加減に……」

ガシリ、と顔を掴まれた。

「しないか！」

「いてて!?　痛い！　痛い！　痛いですって師匠!!」

魔力で強化しているのか、ピアニストのように繊細な女の五指に、今にも顔を握り潰されそうだ。

「マ、マジでやばいですから！」

「だ、黙れ！　この……ハァハァ……ば、馬鹿弟子がぁ！　アンタは余計なことをせずにさっさと挿れて、あっ♡　だ、出すもん、んぁ!?　だ、出せばいいんだよ」

「で、でも師匠、セックスに準備は大切ですよ？」

「じゅ、準備は……んっ♡　で、できてる。知っている、あっ♡　だ、だろう」

確かにピンと勃ったピンク乳首を見るまでもなく、師匠のアソコがトロトロ状態なのは知っている。俺は師匠のアイアンクローから抜け出すと、改めて快楽に体を火照らせた女を見下ろした。透き通るような白い肌に浮かぶ玉のような汗。俺の視線がその肌を這う度に、師匠はどんな時も余裕を崩さない妖艶な美貌を赤く染めて、ビクリと切なそうにその体を震わせる。

「ジ、ジロジロ見すぎだ、馬鹿弟子」

ブラジャーの代わりに女の両手が乳房を隠す。いつも自信満々の師匠から漂うちょっと不安そうな雰囲気がまた股間にズキュンときた。

「マジで発情しまくってるんですね。これが魔王の淫獄の呪い」

「ハァハァ……そ、そうだよ。そうでもなきゃ、ん♡　だ、誰がお前程度の男に股なんか開くものか」

そう言われると悲しいものがあるが、実際魔王討伐で俺がやったことといえば荷物持ちぐらいなのだから、言われても仕方ない。

「それにしてもあの魔王、いくら師匠達のパーティーが俺以外女しかいないからって、こんな呪いをかけるなんて……。なんて素晴らしい、いや違った。けしからん奴なんだ」

「あと少しで、んっ!?　レジストできたのに、流石は三大魔王の一角だ。クソ、本当に……ハァハァ……や、やっかいなものを、あっ♡　く、くらったね」

異性を求めて淫乱になった挙句、どれだけ交わろうが満たされることなく、死ぬまで快楽に溺れ続ける。それはまさに性を操る魔王に相応しい恐るべき呪い。

今際の際、魔王が咄嗟に放ったその呪いを師匠がレジストしたのだが、完全には防げずにこうして肉欲にその身を火照らせている。

「安心してください師匠。俺とヤれば呪いは緩和される。そうですよね？」

唯一その場にいた男の俺には呪いに対する術的な耐性ができており、師匠はそれを求めて今まさに俺とセックスしようとしているのだ。まったくもって何て素晴らしい呪いなのだろうか。ありがとう魔王様。

「せ、正確には精液だ。お前の、んっ!? せ、精を体内に取り込めば、呪いは中和される……と思う。それを確認するためにも、ひゃ!? あ、ああっ♡ くっ。さ、さっさと……ハァハァ……い、挿れろ、馬鹿弟子」

「分かりました。不肖この荷物持ちのニオ、呪いの緩和という使命を果たすため、師匠の中に挿入します。そのためにも……」

師匠のローブ、そのスリットに手を突っ込んで紐パンの上から淫部を撫でる。湿った感触。

「うわ。めちゃくちゃ濡れてますね」

「んっ♡う、うるさい！」

股間の濡れ具合を指摘されて、ただでさえ赤い師匠の顔がさらに赤くなった。ここで余計なことを言って万が一にもヤれなくなると困るので、俺は黙って師匠の足、そのスリットの隙間から挑発的な顔を見せるパンティの結び目を解く。続いてローブを捲り上げ――

「ショーツだけでいいだろ」

「そ、そんな！？」

ここまできて生オマ×コ見れないとか……いや、ここは我慢だ。ヤるためにグッと我慢だ。

そんなわけで俺は師匠を素っ裸にしたい欲求をグッと堪える。でもただでは引けないので、発情した淫乱女の脚をＭ字に開いてやった。

「くっ！？　ハァハァ……んっ♡　こ、この私が、ク、クソ」

荷物持ちに股を開かされた女の唇が悔しそうにキュッと引き結ばれる。俺はそんな師匠の濡れ濡れオマ×コに先走り汁にまみれた亀頭をあてがった。

女の妖艶な肢体がビクリと震え、驚いたことに目尻に涙まで浮かぶ。

どんな時も悠然と構え、機嫌が良いときはそのナイスボディで俺の心を弄ぶあの師匠がこんな顔をするなんて、そんなに俺とのセックスが嫌なのだろうか？

悲しい。だが、だからこそ――

「も、燃える！」

ズブリ！　とかつてない興奮にそそり勃った俺のチ×ポが、ついに師匠のオマ×コを貫いた。そしてそのまま一番奥深いところを目指して、ズブズブと牝穴を掻き分けていく。

「ぐっ!?　ん、あっ!?　あぁぁああっ♡♡　あっ!?　う、うう～!!」

「すげぇえぇ!!　し、師匠のアソコ、メッチャしまるぅうう！」

魔王の呪いの影響なのか、師匠のオマ×コの締め付けは凄まじく、まるで俺のチ×ポを握り潰そうとしているかのようだ。

「し、師匠……キ、キスしましょう。キス」

「ハァハァ……は？　なっ!?　何を言って……やめっ!?　は、離れろ馬鹿弟子！」

「ぐはぁ!?」

高慢ちきな師匠の口にむしゃぶりつこうとしたら、ぶん殴られた。それもグーで。

「し、師匠？」

「んっ♡　ハァハァ……そ、挿入だけと、んっ、やっ!?　い、言っただろうが。そ、それ以外の、あ、ああっ♡　こ、行為は、んっ♡　み、認めない」

「なっ!?　紫電のドロテアともあろうお方がなんてケチ臭い。そんな処女みたいなこと言っ……ん？」

ちょっと気になることがあって、挿入したまま女のオマ×コを隠す邪魔なローブを捲ってみる。するると驚いたことに師匠のアソコから赤いモノが流れているじゃないか。

「あの……師匠？　つかぬことをお伺いしますが、師匠は今までどれくらいの男にこの最高のオマ×コを提供してきたのでしょうか？」

「ふ、ふん。さぁ、ひゃっ!?　ね。ハァハァ……あっ♡　ああっ♡　あ、当てて、んっ♡　み、みな」

それはいつも俺をからかう時の挑発めいた言葉。だが今日は悩む必要など皆無だった。だって答えが目の前にあるし。

「うおおおっ!?　マ、マジか？　俺が、俺が師匠の初めての男？」

興奮に激しく腰を振れば、互いの肉がパァンと淫らな音を立てた。

「んぁあああ!?　なっ!?　なんだ急に。んっ♡　ま、まて、ちょっと、ま――」

「無理です。無理ですよ師匠」

パァン、パァン。パァン、パァン。

「ふぁ!?　あっ♡　んんっ♡　ああああっ♡♡」

「その顔最高!　オッパイも最高!　何から何まで最高ですよ、師匠」

パァン、パァン。パァン、パァン。

「ふぁあああ!?　ば、馬鹿弟子!　調子に、くっ、あっ♡　の、乗るな!!」

「そんなこと言っても、これは乗るでしょ!　調子、乗っちゃうでしょう」

ピストン運動に合わせて、白いシーツの上で紫の髪が妖しく乱れ、師匠のたわわな乳房がこれでもかと上下に揺れる。

ヤベェ、なんてエロいオッパイなんだ。これに手を出さないなんて嘘だろ。

「ハァハァ……だ、だから、んぁ♡　か、勝手に触るなと、ん、んんっ!?　い、言っている」

パシン!　と乳房に伸ばした手が叩き落とされた。

「ちょっ!?　ま、まさかオッパイ揉むのもなしとか言うんですか?」

「あ、当たり前だ!　だ、大体、か、勝手に服を、あっ♡　お、下ろすだけでも、あ、あ、ありえ、んぁ!?　ないん、だよ。ハァハァ……本当なら眼を、ひゃ♡　く、くりぬく、んっ♡　と、ところだ」

怖いこと言ってるけど、この人なら本気でやりかねない。一瞬ヒヤリとしたものが背中を走るが、紫電のドロテアの艶姿を前に、所詮それは一瞬にすぎなかった。

「そ、それでも俺、ドロテア師匠のオッパイを揉みたいんです」

「なっ!? だ、だから駄目だと言っているだろう」

パシン！ パシン！

オッパイを求めて欲望のままに手を伸ばしては次々に迎撃される。だがいかに勇者パーティーの一員といえども、この体勢で俺の手を全て払うなんて無理に決まってる。

パシン！ パシン！

パシン！ パシン！

む、無理に決まって……

よし、分かった。認めようじゃないか。チ×ポをオマ×コに突っ込んだこの状況でも俺は師匠には勝てない。

「流石です、師匠」

「ハァハァ……よ、ようやく諦めたか、この荷物持ちしか、んっ♡ と、取り柄のない、馬鹿弟子が」

「はい。所詮俺は有り余る魔力を体力に変換するしか能のない男です」

そう、それこそがドロテア師匠が俺を弟子にした理由であり、同時に荷物持ちしか出来ないと匙を投げられた原因でもあるのだ。

どうも俺の潜在魔力はかなり大きく、それこそドロテア師匠に匹敵、あるいは凌駕するほどのものらしい。だがその巨大な魔力を俺は自身の体力に変換することしかできず、結果体力だけは超一級の凡人ができあがってしまったのだ。

「そ、そうだよ。ハァハァ……こ、この荷物持ちが！　み、身のほど、んぁ!?　あっ、ああっ、く、んっ♡　知らずな……こ、ことを、あっ♡　言ってないで、さっさと、んっ♡　す、すませな」

「はい。了解です、師匠」

正面切ってヤり合っても勝てないのなら仕方ない。俺はいつものように師匠の指示に素直に従った。そう、素直にね。

パァン、パァン。パァン、パァン。

「んんっ!?　あっ♡　やっ!?　あ、ああっ!?」

パンパンパン！　パンパンパン！

「ふぁあああ～!?　は、はひゃい!?　ハァハァ……ま、まだなの、か？　まだ、で、でなひっ!?の、のか？」

「まだです。まだまだです」

キスも出来ず、オッパイも触れない俺は、唯一許されたピストン運動に全力を注ぐことにした。

パンパンパン！　パンパンパン！

「くぅあああ～♡　あっ、ああっ♡　な、なヒィが、く、くひゅ！　ま、まひぇ！　まっ――」

もちろん待ちません。

パンパンパン！　パンパンパン！

「ウヒャああああ～♡♡」

師匠の身体が大きく震え、俺のチ×ポを咥えた膣から潮が吹き出した。

「へへ。イキましたね？　俺にオマ×コ突かれてイキましたね、師匠」

「ふぁああああ♡♡　イ、イッひゃ、イッひゃから。ハァハァ……だ、だからお前も、は、はひゃく、だ、だひぇ!!」

「分かってます。出しますよ！　俺の子種を師匠の中にぶっぱなしますよ！」

そうして俺はあの高慢ちきで、でもちょっぴり優しい時もある師匠の一番奥深くに精を放った。

「んぁああああ!?　で、出てひゅうう～♡♡　ニ、ニオのが、わ、私の、ひゃ!?　な、な、ながにぃ、く、くひょおおおお♡♡♡!!」

嫌々する子供のように首を振るドロテア師匠。俺はチ×ポが抜けないようにそんな師匠のエロボディをがっしりと掴んだ。

「どうですか、師匠。荷物持ちに種付けされる気分は？　ちなみに俺は最高の気分です」

「んぁああああ!?　ま、まだ止まっ、ああん♡　い、いや、くっ、こ、この……ハァハァ……ば、ばかでひゅが～。どれだけ、んぁ♡　だ、だひゅぎだぁ!?」

「へへ。感じてますか？　俺の精液が師匠の膣を一杯にしていくのを感じていますか？」

師匠め、中出しで明らかに動揺してるな。これは……今なら触れるな。その直感を信じ、俺は師匠のオッパイを鷲掴んだ。

「ひゃああ!?　き、きひゃまぁ！！」

「おおっ!!　これが師匠のオッパイ。スゲェ！　想像してた通り、いや、それ以上だぜ」

「や、やめひょ！　さ、さひゃるな！　わ、私の胸に、あっ♡　さ、さわ、んっ!?　るなぁ〜」

「マ×コで俺のチ×コを咥えておいて、何言ってるんですか。もう余計なことは考えず、一緒にセックスを楽しみましょうよ」

片手だけじゃあ足りねぇ。両手だ。両手で揉みまくってやる。

「んぁっ♡　あっ!?　ああっ♡♡に、ニオ、今すぐ、んっ♡　は、はなせ!!」

「ハハ。すげぇ、弾力。それに先っぽのこのコリコリ具合。感じてるんでしょう？　ほら、師匠。そんな怖い顔してないで素直になってくださいよ。俺にデカパイ揉まれてイキそうなんでしょう？言ってくれればもっと気持ち良くしてあげますよ」

師匠のメロンオッパイ、これでもかと勃起したその先端を指でギュッとつまもうとしたら——

ポキリ。

激痛。それと同時に右手の中指がありえない方向にへし曲がった。

「ちょおおお!?　し、師匠!?」

「さ、触るなと、ん♡　あ、あっ!?　い、いったぞ」

濡れた宝石のような瞳が俺を睨んでくる。

オッパイ触ったからって、普通指を折るか？　怒りが込み上げてくると同時に、それでこそ紫電のドロテアだとも思ってしまう。

男に媚びない強く気高い女。そんな師匠が日頃見下している俺に自分から処女を捧げ、あげく中出しされたショックで涙をポロポロ溢(こぼ)している。その顔に。快楽に火照ったその肌に。指の痛みなど一瞬で消え去った。

パァン、パァン。パァン、パァン。

「んぁあああっ!? なっ!? なっ!? なにひょ、ひ、ひてる!?」

「何って、見れば分かるでしょ。師匠のオマ×コを犯してるんですよ」

パァン、パァン。パァン、パァン。

「んきゅううう~!? ふ、ふざけ、んぁ!? お、おわっひゃ♡ あ、あ、んんっ♡ も、もうお、おわっひゃろ!?」

「やだな、師匠。俺の体力自慢を忘れたんですか? 娼館潰しと恐れられた俺の本気は、まだまだこんなもんじゃないですよ」

「ふ、ふざけ、ひゃ♡ こ、ことお……ハァハァ……ニオ、あんひゃ、ハァハァ…………調子に乗りすぎたね」

スッ、と師匠の顔付きが変わり、白いシーツの上に扇のように広がっていた紫の髪が魔力でフワリと浮き上がる。小さな紫電が幾つも大気を走った。

ヤベェ、マジだこれ。マジで師匠を怒らせてしまった。

リアルに命の危機を感じる。だが同時に俺は何とも言えない昂(たかぶ)りのようなものも感じていた。

そう、昔のエロい人も言っていたじゃないか。生命の危機とは常に精の発露と紙一重だと。

燃え上がれ俺のチ×ポ！　この極上の牝を堕とすのだ。

「うぉおおお!!　なめるなよぉおおお!!」

バチュンバチュンバチュン!!　バチュンバチュンバチュン!!

「ぐっ!?　う、う………うひょおおおお♡♡　なっ!?　なっ!?　お、おひゃへ、んぁ♡　しょ、しょうき、んぁ♡　かぁああ～!?」

あれ？　攻撃されない？　ただの威嚇だった？　それとも予想外の俺の行動に反撃が遅れてるだけ？　何にせよ、ヤるなら今しかない。俺はこの一瞬に全てを賭けた。

バチュンバチュンバチュン!!　バチュンバチュンバチュン!!

「んぁあああ♡♡　やだ！　やだぁああ!!　あ、あ、こ、こんな、ひゃ!?　ゆ、ゆるひゃ、な、な――」

バチュンバチュンバチュン!!　バチュンバチュンバチュン!!

「んぁあああ!?　と、とまっへ！　おねひゃい！　とまっひぇえええ♡♡」

「止まったら許してくれますか？　セックスしまくること、許してくれますか？」

「ふ、ふざけ、ひゃあああ♡　あっ、あっ、い、いいひゃら、と、とまひゃ！　この、に、にもつもヒィがぁああ!!」

「そんな言い方じゃあ止まりません」

「んぁあああ♡　この、このぉおお!!」

涙に濡れた紫の瞳が恨めしげに睨んでくる。いつもなら背筋が凍りつくその視線も、今は俺の方が上であるという証明のようでスゲェ興奮した。

「うぉおおおっ、燃えてきた！　堕としてみせます。発情して淫乱になった師匠を堕としてみせますよ」

「ひっ!?　……い、いひゃあああ！　や、やめひょ！　やめひょおおお!!」

「無理です！　もう止まれません！　もう止まりません！　だから俺の女になってくださいよ、師匠ぉおおおお!!」

「んぎゅううう♡♡」

そうして荷物持ちの俺は世に名を馳せた天才魔術師のオマ×コに、更に深く肉棒を突き入れてやった。

第一章　変わりゆく師弟

目が覚めるなり、飛び起きてベッドを確認した。

「うっおっしゃあああぁ〜!!　夢じゃなかった。魔王様ありがとう！」

汗ばんだ白い肌に張り付いた紫の髪。乳輪と乳首は未だ穢(けが)れを知らぬ乙女のように初々しいピンク色で、むっちりとした太股の間にある茂みは意外と濃く、それが周囲の白さと相まって男の情欲を一層刺激した。

「エロォオオ！　とにかくエロ！　マジでエロ!!　そして、そしてついに」

俺の隣で眠るドロテア師匠の胸へと手を伸ばす。指先に伝わるとろけるような手触りと、心地のよい弾力。俺は昨夜つまみ食いした乳房(メロン)を思う存分頬ばった。

「く、くそやわらけぇええ!?　まさか昨日ほとんど触(さわ)れなかったオッパイをこんな好き放題できるとは……くっ、生きてて良かった」

感動に師匠のオッパイを揉みまくる。更にはその先端のピンク乳首を指でギュッと挟んだ。

「あっ!?」

と、眠れる美女から漏れる悩ましげな声。

「ああ、もう。師匠の全てがエロい。エロすぎて起きて早々下半身がヤバイ」

昨夜人生で最長となるピストン運動に励んだばかりだと言うのに、俺のムスコは早くも臨戦態勢だ。

「つーか昨日の師匠、マジで凄かったな」

俺が腰を振る度、ひぃひぃ喘いで潮吹きまくるくせに、キスやさらなるお触りは完全に防いでみせた。セックスの最中という状況下での神業。あんなものを見せられれば、やっぱりこの人は自分なんかとは根本的に違う本物の英雄なんだと嫌でも理解させられる。

「そしてその英雄のオッパイを、俺は今まさに征服しているというわけだな」

たわわな乳房を揉む手に、つい力が入ってしまう。

「あっ!? あっ♡ ……んっ」

「それにこのしゃぶりつきたくなる乳首ときたら」

「やっ!? あっ、ああっ♡」

「ああ~。マジで最高の感触。では、いよいよメロンの実食といきますかね」

俺は師匠の巨大メロンの上にちょこんと乗っかったサクランボを舌先で転がした。

「ふぁ!? ハァハァ……んっ、やっ、あ」

意識のないまま師匠の呼吸が荒くなり、むっちりとした嫌らしい肢体から再び濃い牝の匂いが放たれ始める。

「くぅ~。発情した師匠の匂い、マジで最高」

俺はサクランボを舌で転がすのをやめると、次にその下にあるメロンへとしゃぶりついた。

「んぁ♡」

目覚めが近づいているのか、師匠の喘ぎ声が次第に大きくなる。

「やあぁ!? あっ!? んぁ!? あ、ああ!? ハァハァ……ニ、ニオ」

「えっ!?」

まさか名前を呼ばれるとは思わず、しゃぶっていたオッパイからつい口を離す。

「あ、あの、し、師匠? ひょっとしておはような感じですか?」

寝ている師匠の乳首を指でツンツンしてみる。

「あぁ!? ハァハァ……んっ♡ ああっ♡」

セーフ。まだ目が覚めたわけではなさそうだ。しかしこの調子では時間の問題だろう。

「クソ! まだまだこのエロい身体でやりたいことが沢山あるのに」

師匠の厚みのある唇に親指を当てて、その腹で擦るように触れてみる。

「……ん、んん」

嫌そうに顔をそらす師匠。妖艶な美貌は肉の快楽を知り尽くした大人びたものに見えるが、昨日の反応を鑑(かんが)みるに、まだファーストキスも済ませてない可能性が高かった。

「寝ている間に荷物持ちが師匠の初キス奪っちゃいますよ〜?」

俺は指で女の唇をまくったり挟んだりして、クールビューティーな師匠の口元を存分に弄(もてあそ)んだ。

師匠が身動(みじろ)ぎして、それに合わせて乳房が一際大きく揺れた。

「……悩むが、やはり今日のメインはこっちだな」

これでもかとディープなキスをお見舞いしてやりたいところだが、それで起きられたら元も子もない。俺は師匠の上に跨ると、ビンビンに勃起したペニスを師匠のメロンオッパイで挟んだ。

「これこれ。これをやりたかったんだよ」

夢にまで見た師匠のパイズリ。……ヤベェ、マジで魔王を信仰してしまいそうだ。

「んっ……んんっ」

「え？　ちょっ!?　まだ起きないでくださいよ！」

この状況で師匠に目を覚まされたらかなりヤバイ。どうする？　パイズリを一旦やめるべきか？

いや、でも——

「ここでやめられる男などいない！」

腰を動かす。メロンのような乳房に挟まれた男根が、先走ったものを女の白い肌に塗りたくっていく。

「あ〜ヤベェ、気持ち良すぎてもう出そう。いや、我慢しなくていいのか」

さっさと終わらせないと俺の命がヤバイかも知れない。

「クソ、でもやめたくねぇ〜。大体なんだよこのいやらしい胸は」

そうだ、全部このエロオッパイが悪いのだ。だから俺が師匠の寝込みを襲うことになったのだ。

「いたいけな弟子を誘惑するなんて、反省してくださいよね、このエロ師匠が」

俺は一層激しく腰を振った。そして——

「……ああ、してるとも。荷物持ち風情を甘やかしていたことをな」

「え？」

宝石のごとき紫の瞳と目が合った。

「ひぃいいい!?　し、師匠？　いや、これは、その」

クソビビった。そしてそれが最後の一押しとなった。

ドピュ、ドピュ。と勢いよく飛び出した白濁が師匠の美貌を汚していく。

「………」

「うわぁああ!!　ち、ちが、違うんです師匠。これは、これは、その――」

ドピュ、ドピュ、ドピュ、ドピュ。

ヤベェエエエ～!!　ぜ、全然止まらない！　でも止めなきゃ死ぬ。いや、もう止めても無駄か!?　なら、なら――

「気持ちいい！　高慢ちきな師匠の顔に精液ぶっかけるの、スゲェ気持ちいいです!!」

俺は開き直ってこの最高の快楽を堪能することにした。

「……………」

「あ、あの、せめてなんか言ってくれません？」

俺のチ×ポから飛び出す熱いモノでその美貌を穢されていく中、師匠は瞬き一つすることなくこちらを見上げてる。

「……なんて言って欲しいんだい？」

「あっ、やっぱりいいです」

殺気を押し殺したかのような平坦な声。俺は寒い日にした小便の後のように、体をブルリと震わせた。

そうしてドロテア師匠の美貌に、ありったけの精子をぶっかけた。

師匠の氷のような無表情は今や俺の出したもので白化粧状態だ。スラリと伸びた鼻筋や、思わずむしゃぶりつきたくなる唇も、全てが俺のモノに接吻されている。汚れてないところを探す方が難しい。

かつてない達成感。しかし頂(いただき)をすぎれば後に待っているのは落下のみ。これで相手が娼館のお姉様方なら、今の射精がどれだけ気持ち良かったか小一時間は語れるのだが……俺はチラッと師匠の顔色を窺(うかが)った。

「……………」

コエ～!! 何？ 何なの？ 何でこの人無言なの？ それにあの目。ヤベェよ。魔王の方がまだ優しい眼をしていたよ。

「あの、し、師匠？ これはですね……」

「満足したのか？」

「え!? あっ、その……い、一応は」

意外なことに俺の精液で顔中をドロドロにされた師匠の第一声は落ち着いたものだった。

ひょっとしてこれは……笑って許されるパターンなのでは？

「さ、流石(さすが)は師匠！　スゲェ気持ちよかったです。娼館にだって師匠のようなエロい女は、そうはいませんよ」

「で？」

「へ？　いや、あの……師匠？　なにが、で？　なのでしょうか？」

「お前はいつまでその汚いモノを私の上に乗せておくつもりだい？」

チリッ！　と小さな紫電が師匠の身体から放たれる。俺は一も二もなく女の上から飛び退いた。

「スンマセンしたぁあああ!!　師匠の身体があまりにも気持ちよくて調子こいておりました！」

ベッドから飛び降りた俺は額を床にこすりつけた。そして考える。俺が今すべきは今後の関係についての交渉か？　それとも脇目も振らない逃走だろうか？

「………………ふん」

師匠は昨日までキスも嫌がる処女だったくせに、その艶(なま)めかしい肢体を惜し気もなく晒してベッドの上に立ち上がった。

「うおっ。エロ」

下から見上げる巨乳の迫力。紫の陰毛が正面から見るのとはまた違った卑猥さを放っていた。凹凸のある身体ってのは角度を変えただけでスゲェ印象変わるよな。ああ、今度俺の上で腰振ってくれないかな。

クールビューティーな師匠が騎乗位でオッパイ揺らしながら腰を振っているところを想像していると、当の本人は椅子に座り、全裸のまま足を組んだ。

「ニオ」

「はい！　何でしょうか!?」

「お前のせいで私の身体が汚れているんだが？」

「え？　えっと……あっ！　少々お待ちを」

俺は慌ててタオルを取りにいくと、それを濡らして師匠に差し出した。

「ど、どうぞ」

「…………」

あれ？　タオルじゃなかったのか？

師匠は魔術で本棚から本を引き寄せると、分厚い表紙を開いた。

……何故にこのタイミングで読書？

「あの、し、師匠？　タオル……いりませんか？」

「拭け」

「分かりました。拭かせてい……え？　い、いいんですか？」

「…………」

「あの、拭くのは顔だけでしょうか？」

「…………」

黙ってページをめくる師匠。どうやら答えてくれる気はなさそうだ。しかしお仕置きされると思ってたら体を拭けとくるとは、それって単にご褒美なのでは？　訝しんでいると紫の瞳が早くしろとばかりに俺を一瞥した。

「し、失礼します」

そうして師匠の顔についたモノを綺麗にしていく。精液は師匠の頬を伝って鎖骨やオッパイにまで垂れているので、当然そっちにも触れる。

「………」

おお、攻撃してこないぞ。それならこれはどうだ？

たわわな乳房、その乳輪をなぞるようにしてオッパイを拭く。

「………」

やはり師匠は何も言わない。調子に乗ってタオルをやや乱暴に動かしてみれば、それに合わせて剥き出しの乳房が卑猥にその形を変えた。

ああ、今すぐこの女にまたチ×コいれてぇ〜！　正直、師匠が俺よりも弱かったら絶対押し倒してるわ、これ。

生物の力関係とはある意味秩序そのものなのだと、そんな哲学的なことを考えつつも、俺は師匠の体を綺麗にしていく。……下も拭いていいのだろうか？

「……え〜と、こ、ここも拭かないとな」

紫の茂みに守られた淫部へとタオルを当てる。

「んっ!?」

無関心を装っている師匠の口から微かに漏れる喘ぎ声。それだけで俺のモノはさっきあんなに出したのがウソのようにビンビンだ。

「し、師匠。ここは特に綺麗にしておく必要がありますのでちょっと足を開いてくれませんか？あっ？　嘘です。嘘です。だからそんな怖い顔しないで――」

メチャクチャ冷たい視線を向けられて、流石に調子に乗りすぎたかと思ったのだが――スッと椅子の上で女の股が僅かに開いた。

「えっ!?　いいんですか？」

師匠は相変わらずの無反応。だがどう見てもこれは黙認の姿勢だろう。俺は昨日散々突っ込んでやった、牝の匂いでムンムンの穴をタオル越しに弄った。

「あっ♡」

ビクリ、と昨日まで乙女だった身体が一瞬震える。しかしそれでも師匠は頑なに無言を貫いている。

これはもう案外最後までヤれるんじゃないのか？

俺はタオルの代わりに舌で師匠のアソコを――

バァン!!

「ひぃいいいい!?　スンマセンしたぁあああ!!」

分厚い本が乱暴な音を立てて閉じられ、俺は咄嗟に飛び退いた。逃走か？　このまま逃走するべきなのか？

　紫の視線が俺を射抜く。

「ニオ」

「ひゃ、ひゃい！　なんでしょうか!?　師匠の忠実なる、忠実なる荷物持ちに何なりとご命令ください」

「そこに座れ」

　師匠が指差したのは、先ほど俺がクンニしようとしたポジション。つまりは師匠の正面だ。

「わ、分かりました」

　一も二もなく正座する。そして申し開きをしようとしたら——師匠のオマ×コがバッチリ見えた。

　いや、落ち着け俺。全裸で椅子に腰掛けている女の正面に正座すれば、そりゃ見えるところが見えてしまうのも仕方ない。ここでまたスケベ心を出せば今度こそ師匠に殺されてしまう。平常心。平常心だ。

　そうして俺は視線を師匠のオマ×コから顔に……か、顔に——

「ふん。鼻息を荒くして、そんなにここが気になるのかい？」

　師匠が自分から股を広げてみせる。その際に女の股ぐらにある蕾が微かに花開く。卑猥な開花を前に思わず俺の上半身が前屈みになった。

　フミッ。

「ぬぉ!?　し、師匠？」

「どうかしたかい？　ニオ」

「い、いや、あの、俺のチ×ポ踏んづけてますよ？」

「それが？」

　グリグリ。グリグリ。

「ふぅおおおお!?」

　こちらに向かって白い生足を伸ばす師匠。女の股の間のモノがバッチリ見える上に、チ×ポを踏む足は痛みではなく快楽を生み出す絶妙な力加減を保っていた。こんなの、こんなの——

「おや、何やら汚いモノが私の足を汚しているんだが、どういうことだい？」

　師匠は器用に足の指を動かして、先走った汁で汚れるのも構わずに俺の亀頭をグリグリと押す。

「くぉおお!?　こ、これはごく自然な生理現象でして。決して師匠をまたヒーヒー言わせたいとか、そういうことを考えているわけではありません」

「ふっ、……そんなに私とまたヤりたいのかい？」

　グリグリ。グリグリ。

「ぬぉおおおお!?　や、ヤりたい。ヤりたいです！」

　そしてまた高慢ちきなお前をヒーヒー言わせてやるぜ。

　そんな本心を隠して懇願する俺に、師匠は魔術で引き寄せたあるものを手渡してきた。

「えっと、これは？」

「どうしても私とヤりたいなら、まずはそれに出すんだな」

師匠が手渡してきたもの、それは底が丸く広がった透明な瓶――フラスコだった。

「……あの、一応お伺いしますが、出せというのは精液のことでしょうか？」

「ろくに魔術も使えないお前が他に何か出せるのかい？」

「それはそうですけど……い、いやいや。流石にこの量は無理ですよ」

小便でも二回以上は必要なサイズだぞ？　精液だと何回射精する必要があるんだよ？

「体力だけがお前の自慢だろう？　それにオカズなら提供してやる」

「え？　おおっ!?」

師匠が、あの師匠が俺の目の前で片足を大きく上げて？　そして、そして更に――クパァ。

うぉおおおお!!　満開じゃないですかぁあああ!!

「ハァハァ……スゲェ、スゲェエロいっすよ師匠」

きめ細やかな二本の指によって開かれたほぼ新品オマ×コ。ああ、ちょっと前まであのピンクのビラビラの中にチ×ポ突っ込んでいたなんて嘘みたいだ。

挿れてぇ！　またあの中に挿れてぇええ!!

「どうだい、ニオ？　ここにまた挿れたいか？」

「挿れたいです。師匠のオマ×コにぶち込みたいです」

「ならどうするか分かるな？」

手元のフラスコを改めて見る。……これを満タン。マジで半端ない量が必要だな。だが――

「これを一杯にすれば、また師匠のオマ×コにぶち込んでいいんですよね？」

「ああ、約束だ」

「分かりました。それなら……やります！　俺、やります！」

あのエロボディを堪能できるなら、いくらでも出してやるぜ！

そんな決意と共に、俺は雄々しくそそり勃ったムスコを強く握りしめた。

「じゃあ、あの、師匠。早速で悪いんですけど、もっと広げて見せてください。……師匠？」

あれ？　おかしいな。オマ×コ広げてくれないぞ。あっ、それどころか興味なさげに本へと視線を移した。おのれ師匠め。オカズ提供してくれるって言ったそばからこれか。このまま押し倒して無理矢理チ×コ突っ込んでやろうか？　などと、俺が出来もしないことを考えていると——

「…………こうかい？」

開いていた師匠のアソコが更にクパァと広がって、生々しいピンクマ×コの奥まで露わになった。

くおおおお!!　あ、あの師匠が俺の言った通りにオマ×コおっぴろげるなんて……。

チ×ポをシコシコしてると、あのヒダヒダを掻き分けて紫電のドロテアの処女膜を貫いた時の感触が甦ってきた。

「ハァハァ……ヤ、ヤベェ。もう、もう……」

ドピュ！　と白いモノが勝手に飛び出す。

「ぬおおおっ!?　き、きもじぇえええ!?」

射精と同時に脳内で爆発する快楽。腰が大きく震えて、集中しておかないとフラスコの口からチ×ポが外れてしまいそうだ。

「ヤベェヤベェヤベェヤベェヤベェほどに……ハァハァ……さ、さいこぉ～」

今のはまず間違いなく過去最高のオナニーだった。あまりの射精感に未だに目の前がチカチカしてるくらいだ。

「見ててください師匠……ハァハァ……お、俺は必ずこいつを一杯にしてみせますよ」

俺は過去最高の射精量を記録したフラスコを師匠に見せつつ、何気無い風を装って師匠のムッチリとした太股に手を置いた。

「……一回で中々の量が出るものだな。それが普通なのか？」

誰よりも魔術に精通し、深い知識を持つ紫電のドロテアともあろうお方が、なんて初心（うぶ）な質問をするのだろうか。

「自慢になりますが、俺のは射精量も精液の濃さも、そこらの男なんか目じゃないですよ？」

太股に触れている手をゆっくり動かして、師匠のオマ×コにさわ――

「またへし折られたいのか？」

「アイタタ!?　嘘です。嘘です。すみません」

中指を危険すぎる角度まで曲げられた俺は、メッチャ痛いですアピールをする。

「指一本で随分大袈裟な反応だな」

「いやいや!?　普通の人間にとって指折られるってのは結構ヤバイことですからね？」

「私の弟子のくせに情けない。だからお前は荷物持ちなんだよ」

「四肢が折れても戦える師匠達みたいな超人と一緒にしないでくださいよ」

まぁ、そうは言っても骨折くらいなら師匠特製のルーンでくっつけることは可能だし、実際セックスの時に折られた指は既に回復している。だが、だからと言って指を折られて喜ぶマニアックな趣味は俺にはなかった。

師匠の手が俺の指から離れる。

「私とヤりたいなら、早くそいつを一杯にするんだね」

「分かってます。でも量が量ですし、師匠にも手伝ってもらいたいんですが」

「手伝っているだろう。私のここだけじゃ不満かい？」

俺の指を放した師匠が再び二本の指でオマ×コをクパァとする。師匠の表情は修行をつけてくれる時のような淡々としたものだが、その事務的な感じが逆にこっちの支配欲を刺激してきて、なんかいい！

うおおお～!!　絶対この女をもう一度ヒーヒー言わせてやるぜ。

人生最高のオナニーを味わったばかりだというのに、溢れるパッションに促されて右手が早くも制御不能と化す。

シコシコ、シコシコ。

「どうやら、不満はなさそうだね。まぁこの私がこうして自分から股を開き、女の大切なところを指で広げているのだから、そうでなくては困るがね」

師匠の顔に浮かぶ、冷たい微笑。その顔にぶっかけてやりたいがフラスコに出さなければならない。ならばせめて――

「せ、せめて足！　足を貸してもらえませんか？」

「足？」

「はい。ちょっと失礼しますよ」

「あっ、こら」

師匠の右足を掴むと、その足裏を俺の勃起したチ×コにピタリと当てた。そして——

シコシコ、シコシコ。

「うおおおお!!　師匠の足オナニー最高！」

「お、お前という奴は……」

ひくり、と師匠の頬がひきつった。

「ハァハァ……師匠の足が動くにつれて、オマ×コもヒクヒク揺れてますよ」

「だ、だからなんだ？」

足裏プレイで動揺したのか、師匠は無表情を貫きながらも、クパァしていた指を離すとオマ×コを手で隠した。

「どうしたんですか師匠？　何故オマ×コを隠すんですか？」

「足を貸してやっているだろう、ならばここを見せる必要はない」

「でもオッパイ丸見えですし、オマ×コを隠している掌から陰毛がはみ出てますよ？」

カァアアア〜！　という音が聞こえてきそうな勢いで、冷静ぶってる師匠の白い肌が赤くなる。

「い、いちいち煩い！」

カリッ、と俺のチ×ポに密着していた師匠の足裏、その指が曲がってチ×ポを突いてきた。

「ふぉおおお!?」

全身に稲妻が走った。そしてそれが再び俺のチ×ポから精液を解き放つ。

ドピュ、ドピュ。ドピュ、ドピュ。

「って!? ヤバッ!」

オナニーに師匠の足を使っていたせいで一瞬反応が遅れた。射精の第一射は天井に届かんばかりの勢いで噴き出して、フラスコの中に入れることができなかった。続いて放たれる第二射。

「こ、これ以上無駄撃ちできるかぁあああ!!」

俺は渾身の力を振り絞って、精液という炎を吐き出すドラゴンちゃんをフラスコへと封印した。

ドピュ、ドピュ。ドピュ、ドピュ。

「うほぉおお~。さ、さいこ~」

俺は快楽に腰をビクビク震わせながらも、最後の一滴までフラスコの中に精を出し尽くした。

「ふぅ。これでまた師匠とのセックスに一歩近づいたな」

「ニオ」

「はい。何ですか、ししょ……う?」

呼ばれて顔上げてみたらマジでビックリ! 椅子に深く腰掛けた師匠の額に最初の第一射が着弾してるじゃないですか。やだもう、股間にズキュンときた後に心臓をグサリとやられた気分なんですけど。

タラリ。と師匠の額に着弾した精液が重力に従って紫電のドロテアの美貌を下り始める。

「あの、師匠」

「何だ？」

「いや、なんというか、その……俺の精液、に、似合ってますよ？」

「…………」

ひぃいいい!?　殺される!?

無言で椅子から立ち上がる師匠。精液は顎を伝って豊満なオッパイの上に落ちた。その光景を前に第三射が発射される。

「……本当によく出るな」

「た、体力だけが取り柄ですので」

「それは知っている」

床に尻餅突いてフラスコにチ×ポ突っ込んでいる俺に視線を合わせるように、師匠が膝を曲げた。うおっ。やっぱ師匠のオッパイ。近くで見るとスゲェ迫力。

「お前に聞きたいことがある」

宝石のように綺麗な紫の瞳が至近距離から俺を見つめる。……あっ、これもう一発抜けるな。

「な、何でしょうか？」

第四射。発射です。

「寝ている私に悪さをしただろう？　どんなことをしたのか聞いておきたい」

「ど、どんなことと言われましても……」

何でこのタイミングでその話を持ち出すんだ？　やっぱりパイズリして顔射したことを怒っていたのか？　それともオナニーからの顔射で怒ったのか？

「ガンシャ、ワルクナイ」

「は？　何だって？」

「あっ、いや、その……何でもないです」

うーむ。冗談を言っていい雰囲気ではなかったか。さて、何と答えたものか。悩んでいると、師匠はどこか不安そうな面持ちで唇をキュッと引き結んだ。

「……キス、したのか？」

「ふぅおおお!?」

何その可愛い質問。第五射発射です。

「……何故今出した？」

「ハァハァ……す、すみません。男の性（さが）です」

く、くそ。日頃高慢ちきな師匠の不安顔破壊力ありすぎだろ。本当にありがとうございました。あ～。自慰なんてやめて今すぐに経験豊富な女ぶってた師匠のファーストキスを奪ってやりたいぜ。でも実行に移したらシャレにならない折檻（せっかん）を喰らいそうだしな～。

師匠に顔面パンチを喰らう場面を想像する。指と違って鼻の骨は治すの大変なんだよな。……うん。今はやめておこう。

「それで？　キスしたのか？」

「いえ、指で少し触ったりしましたけど、キスはしてません」

「ふん。指で、ね。……他には？」

「いや、その、わりとすぐに師匠が起きたので大したことはしてませんよ。オッパイを舐めまくってチ×コ挟んだくらいです」

俺に睡眠を深める魔術が使えたならば、目の前のエロボディにもっと色々できたのに。今日ほど荷物持ちと呼ばれる自分を恥じた日はないぜ。

「ふーん。そうかい。胸だけか」

どこかホッとした様子の師匠。つーか、ふーんって何？　ふーんって？　可愛すぎでしょ！　もう俺のチ×ポしゃぶってくださいよ。

殴られてもいいので抱きついてしまおうか？　などと考えていると、反応する間もないスピードで持っていたフラスコを奪われた。

「短時間でかなり出したな。そろそろ限界か？」

「いえ、全然やれます」

本当はちょっぴりキツいがフラスコに溜まった精液はまだ三分の一程度。師匠とハメハメするため頑張っちゃうぜ。

「いや、もういい。培養するには十分すぎる量だ。何よりもこれ以上荷物持ち風情を調子に乗らせておくのは私の沽券にかかわるからな」

背筋にゾクリとしたものが走る。そんな視線を俺に向けて師匠は立ち上がった。

うひょおおお!! 目の前に師匠のオマ×コが……じゃなくて。

「え? あの、師匠? 約束は――」

「私と寝る前にした約束を覚えているか?」

「勿論です。解呪のために抱かれるが、絶対に私の指示以外のことはするなと仰っていました」

「それにお前はなんて答えた?」

俺はビシリと親指を立てた。

「任せてください! そう答えました」

「で? 実際には?」

俺は大人しくその場に正座した。

「師との約束を軽々しく破るような奴との約束を律儀に守る必要はないだろう?」

「師匠、それは違います! 相手が約束を破ったからといって自分まで約束を破っていいことにはならないんです。たとえ相手がどんな卑劣なことをしようが自分だけは道理を守る。それこそが格好良い大人のありか――」

「うるさい」

「スンマセンしたぁああ!! 約束を破るつもりはなかったんです。だけど師匠の美しすぎる身体を前に理性が吹っ飛んでしまって。反省しております。許してください! 許してください!!」

本当は話を持ち掛けられたとき、このチャンスに師匠の穴という穴をズボズボに犯しまくってやるぜ！　と思ったのだが、本音を言っても誰も幸せになれないので黙って土下座しておこう。

「言いたいことはそれだけか？」

「はい。今回は自分の未熟さを嫌というほど痛感いたしました。明日からは今まで以上に修行に身を入れたいと思いますので、ご指導ご鞭撻（べんたつ）のほど何卒よろしくお願い致します。……それでは今日のところはこれで」

俺は立ち上がると師匠に頭を下げ、そのまま部屋をで――

「逃がすわけないだろ」

「ですよねぇぇぇぇぇ!!」

どこからともなく現れたロープが蛇のように動いて俺の全身を拘束、そのまま床に押し倒した。

「痛!?　し、師匠これは？」

動けない。緊縛プレイとは師匠め、なかなかに高度なプレイをしてくれるじゃないか。処女だったくせに。処女だったくせにぃいいい。

「私は少しお前を甘やかしすぎていたようだ。ここらで一度、弟子の在り方というものを再教育してやろう」

あっ、ヤベェ。俺を見下ろす師匠のあの眼。あれは魔術の修行で使う実験動物を見る眼だ。

「さて、と。それではお仕置きの時間だ。覚悟はいいな？　ニオ」

そして俺は監禁された。

＊

ドアの閉まる音が聞こえて目が覚めた。

「ここは？」

寝惚けた頭を振って身体を起こ……そうとしたのだが――

「ぬぎゃああ!?　絞まる!?　絞まる!!」

全身に巻き付いているロープが動くなとばかりに締め付けを強くした。

そ、そうだった。師匠の怒りを買った俺は不当（？）な拘束を受けているんだった。

「クソ、師匠め。自分がちょっと辱しめを受けたからって、俺にまでこんな格好を」

足を大きくMの形に開いたまま身動きひとつ取れない。そんな現状を嘆くかのようにすっかり意気消沈した股間のモノが力なく揺れている。

「この部屋に放り込まれて大体一日くらいか？　待ってろよ師匠、絶対に堕としてやるぜ」

輝くような白い肌に精液をぶっかけた時のことが脳裏に浮かぶ。

師匠とヤれることに興奮して色々焦りすぎたが、魔王の呪いがある限り、師匠を俺の女に堕とすチャンスはまだまだあるはずだ。お仕置きだか何だか知らないが必ず耐え抜き、師匠を……ドロテアを俺の女にしてやるぜ。

カツッ、カツッ、と硬質な石床が音を立て、近づいて来る誰かの存在を教えてくれる。そういえばドアの音で目が覚めたんだったな。

俺が監禁されているのは師匠の自宅に幾つかある研究室、その一つだ。牢屋というわけではないのでこのロープさえ何とか出来れば逃げるのは容易いが、無論俺に逃げる気などない。

師匠を俺の女にする。長年の夢が叶いそうな今、逃げるなんて選択肢はありえない。かといって師匠の淫乱化したオマ×コに俺の治療チ×ポを無理矢理突っ込むのも無理だし……。やはりここは謝罪して機会を待つしかないな。

カツッ。カツッ。

来た！

「あの師匠、今回は本当に申し訳あ——」

「キャハハ!!　アンタ、ま、丸出しって。丸出しって。キャハハ!!」

「…………マジか」

現れたのは師匠ではなく赤い髪をドリルのように左右に垂らした、黒いゴスロリ服の女だった。カロリーナ。紫電のドロテアの一番弟子にして俺の姉弟子。一応気心の知れた相手ではあるのだが……。

「いい様ね、荷物持ち」

「……姉弟子は相変わらずちっちゃいですね。そんなに小さいと子供と間違われません？」

「そこまで小さくないわ！　てか、アンタの方こそ私を差し置いて魔王退治に同行するんだ～って、調子に乗りまくった挙句がその様？　キャハハ」

姉弟子はメッチャ嬉しそうに腹を抱えた。

クソ、師匠に荷物持ちとしてなら連れて行ってやると言われた時、調子に乗ってからかいすぎたか。

「アンタのことだからどうせ魔王退治で師匠の足を引っ張ったんでしょ？　それで荷物持ちから実験動物に格下げとか、笑っちゃうわよね」

ゴスロリ女――もとい姉弟子は、優越感たっぷりに俺を見下ろした。

「……わざわざ俺を笑いに来たんですか？」

「アンタじゃないんだからそんなに暇じゃないわよ。私は師匠の命令でここにいる哀れな実験動物から精液を採取しにきたのよ」

「え？　すみません。よく聞こえなかったです。何を採取しに来たんですか？」

「精液よ、精液。聞こえてたでしょうが。わざわざ下品なことを言わせて喜ぶとか、アンタってほんと変態よね」

姉弟子はファンシーな服にはあまり似合わないゴム手袋を着けると、研究室の棚に置いてあったフラスコとピンセットを手に取った。

「さて、と。本当は触るどころか見るのも嫌だけど、師匠の命令だから仕方ないわね」

姉弟子がM字開脚している俺のすぐ側に腰を下ろす。

「うわ、近くで見るとキモいを通りすぎて悲惨ね。アンタ、男として完全に終わってない？」

「う、うるさいですよ！　大体姉弟子はその悲惨な男のモノを今から手でシコシコするんですよ？　つまり立場は同じ。イーブンです、イーブン」

「は？　何で私がアンタの汚いモノを手でシゴかなきゃなんないのよ」

「……ん？　え？　でも俺の精液が必要なんですよね？」

「そうよ。だからこうすんの」

「ぬぉおおっ!?」

ピンセットでムスコを掴まれた。つーか、これ——

「痛い、痛い。痛い。チ×ポ痛い！　もっと優しく。もっと優しくチ×ポを摘まんでください」

「チ×ポ、チ×ポうるさいわね～。ここぞとばかりにセクハラ発言してんじゃないわよ。……ったく、師匠の命令の中でも今回のは過去最低の部類に入るわね」

姉弟子はぶつくさ言いながらもピンセットを駆使して、俺のムスコをフラスコの口にぶち込んだ。

「うほっ!?」

「なにキモい声出してんのよ？」

「い、いえ別に」

ヤバイ、チ×ポを器具で弄られるのって何気に快感……かもしれない。

危うく新しい扉を開きそうになった俺を、姉弟子は暫く(しばら)の間訝しむように見つめた。

「……ふん。まぁいいわ。さて、それじゃあ次はこれね」

何だかんだでシコシコしてくれるのでは？　そんな淡い期待は姉弟子が取り出したモノを見て木っ端微塵(こっぱみじん)に吹き飛んだ。

「……あ、姉弟子？　それは一体何でしょうか？」

「何って、見りゃ分かるでしょ。注射器よ、注射器」

「いや、そうではなくて、それでどうする気なのかを聞きたいんですけど」

「こうするに決まってんでしょうが」

プス。

「うおおお!?」

注射器の針が俺のタマタマに突き刺さったかと思えば、次の瞬間には――

ドピュ、ドピュ。ドピュ、ドピュ。

「ぬっほぉおおおお!!」

「うわ。マジで引く光景だわ」

一瞬でフル勃起した俺のチ×ポから飛び出す精液。ヤベェ、ぶっ壊れた蛇口みたいに射精が止まらない。

「あ、あねでしぃいいい!? これ、ぜ、全然、くおぉ!? と、止まらないんですけど、だ、大丈夫なんですか?」

ドピュ、ドピュ。ドピュ、ドピュ。

「そりゃ、そういう風に作った薬なんだから、簡単に止まっちゃダメでしょ」

ドピュ、ドピュ。ドピュ、ドピュ。

「いやいやいや、ヤバイヤバイヤバイこれヤバイ。チ、チ×ポにダメージ、は、半端なひぃいいいい!!」

「うるさいわね～。アンタのような荷物持ちしか能のない精子製造機がどうなろうが誰も困らないんだから、いちいち叫ばないでくれる？」

「し、師匠がこまるぅううう～!!」

ドピュ、ドピュ。ドピュ、ドピュ。

「はぁ？　何で師匠が困るのよ。いい加減師匠がアンタみたいな荷物持ちごときを相手にするわけないって理解したら？」

そ、そうか。姉弟子は魔王の呪いのことし、し、し――

「しんじゃうううー!!」

ドピュ、ドピュ。ドピュ、ドピュ。

ドピュ、ドピュ。ドピュ、ドピュ。

ドピュ、ドピュ。ドピュ、ドピュ。

「……凄い出たわね」

一体どれくらい経ったのか、姉弟子が汚らしいとばかりに指で摘まんでるフラスコ、その半分ほどが俺の精子で埋まっている。

「ハァハァ……あ、姉弟子。な、何か飲み物でも持ってきて……姉弟子？」

精液が溜まったフラスコをジーッと見つめている姉弟子。ふと、甘い匂いが部屋中に充満していることに気が付いた。

なんだこれ？　俺の精子の匂い？　いやいや、変わりすぎだろ。

イカが人間の美女に変身したくらいの変貌っぷりだ。

「んっ、な、何？　ハァハァ……この……ん、に、匂い……は」

姉弟子が気位の高い猫みたいな顔をトロンとした牝のものに変える。そして切なそうに股を擦り合わせ始めると、ゴスロリ服を小さく盛り上げる胸に手を――

「へ？　あ、姉弟子？」

「はっ!?　え!?　わ、わたし……ち、ちがうの！　こ、これはその……も、もう用はすんだから私は、ひゃ!?　ハァハァ……と、とにかく……い、行くわ」

逃げるように部屋を出ていく姉弟子。というかどう見ても今のは……。

「発情、してたよな？」

師匠達のようにどこか浮世離れした美しさがあるわけではないが、普通に見れば普通に美人の部類に入る姉弟子の顔が明らかな牝顔になっていた。

「よっぽど溜まってたのか？　いや、でもそんなキャラじゃないよな」

そこそこ長い付き合いだ。姉弟子がところ構わず発情するような女だったなら、流石に俺が気づかないはずがない。つまり何らかの外的要因が加わったと見るべきなんだろうが、考えられる要因といえば……。

「俺の精液？　いやいや、そんな夢のような力が俺にあればとっくに師匠といい仲になってるっつーの。……いや、待てよ？」

魔王の淫獄の呪い。それは女を発情させ、どれだけセックスしても満たされることなく男を求め続けさせるというもの。それに師匠が咄嗟にレジストを行ったおかげで、呪いに変化が生じて、俺とのセックスで一時的に解呪できるようになった。

つまり俺もある意味魔王の呪いの影響下にある。ということではないだろうか？

そして魔王の呪いは淫獄。その効果はエロ、つまるところは発情だ。

「これは……試してみる価値はあるな」

俺はM字開脚したまま、不敵な笑みを浮かべた。

「くっくっく。もしも思った通りの力が身に付いていたら、スゲェ楽しいことになりそうだな」

なにはともあれまずは腹ごしらえだ。俺は立ち上がろうとして――

ギュウウウ～!!　とロープにメッチャ身体を締め付けられた。

「いてっ!?　え？　ちょっ!?　これ飯とかトイレとかどうすんの？」

昨日は師匠とヤれた興奮ですっかり忘れていたが、その辺りの生物的な事情をどう処理するつもりなのか？

師匠の自宅に出入りすることを許されているのは弟子の中でも俺と姉弟子だけ。しかし師匠が俺の面倒を見てくれるはずもなく、頼みの綱の姉弟子は今頃きっと自家発電の真っ最中だろう。

嫌な汗が頬を伝った。

「これは……普通に大ピンチだろ。何とかロープを外せれば……って、絞まる!?　絞まる!!」

動けば動くほどにキツくなるロープ。生物のようなその反応にちょっぴりカチンときた。

「クソ、ロープなんぞに男の尊厳が負けるはずが……」

ギュウウウ～!!

「はずが……」

ギュウウウ～!!

「ふっ。負けたよ」

無理だこれ。師匠の魔力がメッチャロープに籠ってて、俺ごときの力じゃ死ぬ気にでもならないと外せない。……まぁ、いいか。食事や排泄のコントロールなら魔術の修行で少しは積んでる。荷物持ちの俺でも三日程度なら余裕だし、三日もあれば流石に誰か来るだろう。妙な薬で射精しまくって疲労感が半端ないし、ひとまず休むか。

そして俺は眠りについた。


「……思った以上に平気だったな」

恐らくはこのロープの効果なのだろう。結局あの後師匠も姉弟子も来ることはなく、再び一日ほど放置されることになったが、不思議と何もせずとも飢えや排泄の必要性を感じることはなかった。

「ていうか、次に姉弟子か師匠が来るのはいつだよ?」

まさかこのまま何日も放置されるとかないよな?

頭から必死に嫌な予感を追い払っていると、ガチャリ、とドアが開く音が聞こえた。

やって来たのは——

「姉弟子、今日も精液取りに来たんですか?」

昨日と同じ、黒いゴスロリ服に身を包んだ赤い巻き毛の女だった。

「そうよ。文句があるなら師匠に言いなさいよ。言えるのならだけどね」

「文句なんてありませんけど、あの……大丈夫ですか？」

「は？　何よいきなり気持ち悪いわね」

「いや、だって目の下にクマができてますよ？　寝不足なんですか？」

途端、勝ち気な女の顔がカァ～と赤くなった。

「お、遅くまで魔術の修行してただけよ！　一日中M字開脚してるだけのアンタと違って、私は色々と忙しいのよ」

俺だって好きでM字開脚してるわけじゃねーよ!!

怒鳴り返しそうになるのを危ういところで我慢する。

「そ、そうですか。それはすみませんでした。……てっきり夜遅くまでオナニーしてたのかと思ってました」

「は、はぁ～!?　オ、オナニーとか、わ、私がそんなもんするわけないでしょうが」

「そうなんですか？　めちゃくちゃ気持ちいいのでおすすめですよ」

「嫌らしいことしか頭にないアンタと一緒にすんじゃないわよ。つーか、アンタみたいな荷物持ちと話してる時間が無駄だわ。さっさと終わらせるわよ」

姉弟子はまたもピンセットで俺のチ×コを摘まんでくる。

ピンセットとフラスコはまだいいとして、問題は注射器の方だ。何度も薬で強制射精させられると、流石に身体がマズイ感じになる。

「姉弟子、注射はやめませんか？」

「は？　何でよ？　しなきゃ出せないでしょうが」

「なんでもなにも、流石にあの量を毎回出すのは俺のタマタマがヤバイんですよ。俺が不能にでもなったら、師匠も困ると思いますよ？」

「だからアンタの精子程度で師匠は困らないって言ってるでしょうが」

「でも俺が不能になったら姉弟子は他の男のチ×ポから精子を取らなきゃいけないんですよ？　俺は姉弟子が俺以外の男のチ×ポを触るなんて嫌なんですよ」

姉弟子に向けて出来るだけキリッとした格好良い顔を作ってみせる。まあ体勢はM字開脚なんだけどね。

「は、はぁああ〜!?　何よそれ？　意味分かんないんだけど。なんで私が他の男のチ×ポを触るのを、アンタが嫌がるのよ？」

「分かりませんか？」

キリッとした顔を向ける。M字開脚だけどね。

「わ、分かんないっていうか……ああ、もういいわ。で？　どうしろって言うのよ。まさか私にシゴけとか言うんじゃないでしょうね？」

よし！　姉弟子の奴、自慰でスッキリしたからか昨日と比べて明らかに反応が柔らかいな（オナニー万歳）。

実際のところ、師匠は魔王の呪いを調べたいだけなので、たとえ俺から精液を取れなくなっても他の男のチ×ポを弄る必要はないのだが、一日経った今も姉弟子は魔王の呪いの事を聞いていないらしい。

「右腕だけでいいので、姉弟子の力でこのロープ外せませんか？　そしたら自分でシゴきますから」

姉弟子の顔に分かりやすい警戒心が浮かぶ。だがそれでも俺は姉弟子がこの条件を呑むであろうという自信があった。何故ならば姉弟子は俺のことを荷物持ちと侮っているから。その気になればどうにもできるというその油断こそが、付け入るべき隙なのだ。

「…………右腕だけよ」

「はい。それで構いません」

うおっしゃあああ!!　掛かったな、このムッツリさんが！

などという感情は勿論おくびにも出さない。

姉弟子がロープに向かって何やら呪文のようなものを唱えると、あれだけ執拗に俺を苦しめたロープがあっさりほどけた。

「うおぉ！　自由最高（右腕だけだけど）!!」

「ちょっと、遊んでないで早くすませなさいよ」

「分かってます。分かってますって。それではちょっと失礼して」

シコシコ、シコシコ。

「いや～、姉弟子の前で自慰をするってのも、なんだか変な感じですね」

シコシコ、シコシコ。

「何が変よ。アンタが変態なのはいつものことでしょうが」

「いや、自慰くらいで変態扱いしないでくださいよ。姉弟子だって昨日したでしょう」

「し、しつこいわよ！　無駄口叩いてないでさっさと出しなさいよ!!」

シコシコ、シコシコ。

シコシコ、シコシコ。

「……ちょっと、いつになったら出るのよ」

「そりゃ昨日あんな強制射精させられた後ですからね。簡単じゃないんですよ」

「……出せないなら打つわよ？」

姉弟子が持つ注射器の針から透明な液体がピューと出た。

「お、脅かさないでくださいよ。……そうだ！　姉弟子、スカートめくってください」

「はぁ～!?　アンタ、マジで調子に乗るのもいい加減にしときなさいよ」

「いや、別にふざけて言ってるわけじゃないですから。今の俺には圧倒的にオカズが足りてないんですよ。オカズさえあれば楽勝で射精できますから」

「だからって何で私がアンタなんかのオカズにならなきゃいけないのよ？」

「それは姉弟子が凄（すご）い美人だからです。姉弟子みたいな綺麗な人のパンツ見たら絶対抜けますから」

「おだてて乗せようたって無駄よ」

「本気ですよ。だいたい考えてみてくださいよ。俺のこの格好を。全裸でＭ字開脚して、姉弟子の前でシコシコしてるんですよ？　俺に比べてパンツ見せるくらいが何ですか」

「そ、それを言われると……」

おお、悩んでるぞ？　いつもなら絶対悩むことなく俺のチ×コに注射しただろうに。これも呪いの効果なのか？　ヤベェ、マジで魔王を信仰しちまいそうだ。

「お願いです姉弟子。メッチャ濃いのを出しますから」

「こっ!?　……ああ、もう！　分かったわよ。確かに今のアンタにパンツ見られるくらいどうってことないわ」

そして姉弟子はスゲェ嫌そうな顔でスカートをめくった。

「………ほら、これでいいわけ？　この変態」

うおっ!?　黒と思いきや意外にも赤か。

黒いゴスロリ服のスカート、その最奥から現れた神々しいおパンツ様を前に、俺の右手はラストスパートを刻む。

シコシコ、シコシコ。

シコシコ、シコシコ。

「あ、姉弟子。出そう、出そうです」

「ったく、ようやくなのね。手間とらせてくれちゃって」

スカートをたくし上げていた姉弟子の手が離れて、おパンツ様が黒い布切れの奥に隠れる。少し惜しい気もするが、望みのシチュエーションはゲットできたぜ。

シコシコ、シコシコ。

「ほら、フラスコにアンタの汚いモノの先端を入れるから、シコシコするのやめなさい」

「いやいや、ぎりぎりまでシコシコしてなきゃダメでしょ。せっかく出そうなのが奥に引っ込んじゃいますよ」

「んなこと言っても、シコシコやめないならどうしろってのよ？」

「射精の瞬間手を放しますから、その時姉弟子が素早くフラスコに俺のチ×ポ突っ込んでください」

「……マジで最悪なんだけど」

「それしか手はないんです。……うっ、も、もう出そうです。ほら、姉弟子。もっと顔を近づけてください。そんなに離れてるとせっかくの精液無駄にしますよ？」

「ハァ、分かったわよ」

呆れたような姉弟子の顔が俺のチ×ポに近づいてくる。そして——よし。射程距離に入ったぞ。

俺はロープで締め付けられるのも厭わずに、腰を高く突き上げ、姉弟子の顔めがけて勢いよく射精した。

「きゃ!?　ちょ、ふざけんな!!」

慌てて俺から距離を取る姉弟子。だが、くっくっく。やってやったぜ。姉弟子の顔に精液をぶっかけてやった。

「アンタ、今狙ってやったわね？」

当然だが姉弟子は怒りの形相。その背後で比喩ではなく炎が躍る。だがもうやることはやった。後は運を天に任せるしかない。

「何よその顔は？　言い訳しないってことは覚悟できてるってことで、ひゃ!?　……え？　な、なにこれ……は？」

姉弟子のつり上がっていた目がトロリと下がって、呼吸も全力疾走した後のように荒いものへと変化する。

「お、おかしい……ハァハァ……ん、こ、こんなの、やっ!?　ん、ぜ、絶対に、おかしいわ」

姉弟子は黒いゴスロリ服の袖で顔についた精液を何度となく拭う。白く濃いものが顔や服に伸びるにつれて、姉弟子の肌は林檎のように紅くなっていった。

よし！　これは勝ったでしょう。

「時に姉弟子、何故師匠が俺の精液を取ってこいなんて命令をしたのか、疑問に思わなかったんですか？」

炎を思わせる髪は鮮烈で、小柄だが均整の取れた肢体は十分に魅力的。チャンスがあれば一度くらい抱いてみたいと思っていた女がこんな棚から落ちてきた牡丹餅みたいに手に入るとは……。ヤベェ、舌舐めずりが止まりません。

「はぁ？　それは、んっ!?　じ、実験で使うか……ま、まさか!?　ハァハァ……必要なのは、ひゃ!? あ、あくまでも、アンタのなの?」

「そうです。俺の精液には呪いを解くヒントがあるんですよ」

「の、呪い?」

「そう。魔王のね」

もうすぐ目の前の高慢ちきな女とヤれる。そう思うとM字に開かされている股の間でチ×ポが自然と大きくなった。

姉弟子は一歩、そんな俺から距離を取った。

「う、嘘よ。ハァハァ……そ、そんな危険な、んっ!? も、ものなら、師匠が、ひゃ!? わ、私に……ハァハァ……あらかじめ、注意した、んっ♡ は、はずだわ」

「まぁ、確かにらしくない不注意ですけど、実際に呪いを掛けられたのは俺ではなくて師匠の方ですからね。それに師匠も今色々と大変で、そういうことに気が回らなかったんだと思いますよ」

「な、何よそ、れ。どう、いう、んんぁ!? こ、こと、よ」

姉弟子は発情した身体を苦しげに抱き締めると、黒いスカートの上から股間を押さえた。

「あれ? オナニーしちゃうんですか? 強制M字開脚させられている弟弟子の目の前で、オナニーしちゃうんですか?」

「だ、誰が! 調子に、の、の、乗るんじゃ、ひゃ!? な、ないわよ。こ、この、やっ!? あんっ♡ に、荷物持ちしか取り柄のない……ハァハァ……て、低能が」

強気な発言とは裏腹に、股間を押さえている姉弟子の指が蜜壺の入口を求めてスカートの上を生き物のように蠢いている。

「姉弟子？　人と話す時に股間を弄るのは失礼ですよ？」

「ち、ちがっ、ハァハァ……こんなの、ち、ちが、う」

快楽に半開きとなった女の口から唾液がこぼれて床を汚す。うーん。なんか思った以上に姉弟子がエロいぞ？　発情した姉弟子を言いくるめてロープをほどくよう説得するつもりだったが、せっかくなのでもう少し見学することにしよう。

股間を弄ってない姉弟子のもう一方の手が、自らのチッパイを強く揉みしだいた。

「んぁあああっ♡　だ、ダメ！　こ、これ……ダメェエエ!!」

ドリルのような赤い髪を振り乱して、姉弟子の身体が大きく揺れる。快楽に震える両膝が床を叩いた。

「ニ、ニオォ!!　ハァハァ……い、今なら、んっ♡　ゆ、ゆるして、あげる、ひゃ!?　か、から。な、なんとか……ハァハァ……し、しなさい」

「なんとかと言われましても、この呪いは三大魔王の一角である『最大の姦淫』の力によるものです。当然その呪いは肉欲に関することになるので、とりあえず発散してみてはどうでしょうか？」

「は、発散？　それって……ハァハァ……ま、まさか」

「はい。オナニーです。あっ、でも姉弟子はオナニーしたことなかったんでしたっけ？」

「えっ!?　あっ、そ、そうよ。んっ♡　な、ないわよ」

そう言うわりにはスカートの上から股間を弄る指はかなり慣れた感じなのだが。

「なら仕方ありません。俺が手伝いますよ。だからこのロープを外してください」

「て、手伝う？　ハァハァ……ふ、ふざけんじゃないわよ！」

　顔を真っ赤にして叫ぶ姉弟子の視線は、ギンギンに勃起した俺の股間のモノに釘付けだ。

「ア、アンタに触られるくらいなら、あ、あ、んぁ♡　ハァハァ……オ、オナニーしたほうがましだわ」

「したことないオナニーをですか？」

「そ、そうよ、悪い？　ってか、んぁ♡　す、少し、黙って、あっ♡　な、なさい」

　魔王の呪いが強いのか、それとも話しているうちに開き直ったのか、ついに姉弟子はスカートの中に手を突っ込んで直接性器を弄りだした。

　姉弟子の股間からクチャリ、クチュリと湿った音が放たれる。

「ちょっと姉弟子？　まさか俺をオカズにしてるんですか？」

　床に両膝をつき陰部を弄る姉弟子の俺を見る目がメッチャ嫌らしい。ここまで食い入るように勃起チ×ポ見られるのは流石にちょっと照れるぜ。

「は、はぁ～!?　アンタをオカズとか、あ、ありえ、ひゃ♡　い。ハァハァ……う、うぬぼれ、てんじゃ、んっ!?　な、ないわよ」

　クチャリ、クチャリと自らの秘所をゆっくりと出入りしている姉弟子の指。俺の目が気にならなくなり始めたのか、それとも単純に刺激を求めてなのか、お上品ぶった指の速度が次第に荒々しいものへと変わっていく。

クチャリ、クチャ………チャッ、チャッ、チャッ。チャッ、チャッ、チャッ。

「ふぁあああ～♡　き、きもち、んぁ♡　い、いい!!」

「姉弟子、初オナニーのわりには随分手慣れてません？」

「う、うるひゃい♡　は、はなひかけるな！」

チャッ、チャッ、チャッ。チャッ、チャッ、チャッ。

「正直に言ってくださいよ。ホントはオナニーしたことあるんでしょ？　以前から自分の穴弄りまくってたんでしょう？」

「だ、だったひゃ♡　な、なんだって、い、いうの……ひょおおお♡♡」

プシャアアア～!!

「おおっ、メッチャ派手にイキましたね。姉弟子の吹き出したもので床がビショビショですよ？」

「う、うるひゃあぁ～……あ、あ、ハァハァ……ふぁ♡　ハァハァ……ふ、ふん。笑いたければ、んっ♡　わ、わらいなさいよ。でもこれで……えっ!?」

盛大に潮を吹き、発情状態から解放されたことに安堵の表情を浮かべていた姉弟子の顔が、何かに気づいたように怯えたものへと変わる。

「う、うそ!?　な、なんで？　イッ、イッたのに、イッたばかり、な、なのひ……」

チャッ、チャッ、チャッ。チャッ、チャッ、チャッ。

「と、とまらないぃいいい!?　オ、オマ×コ弄る手が、と、とまらなひぃいいい!!」

再び激しい指使いで自らの秘所を弄りだす姉弟子だが、どう見ても自分の意志でやっているとは思えない。

「よし、実験は成功だな」

「なっ!? なひぃぃぃぃ!? じ、じっひぇん?」

「あっ、いや何でもないです」

これで俺の精液には魔王の呪いと同じ効果があると証明された。次は解呪方法も同じかどうかを試してみるとするか。

「ルーン発動・エンチャント『腕力強化』」

身体に刻まれている師匠特製のルーンを発動。普段は体力のみに変換される魔力が腕力にも適応される。師匠をも超えると言われる魔力をもってロープを引きちぎった。

「うおっ!? きっつ」

ルーンによる無理矢理な強化、それによって全身にかかる想像通りの反動。これは明日から地獄の筋肉痛コースか? いや、今はそんなことよりも――

「安心してください姉弟子。俺が今助けてあげますから」

弟弟子として姉弟子を心底から心配する。そんな感じの笑みを浮かべているハズなのに、姉弟子の顔に浮かんだのは安堵でなく警戒だった。

「ニ、ニオ、そ、それ以上、ハァハァ……ち、近づくんじゃ、んっ♡ な、ないわよ」

こちらを威嚇するように炎が乱舞する。

何気にメッチャ失礼な反応だな。もっと弟弟子を信じてくれてもいいだろうに(笑)。

それにしてもあんな状態でもこんな繊細な魔術が使えるなんて正直羨ましいぜ。自力で魔術を構成できず、荷物持ちくらいしかできない俺を姉弟子が見下す気持ちも理解できる。だが、だからこそ、この優秀でスゲェ女に種付けしたいと、雄のドス黒い欲望が込み上げてくるのだ。

「姉弟子、今姉弟子を侵している呪いは発情しまくった挙句、男とどれだけヤッても満たされることなく死ぬまで交わるって呪いなんですよ」

「ふ、ふん。やっぱり、ひゃああ♡　あっ、あっ、……ん。そ、んなことだろうと、ハァハァ……思った、わ。解呪、ひゃ!?　ほ、ほうほうも、ん♡　アンタの、せいえきって、くっ!?　ハァハァ……わけ？」

「何だ気づいてたんですか、それなら話が早いですね」

俺はチ×コをシコシコしながら床でヒーヒー喘いでいる姉弟子の側に寄る。

快楽の中に理性の光を僅かに残した赤い瞳が俺を見上げた。

「ニオ、あっ♡　アンタ、わたしを、んっ♡　……お、犯すつもり？」

「犯す？　人聞きが悪いですよ。これはそう……治療です」

そうして俺は治療チ×ポを突っ込むべく、姉弟子の上にのし掛かり、呪いのせいで上手く身体を動かせずにいる女の柔らかな肢体を掴むと、体勢をうつ伏せに変えさせた。

「ほら、姉弟子。お尻を上げてください」

「きゃ!?　ふ、ふざけんじゃないわよ！　アンタ、あっ♡　わ、私を犯して、んんっ!?　た、ただで済むと、お、思ってんの？」

「ただで済むかどうかはさておいて、せっかくのチャンスを棒に振る気はないですね。姉弟子も諦めて一緒に楽しみましょうよ」

「だ、誰が、ひゃ!?　ちょ？　コラー!!　ス、スカートめくってんじゃないわよ」

　黒いゴスロリ服のスカートをめくり上げれば、そこには先ほど見た真っ赤なおパンツ様。パッと見た時も思ったが、結構いいの穿いてるな。まさか……勝負パンツか？

「姉弟子、ひょっとして初めから俺に見せるつもりでこのパンツ選びました？」

「は、はぁああ!?　う、自惚れるのもいいか、キャアアアア!?　なっ!?　ど、どこに手を突っ込んでんのよ!?　早くぬき、ひゃ!?」

　パンツの中に手を入れたら姉弟子がスゲェ嫌そうに尻を振る。パンツの中はお漏らしをした後のようにグッショリで、姉弟子の陰裂をなぞる度に女の蜜が次から次へと指に絡み付いてきた。

「どうですか？　弟弟子の指が姉弟子のオマ×コや陰毛を直にスリスリしちゃってますよ。感じちゃうでしょ？　って、これだけ濡れてたら聞く必要はありませんね」

「こ、これは……あん♡　の、呪いのせいよ。でなければこの私が……こ、こん、ひゃああああ!?　ちょ、そこい、いじった、ひゃ、ま、まじで……ハァハァ……ひ、ひどいわよ」

　姉弟子のアナルに指を突っ込もうとしたら、怒れる炎が発情した身体から噴き出した。

「わ、分かりました。まずは前からですね」

「そ、そういう意味じゃ……ハァハァ……な、ないわよ。あっ♡　……くっ。わ、私を犯すことを前提に、あ、あっ♡　んっ!?　は、話を進めんじゃ、な、ないわよ。この……馬鹿！」

「だから犯すんじゃなくて治療ですってば。股から小便みたいな量の愛液垂れ流してるくせに、姉弟子はもう少し現状を理解した方がいいんじゃないですか？」

俺は犬のように四肢をついている姉弟子のパンツを、膝の辺りまで一気にズリ下げた。

「ちょ!?　勝手に下ろすーーー」

四つん這いの姿勢で突き出されている女の尻、そこを掌でパァン！　と叩く。

「んひぃいいいい♡　な、なにすんのよ!?」

「何って、いいお尻でしたし、せっかくの機会ですからちょっと姉弟子を調教してみたいなと思いまして」

貧相なボディのわりには思った以上に厚みがあって叩きがいのあるお尻だ。これならチ×ポ挿れても気持ちいいこと間違いなしだな。

「ちょ、調教ですって？　ハァハァ……アンタ、ここは廃棄街じゃないのよ」

廃棄街。それは俺達がいるレギス帝国の北西に位置する、魔術国家ソーサリー王国の貧民街。魔術が全てであるその国において魔術を使えぬ者に人権はなく、魔術を扱えぬ者はたとえどのような身分の者であろうが等しく落されるゴミ溜め。

師匠に拾われる十代前半まで、俺の故郷だった愛すべきクソッタレな街。その風景がふと脳裏をよぎった。

パァン！

「うひぃいいい!?　ちょ、ニ、ニオ？」

「まったく姉弟子ときたら、ずいぶん懐かしい話を持ち出して。お礼に今日は廃棄街仕込みの調教を見せてあげますよ」

「そんなもん知りたくないわよ！　いいから一旦――」

パァン！

「ひゃあ!?　だ、だからやめ――」

「いいですか、姉弟子。たとえ普段がどうであれ、今は姉弟子の方が圧倒的に不利な立場なんですから、そんな風に男の股間を刺激するような生意気な態度取ってたら……」

パァン！

「うひぃいいい!?」

「ダメでしょ！」

パァン！　パァン！　パァン！

「うひょおおお～!?　あ、あ、あ……も、もうだ、だひぇえええ♡♡」

女の股間からシャワーのように飛び出した愛液が床を汚す。

「お尻叩かれて潮吹くなんて、姉弟子はとんだドM女ですね」

「ニ、ニオォ～！　ア、アンタ……ハァハァ……♡　お、覚えてなさ――」

クチャリ。と女の股から湿った音が聞こえた。

「ひゃ!?　え？　な、なんで、わ、わたひ……」

おや？　お尻を叩かれてイッたばかりなのに、姉弟子ときたらもう股間を弄りだしたぞ？

「ってか、姉弟子？　なんかさっきよりも呪いが進行していませんか？」

俺に怒りを燃やす割には、陰部をまさぐる女の指はかなり本格的に己を慰めている。完全に理性よりも本能が勝ってる感じだ。

「わ、分かって、ひゃああ♡　い、いるひゃら♡　は、は、はやく……ハァハァ……た、対処、んぁ!?　ひ、ひなさいよ！　こ、これ、ほ、本当にぃい！　ヤ、ヤバイわ!!」

「対処？　それってつまり姉弟子の濡れ濡れオマ×コに俺のチ×ポ突っ込んでいいってことですか？」

赤い瞳が大きく見開かれ、次に恥ずかしそうに俺からそらされた。

「そ、そうよ。で、でも、んっ♡　か、勘違いすんじゃないわよ。あ、あくまでも、あっ♡　ハァハァ……必要だから、す、するだけなんだから」

「なるほど。では姉弟子、俺に向かって大きく股を開いて、自分からオマ×コ広げてみせてください」

「はぁあああ!?　な、なんでそうなんのよ？　ふざけんじゃ、ん♡　な、ないひゃよ」

「嫌なんですか？」

「あ、あたりまえ、ひゃ!?　で、でひょうが……ハァハァ……アンタいい加減にしないと、マ、マジでぶっ殺すわよ？」

「そうですか、それなら仕方ありません。殺されたくないので俺は帰ります。部屋の戸締まりはお願いしますね」

「なぁああ!?　ま、まって！　あんっ♡　お、おねひゃい、待って!!」

うおっ!? ビビった。

単なる軽い駆け引きのつもりだったのに、物凄い勢いで姉弟子が足にしがみついてきた。

「ど、どうしたんですか？ 早く帰りたいんですけど。なんせ全裸でM字開脚させられて、二日以上も放置されてたわけですからね」

あ～、思い出すと何だか腹立ってきた。絶対師匠にも後でM字開脚させよう。

「こ、この……ハァハァ……わ、私が、んっ、わ、わるか、んんっ♡ たわ。だ、だひゃら、お、おねがい……た、たすけて」

俺の足にしがみついて、潤んだ瞳でこちらを見上げてくる姉弟子。しかし殊勝な態度とは裏腹に、その右手は休むことなく自身のオマ×コを弄り続けていた。

なるほど。今までは俺に都合のいい素敵な呪い程度の認識だったが、こうして見ると結構恐いな。笑いすぎて腹が痛いのが死ぬまで続くぐらい苦しそうだ。

「仕方ないですね。それじゃあ……」

俺の説得に成功したと思ったらしい姉弟子の顔がパッと輝く。俺はそんな可愛らしい姉弟子に、同じくらい素敵な笑みを返した。

「早くオマ×コおっぴろげてください」

「なっ!? そ、それ、んっ♡ ほ、本当にやらす気？」

「そりゃ、そうですよ。俺はヤりたくもないのに姉弟子のためにしぶしぶ性行為をするんですよ？ それくらいしてくれたっていいじゃないですか」

「クッ!?　こ、このクズ……ハァハァ……あ、ああ!?　疼く、疼く……だ、ダメだわ……も、もう……ひゃめぇええ♡♡　ひゅる！　ひゅるから、は、はやぐじでぇええ!!」

姉弟子は股の間で伸びていた赤い下着を苛立たしげに脱ぎ捨てると、俺にオマ×コがよく見えるように股をおっぴろげた。そして――

「ほら！　こ、これで、あんっ♡　い、いいれひょ！」

赤い茂みに覆われた陰裂が、姉弟子自身の手でクパァと開かれる。

「姉弟子のオマ×コがバッチリ見えてますよ。……ところで姉弟子、姉弟子はこの小さい穴に一体どれくらいのチ×ポを咥え込んできたんですか？」

「ハァハァ……ニ、ニオォ。も、もう、本当に限界……ハァハァ……ひゃの。は、はやく、はやく犯してぇええええ!!」

もはや俺の言葉は姉弟子の耳には届いていないようだ。まぁ、本当に姉弟子が呪いで死んでも寝覚めが悪いので、そろそろ治療チ×コをぶち込んであげるとしよう。

「だがその前に……」

「ハァハァ……んっ♡　な、なひ、ひぃてるのよぉおお？」

「見れば分かるでしょうが、姉弟子のチッパイを出してるんですよ。つーか、姉弟子少し痩せすぎじゃないですか？　もっと飯食った方がいいですよ、飯」

言いつつ、俺は師匠のとは比べること自体悲しくなるチッパイを思う存分揉みしだいた。

モミモミ、モミモミ。

「んぁ♡　ああああああ♡　ハァハァ……き、気持ちいい。きもじいいぃいいい!!　もっと、もっと触ってぇえええ」

「……うぉ、もはや別人だな。今の姉弟子の姿を録画して、正気に戻った時に見せてやりたいぜ」

モミモミ、モミモミ。

「あ、あ、ああん♡　いひぃ！　すぎょくぎもぢいいのぉおお!!　ニオ、もっひょ、もっひょいじってぇええ!!」

「うーむ。この半端ない効果、やっぱ魔王と師匠はどっちも凄かったんだな」

間接的な呪いで姉弟子をこうまで堕としてしまう魔王。そんな魔王に呪いをかけられても堕ちなかった師匠。マジで俺のような凡人とは何もかもが違う、天に選ばれたような連中だ。……ちょっぴりジェラシー。

「……まぁ、無い物ねだりをしても仕方ない。そういうことで姉弟子、凡人同士仲良くセックスしましょうか」

「する、するぅううう!!　セックスずるぅううう!!」

俺がチ×ポで陰裂を何度か擦ると、姉弟子が早く入れろとばかりに腰を動かしてくる。

「ちょっと姉弟子、そんなにせかされると逆に入れにくいんですけ……あっ、入った」

「んひょおおお♡♡　きだぁああ!!　ニオのオチ×チン、きだぁあああ!!」

魔王の呪いで淫乱オマ×コと化した姉弟子の秘所は、あっさりと俺のチ×ポを咥え込んだ。

「それじゃあ、動きますよ」

「うひゃああ!?　チ、チ×ポ、さ、さいごぉおおお！　さいごぉおおお♡♡」

もう離さないとばかりに姉弟子の足が俺の腰に回ってくる。俺は口を開けば小言や嫌みしか吐き出さない姉弟子の唇にむしゃぶりついた。

「ムチュウウ～！　レロレロ。クチュ。……ほら、チュッ、チュッ、姉弟子、もっと舌出して」

「ジュル、ジュル、こ、こう？　こひぇで、チュッ、チュッ。いひぃ？」

「いいですよ。チュッ、チュッ、ほら、ご褒美だ!!」

パァン、パァン。パァン、パァン。

「んぁあああ♡　ぎ、ぎもじぃいい!!　オチ×チンぎもじぃいいいいい♡♡♡」

「姉弟子のオマ×コも気持ちいいですよ。ほら、もっと乱れてくださいよ。姉弟子、いや、カロリーナ」

俺が名前を呼ぶと、姉弟子の膣が一際強く俺のモノを締め付けた。自然と速くなるピストン運動。

「んぁあああ♡♡　はげひぃいい♡♡　ニオ！　ニヒォオオオオ!!」

「カロリーナ！　カロリーナァアア!!」

そうして俺達は魔王の呪いがもたらす快楽のままに、互いの肉体をぶつけ合った。

＊

「これも失敗か」

試験管に入っている人工精液を苛立ち紛れに焼き尽くす。紫電が勢い余って容器をも溶かしてしまったが、そんなことは些細な問題だ。

「急がないといけないってのに、まったく」

下腹部から込み上げてくる甘い誘惑。気を強く持っていなければ、すぐにでも股間に手が伸びそうだ。

「これだけ情報が揃っていて、それでもこの私が解呪できないとは、流石はまお、ひゃ♡」

これでもう何度目だろうか？ ショーツに愛液が広がっていく不快な感覚。それに引かれるように手がローブの上から陰部に触れ、自分の意思とは関係なく五指が淫らに動く。

「ハァハァ……だ、だめだ。こんなの、や、やめないと、あっ♡だ、だめ、んっ♡」

全身に広がる甘い痺れ。股から溢れたものが足を伝った。

「ハァハァ……ク、クソ。あんっ♡ し、下着を替えるか」

すぐにまた濡れてしまうが、着替えれば一時的に淫気を払うことができるだろう。

私はローブのスリットに手を入れると、小水をぶちまけたかのように湿った下着を手早く脱ぎ捨てた。そしてあらかじめ用意しておいた替えの下着に手を伸ばそうとして——その横にある男性器を模したモノに目を奪われる。

「……は、発散しておいた方が良いか？」

いや、それはどう考えても悪手だ。この呪いは時間の経過と共に確実に進行している。今発散のためと性的な高ぶりを起こせば、呪いはここぞとばかりに進行を早めるだろう。

理性を取り戻すため、痛みを求めて唇を噛み締める。股間から手を離せても、股を擦り合わせるのをどうしてもやめることができない。

「ハァハァ……そ、そうだ。このb―２３４はまだ試してないな」

唯一淫獄（いんごく）の呪いを解呪できるニオの精液からワクチンを作り出そうと、昼夜を問わず手持ちのメソッドを全て用いて行った試行錯誤。今私が手にしているのはその成果たる人工精液のプロトタイプだ。いや、成果と言っていいものか。確かにほんの僅かに発情を抑えることはできたが、持ちうる全ての知識を総動員してこの程度。覚悟はしていたが、ここから先は手探りでやっていくしかない。

「んんっ♡　で、でも、使い方を、んっ♡　か、変えてみれば、何か変わるか？」

このb―２３４は既に経口摂取する内服薬として何度か試した。正直、摂取の仕方を口内から膣内に変更しても効果が大きく変わる可能性は低いと思う。思うが――

「ゼ、ゼロではないな」

私は男性器を模した挿入器にb―２３４をセットすると、挿入器を下腹部に押し付けた。下着を身に着けていない陰部の切っ先に疑似亀頭が当たり、そのまま――

ズブリ、ズブズブ。

「ふぁあああ～!?　あっ♡　ああっ♡　んっ!?」

つい数日前まで異物を入れたこともなかった私の秘所は、驚くほどすんなりと疑似ペニスを咥え込んだ。

「んぁ♡　あ、あ、ああん♡　ハァハァ……あっ、い、いい♡」

股間から脳天へと突き抜ける快楽。気をしっかり持っていないと呪いに意識を乗っ取られそうだ。いや、それとも既に乗っ取られているのだろうか？

「く、う、ニ、ニオの奴」

理性を取り戻すべく心に怒りを燃やす。そのために思い浮かべるのはどこにでもいそうな平凡な顔立ちだ。類いまれな魔力を持っているくせに、才能のなさでそれを発揮できないという、稀に見る才能のある無能。何故か魔力を体力に変換することだけは出来るので研究がてら雑用に使ってやれば、まさかこの私があんな小者に処女を奪われるとは。

「あんな、ハァハァ……に、荷物持ち、んぁ!? ご、ごとき……あ、あっ!? くぅう……ん、あっ!? あぁあああ♡♡」

プシャアアア!!

吹き出す膣液が疑似ペニスを押し出そうとする。

「んひゅうう♡ んっひぃいい♡ まっ、まって！」

私は慌てて挿入器の後ろに付けたスイッチを押した。

ドピュ、ドピュ。ドピュ、ドピュ。

「き、きたぁあああ♡♡」

膣内に放たれる液体。ほどなくして火照った身体から熱が引いていくのを実感する。

「ハァハァ……応急処置程度には、んっ♡ な、なるか」

しかしやはりと言うべきか、精を求める淫らな炎は未だに下腹部を刺激している。期待していたほどの効果は出なかった。

「ハァハァ……精液以外にも、くっ!?　よ、要因があると考えるべきか?」

b―234は挿入器の中で睾丸内にあるのと変わらぬ状態に保たれていた。にも関わらず、ニオに射精させた時に味わった、あの得(え)も言われぬ快感が起こらない。

「苦労したわりには役に、んっ♡　たたない、な。アイツのはもっと……」

股を引き裂く肉の感触。こんな玩具など比べものにならないくらいに逞(たくま)しいニオの――

私は頭を乱暴に掻きむしった。

「まったく。馬鹿弟子ではあるまいに、一体何を考えているんだ私は。治療方法の確立を急がないと――ひゃ!?」

膣から疑似ペニスを抜こうと股に手を伸ばしたが、股間に走るあまりにも甘美な感覚にビクリと身体が震えてしまう。

「くっ、発情は弱まっても身体が敏感すぎる。急いで、ぬ、抜かないと」

意志の力を総動員して、もう一度膣から玩具を引き抜く。

ズブズブ――

「ふぁ!?　んんっ♡　くっ、……い、いいかげんに――」

スポン!

「んひゃあああ~♡♡♡」

プシュアアア~!!

股から飛び出したモノが盛大に床を汚した。出たものが愛液なのか小水なのか、もう私には分からなかったし、分かりたくもなかった。

「ハァハァ……まったく」

引き抜いた挿入器を机の上に放り投げる。

「んっ♡　カロリーナには絶対見せられない、あっ!?　す、姿……ハァハァ……だね」

荷物持ちしか能のない弟子とは違い、魔術の才能に溢れた弟子のことを思い、ふと疑問がわいた。

「そういえばそろそろ来ても、んっ♡　い、いい頃だが」

ニオの精液回収に向かわせたカロリーナの戻りがやけに遅い。痴態を見られなかったのだから運が良いといえば良いのだが……。

「魔王の呪いについて説明しておくべきだったか？」

呪いの内容が内容だけに言いにくかったこともあるが、それ以前に絶え間なく襲いくる快楽のせいで頭が回っていなかった。

「……大丈夫だとは思うが」

パチン！　と指を鳴らせば発生させた高熱が濡れた床を一瞬で乾かした。同じ要領で身体を乾かす。私は今度こそ下着を手に取り、それに足を通したのだが――ジワッ。

「あっ♡　……さ、最悪、ニオと日常的にすることも視野に入れておく必要があるか」

穿いたばかりのパンツに早速シミができていくのを感じながら、私は部屋を出た。

「だがそれで調子に乗られても面倒だね。……前回の反省をいかして次はあらかじめニオの全身を拘束しておくか」

紫電のドロテアと呼ばれるこの私があんな荷物持ちしか能のない弟子に股を開くだけでも本来ならありえないことなのに、治療に関係のない行為まで強要されては堪らない。

「カロリーナ、いるかい？」

ニオを放り込んだ研究室に入る。奥からは確かに二人分の気配がするのに、どういうわけか返事がない。訝しみつつも私は気配を消して部屋の奥へと進んだ。そこでは――

「んぁあああ!!　ニオ！　ニィオオオオ♡♡」

「いいぞ、カロリーナ！　そら、もっと、もっと喘げ！　このメス猫が!!」

バチュンバチュンバチュン！　バチュンバチュンバチュン！

男が腰を振る度に女の小さな身体が大きく震えて、卑猥な音が研究室中に響き渡る。

「そ、そろそろ限界だ。出す！　出すぞカロリーナ。お前の中に精液ぶちまけるぞ！」

「だひぃてぇええええ～♡　ニオのせいえぎぃ、だ、だひぃでぇええ～♡♡」

「オラ、受けとれ！」

ドピュ、ドピュ。ドピュ、ドピュ。

「んひぁああぁ～♡　でひぇる!!　ま、またニオのが、で、でひぇるぅううう～♡♡」

「ハァハァ……ハァハァ……ど、どうだ、カロリーナ。気持ち良かったろ？」

「う、うん♡　すっごく……ハァハァ……すっごく気持ちよひゃった♡　ん、でもね、ニオ。あの、私……ね。まだ、まだ足りないの」

甘えた声を出した女の足がニオの腰に巻き付いた。

確かカロリーナはろくに魔術を扱えないニオを見下していたはずだが、今の二人を見ていると恋人同士以外の何者でもない。

「仕方ない奴だな。それじゃあ、さっき教えたとおりに俺のことを呼んでみろ。そしたらまた俺のチ×ポでイかせてやるからな」

パァン、パァン。パァン、パァン。

「ふぁあああ♡　ハァハァ……え？　あ、あれって、んぁ♡　やっ、やっぱり、ほ、あ、ああっ♡ほんき、ひゃ!?　だったの？」

「当然だろう。なんだ？　もしかして嫌なのか？」

「嫌ってわけじゃあ、でも、その……」

おや？　娼婦のように男を求めていたカロリーナの表情が私のよく知る理知的なモノに戻り始めている。膣内に射精された辺りから？　この反応はまるで私と同じ……。

「嫌なら嫌でいいぞ」

「ひゃ♡　ちょ!?　ちょっと、ニオ？」

ニオはカロリーナの膣内から性器を引き抜くと、もうお前に用はないとばかりに立ち上がった。

「俺は治療のために姉弟子を抱いただけなんで、それ以上は強要しません。明日からはいつも通りの関係に戻りましょう」

「なっ!?　ま、待ってよニオ。私、嫌なんて一言も言ってないでしょ!?」

「口ではいくらでも言えますからね」

「ご主人様！　ニオは私のご主人様よ!!」

カロリーナはそう言って、そそり立った男性器が剥き出しのニオの足にしがみついた。

ニヤリ、とニオが見たこともない顔で笑う。

「仕方ないですね、姉弟子は。それじゃあ俺を困らせたそのいけないお口で、俺のチ×ポをしゃぶってください」

「うん。しゃぶる。しゃぶるわ！」

そうしてカロリーナは小さな口を精一杯大きくして、ニオの極太チ×ポをしゃぶり始めた。

「ジュル、ジュル。んぁ♡　ペロ、ジュル、ジュルル～!!　どひゅ？　わたひゅのくひマ×コ、ジュル、ジュル、んっ♡　どう？」

「中々いいですよ。ほら、もっと強くしゃぶって」

「う、うん。ジュル、ジュルルル～!!」

カロリーナの奴、ニオなんかのモノをあんなに美味しそうに咥えて。

「ハァハア……ニ、ニオの、あっ♡　モ、モノなんか……を」

下腹部が疼き、我慢できずに手が股間へと伸びる。そして、そして――

「師匠？」

ニオと目が合った。

「あっ!?　いや、これは、その、わ、私はだね……」

荷物持ち相手に言葉が出てこない。この私ともあろう者がなんという体たらくだ。そんなこちらの心情を見抜いたかのように、ニヤリ、と嫌らしく笑ったニオの視線が火照った私の肢体を舐めるように這う。

「あっ♡　わ、わたしは……」

全身を苛む甘い感覚に変なことを口走りそうになる。駄目だ、ここにいては。私は交わり合う弟子達に背を向けると、その場から逃げるように駆け出した。

「ハァハァ……ニ、ニオの奴、まさか呪いを利用して？」

自室に戻ると力任せにドアを閉める。先ほど見た光景が脳裏に焼き付いて離れない。

ぶつかり合う岩のように引き締まった体と曲線が艶かしい柔らかな肢体。二つの性器が発する音は淫らで、何よりも魔術を使えないニオを見下していたあのカロリーナが、ニオの逞しいオチ×チンをあんな風に咥え込むなんて……。

「わ、私も……」

股間に伸ばしかけた手を危ういところで止める。

「わ、私も、だと？　なにを、んっ♡　ば、馬鹿なことを」

荷物持ち風情をご主人様と呼んでオチ×チンをしゃぶるあの浅ましい姿を羨ましがっている？この私が？

「これは、あっ♡　ま、またぶり返してきたか？」

b―234で多少治まっていた発情が、二人の性交に誘発されて再び身体を疼かせる。

キュン♡　と子宮が暴力的な快感を出した。

「だ、だめだ、今するのは、んぁ♡　あっ!?　ダ、ダメ……だ」

理性を総動員して股間に伸びる手を止めようとするが、甘い疼きに負けて下着の中に指が入る。

「ああんっ♡　くっ、ま、まったく、あっ♡　な、なんて、んっ!?　やっかいな……ハァハァ……の、のろい、な、なんだ」

陰毛を掻き分け、濡れた肉の割れ目を擦る。ヒダヒダと絡みついてくる肉壺の奥を弄れば暴力的なまでの快楽が股間から脳天にかけて駆け抜けた。

「うひゃああ♡は　ああっ♡　だ、だめ……だ。き、気持ち……ハァハァ……よ、よひゅぎる♡」

腿を大量の愛液が伝う。下着は既にグッショリと濡れており、吹き出した膣液でまた床を汚すのも時間の問題だろう。

……b―234を使うか？　いや、このままではきりがない。やはりここは業腹ではあるものの、もう一度この身体をニオの奴に――

「師匠？　何してるんですか？」

「きゃああ!?　なっ？　ニ、ニオ!?　貴様、一体何時からそこにいた!?」

思い描いていた男の出現に体温が急上昇する。私は自分でもよく分からない羞恥心に促され、慌てて衣服の乱れを直した。

「いつからって、師匠がエロい顔して、オマ×コに指を突っ込む少し前からですよ」

わざと下品な言い方をしている。それなのに注意できないどころか、下半身の疼きが一層酷くなった。

「あれ？　師匠、そんなに内股になってどうしましたか？　あとこの部屋、発情した牝の匂いで凄いことになってますよ」

ニオの顔に浮かぶ獲物を前にした捕食者のような笑み。それを前に私は無力な乙女のように自分の身体を抱き締めた。

「あれ？　あれれ？　本当にどうしたんですか師匠。そんな可愛い反応しちゃって」

「ハァハァ……ニ、ニオ。お前、そんな格好でな、なにしに、んっ♡　き、きた？」

ニオは衣服を一切身に纏っておらず、上半身はもちろんのこと下半身の性器に至るまで全て丸出しだ。

ああ、そそり勃つオチ×チンの何と逞しいことか。私の作った玩具など比べものにならない雄々しいアレを、今すぐ嫌らしく涎を溢す私の股ぐらに突っ込んで欲しい。そして私の中をグチャグチャにかき混ぜて、最高の快楽を味わわせて欲しい。

「そんな格好って、やだな師匠。俺を全裸で監禁したのは師匠じゃないですか」

「だ、だからって、ん、そ、そんなオチ×チン見せつけるように……ハァハァ……来なくても、い、いいだろう」

「……ん？　あの、師匠？」

「な、なんだい？　は、鳩が豆鉄砲でも喰らったような、あっ♡　か、顔をして。私がお前のオチ×チン見ただけで、犯してくれと、んっ♡　な、泣いて頼むとでも思ったかい？」

「いや、そんなことは思ってませんけど、師匠ってオチ×チンとか言う人でしたっけ？」

「は？　何言ってんだい。オチ×チンはオチ×チ……あ、あれ？」

そ、そうだ。ニオではあるまいに、何故私は生殖器をオチ×チンなどと呼んでいるのか。

キュン♡

ああ、下腹部の疼きが強すぎて理性が侵食されていく。もはや一体何が普通だったのか、分からなくなる。

「どうやら流石の師匠にも呪いの影響が強く出始めてるみたいですね。まぁ無理もありません。なにせ相手は三大魔王の一人なんですから」

ニオは机に置いてある挿入器を手に取った。

「ハァハァ……ま、魔王の呪いで、魔王を倒した英雄を犯そうなんて、は、恥ずかしくはないのかい？」

「犯す？　そんなことするなんて一言でも言いましたか？」

「ふん。今の自分の顔を鏡で見てみるんだね」

暴力性が表面に強く出た表情。ニオがこんな顔を私に向けるのは、ずいぶんと久しぶりだった。それこそ弟子に取った最初の数ヵ月、今からもう十年以上前の話だ。

ニオは詰まらなさそうに挿入器を眺めると、やがてそれを乱暴に放り投げた。

「俺の考えは師匠の弟子になる時に言いましたよね」

「ガキの、んっ♡　考えだろう。あれから多くの知識を得て、さらに魔王を倒す旅までしたんだぞ。

お前の中で……ハァハァ……な、何か変化はないのかい？」

「やめてくださいよ。師匠だって別に正義感で魔王退治に参加したわけじゃないでしょ。魔術の探求に各国からもらえる山のような報酬。そして後世まで語り継がれる名誉。魔術師が求めるものは常にシンプルで、それ故に奥が深い。そう言ったのは師匠でしょう。そして俺が求めるものは……」

ニオの視線が私の身体を嫌らしく這う。

「わかってますよね？　今まで散々それをちらつかせて俺を使ってきたんですから」

ニオが近づいてくる。私は後退しかけ、しかし思い留まった。

肌をほんのちょっと見せるだけでいいように扱えてきた荷物持ち風情に、この私が怯えるだと？

冗談じゃない。頭にカッと血が昇る。

「ニオ、そこで止まりな！」

警告として指先から小さな紫電を幾つか放つ。たとえどんな最悪のコンディションであろうとも、荷物持ちごときに負ける私ではないのだ。

「俺を殺しますか？　いいですよ。ただしその場合はこのオチ×チンもなくなってしまいますけど、それでいいんですか？」

「そ、それが何だ？　お前の……オ、オチ×チンが……ハァハァ……な、なくなったからって、そ、それがなんだって、んぁっ♡　い、言うんだい？」

「そう思うなら好きにすればいいじゃないですか。このオチ×チンとサヨナラすればいいじゃないですか」

「く、くるな!!　本当に撃つよ？」

「だから撃ちたければ撃てばいいでしょう」

私の怒気をニオは涼しい顔で受け流す。駄目だ。撃てないことを見透かされてる。ならば――

私は足を撃とうとしてニオの下腹部に視線を向ける。そしたら、そしたら……オチ×チンが目に入っちゃった♡

「……ゴクリ」

ああ。なんて立派なオチ×チンなんだろうか。しゃぶりたい。シゴきたい。オマ×コで咥えたい。

メチャクチャになるまでニオに犯された――

ガシリ、と女に飢えた雄に腕を掴まれた。

「ほら、撃てなかった」

「あ？　へ？　……あ、あ、ひゃあああ♡♡」

プシャアアア～!!

「え？　あれ？　まさか俺に触れられただけでイッたんですか？」

「そ、そんなわけ、んっ♡　な、なひぃだろ！」

「いやいや、どう見てもイッてるでしょう。ちょっとパンツ触らせて下さいよ」

「ふ、ふざけるな！　放しな！　はな、放せ!!」

「おお。あの師匠が俺の手も振りほどけないなんて、感動するな」

乱暴に振るう腕をそれよりも強い力で固定される。逞しい雄の力に子宮がキュン♡　キュン♡

する。

　マズイ。これは……マズイ。

　そう思う心と、この場は一旦ニオの好きにさせるべきだと囁く理性。どちらを選ぶべきか即決
できない私は、ただ感情のままに暴れた。

「この馬鹿弟子が！　本気で私を怒らせたいのかい？」

「師匠ならその気になれば今の状態でも俺を瞬殺できるのは分かってますよ。なので本気で嫌なら
どうぞ、やり方は任せるので好きに止めてください」

　私の乳房にニオの指が触れ、ビンビンに勃起した乳首を弄ぶ。たったそれだけのことで私は抵抗
する気力を砕かれた。

「ああん♡　やめっ、ひゃん♡　あっ!?　コ、コラ！　何をする気だい？」

「何って、いつまでも俺だけ裸ってのもフェアじゃないでしょう」

「よせ！」

　ニオの両腕を掴んでなんとかやめさせようとするが、欲望にぎらついた雄の力に……か、敵わな
い。

　そうして胸元から股間にかけて服が一気に引き裂かれた。

「プルンと飛び出す師匠のメロンオッパイ。やっぱりいいですね～」

「何がメロンだ。み、見るんじゃないよ！」

一目で分かる膨らんだ乳首が恥ずかしくて、両手で乳房を隠した。するとその隙をつかれてニオに足を刈られた。

「きゃ!?」

咄嗟に受け身を取るが、クソ。荷物持ち風情の足払いでこかされるなんて、どうかしてる。

無様に転倒した私に、ニオが優越感たっぷりの顔でのし掛かってくる。その無防備さときたら……。まったく馬鹿弟子が。いくら優位に立っているとはいえ、こちらの反撃にまるで備えていないじゃないか。

目潰し。金的。喉。魔術を使わずともニオごとき簡単に制圧できる。なのに……。

「抵抗しないんですか?」

私の上に跨ったニオのオチ×チンから放たれる雄の香りが、す、すごひゅぎる♡

ああ。よく見たら亀頭から先走ったモノが出てるじゃないか、このエロ弟子め。

「師匠?」

「ハァハァ……ゴクリ。んっ♡ す、好きにすればいいだろう」

別に魔王の呪いや、まして荷物持ち風情に屈したわけではない。だがこのままでは埒があかないのも事実。そう、これはあくまでも呪いを一時的に解呪するために必要なことなのだ。そのためにニオと再びまぐわう。それだけのことなのだ。

「な、何をしてる? せっかく……ハァハァ……このわたしが、んっ♡ あ、相手をしてやると、ひゃ!? あ♡ ああっ♡ い、言ってるんだ。はやく、し、したらどうだい?」

オチ×チン欲しい！　オチ×チン欲しい！　オチ×チン欲しいのぉおお！

「そうですか。それなら――」

「ま、まて！　キスはやめろ！」

危うく奪われそうになった唇を手でガードすることでなんとか死守する。

「ええっ!?　まさかの反応なんですけど。これからセックスしまくる仲なんですから、キスくらい別によくないですか？」

苛立たしげな男の手が私の乳房を鷲掴んだ。そのあまりの快楽に思わず背が反り返る。

「ふひゃあああ!?」

「あれ？　さっきもそうでしたけど、オッパイはオッケーなんですか？」

これ幸いとばかりにニオは両手で私の胸を揉んでくる。更には勃起した乳首を再び指で挟み、弄ぶ。それも今度は直に。

「んぁっ!?　あっ、ああっ♡　いっ、いひぃ♡　ぎ、ぎもぢ、いひぃいいい♡♡」

「おお、素直な反応じゃないですか。とても良いことですよ。でもね師匠、知ってましたか？　キスしたらもっと気持ちよくなれますよ」

「ハァハァ……も、もっひょ？」

「そうです。もっとです。だからキスしましょうよ、ね？　はい、というわけでムチュウウウ～!!」

ニオがわざとらしく突き出した唇をゆっくりと近付けてくるので、仕方なく私は目を瞑った。そして――生意気な荷物持ちの顔目掛けて頭突きをお見舞いしてやった。

ガツン!!

「いっ!?　ってぇええ!?　ちょ?　な、何するんですか?」

「ふ、ふん。この紫電のドロテアを甘く見るんじゃないよ。お、お前は……ハァハァ……余計なことはせずに、必要なことだけ、ふっ、んっ♡　す、すれば、あっ♡　い、いいんだよ」

「へー。そうですか。それじゃあ……」

ニオは頭突きを喰らった鼻を押さえていた手をどけた。その下から出てきた表情はお世辞にも好意的と呼べる類いのものではなかった。

「ヤることをヤらせてもらいましょうか」

「ふん。も、もったいぶらずに、んぁ♡　あっ♡　は、早くしな」

「それじゃあ、早速……」

ニオのオチ×チンが濡れに濡れた私の秘所をなぞる。

「やぁ♡　あっ、あっ、ふぁ♡」

大丈夫、大丈夫だ。この紫電のドロテアがこんなエロ弟子ごときに堕とされるはずがない。

そんな私の想いはしかし——

「師匠のオマ×コにチ×ポ突っ込みますね」

裂かれた股の快楽(いたみ)にあっけなく吹き飛ばされた。

「うっ!?　ひゃあぁ~♡　な、なにゴォレェえ!?　す、スギョイいい!!　スギョイノォおおお♡」

「おおっ!　いいですよ、師匠。その牝顔!　すごくいいです!!」

ふざけるな。馬鹿弟子風情がこの私を牝などと。そんな怒りはしかし、子宮を貫く雄の欲望にあっさりと吹き飛ばされる。

互いの肉体が激しくぶつかり合ってパァン、パァン！　と卑猥な音を立てた。

「んぁあああ♡　すひょい！　あっ♡　あっ♡　ああっ♡」

「師匠！　どうですか俺のチ×ポは？　いいでしょう？　俺とのセックス！　めちゃくちゃいいでしょう？」

「いヒィ！　スヒョク、い、いひっ!!」

私は一体何を口走っているのか。頭の隅でそんなことを考える理性(わたし)はしかし、あまりにも強すぎる快楽に流されて消える。

「ですよね！　なら――」

ニオの顔が近づく。唇を奪われる!?　恐怖にも似た感情に動かされ、咄嗟にそれを避けた。

「なんで避けるんですか!!」

パンパンパンパン！　パンパンパンパン！

「うひぃいいい♡♡　ハゲヒィ！　ハゲヒィいいいいい♡♡♡」

「キスしましょうよ。いや、俺の女になってください。ねっ？　いいでしょ師匠！　いや、ドロテア!!」

パンパンパン！　パンパンパン！

「ヒィやぁあああ♡♡」

この私が荷物持ちごときの女。ああ、それはなんて……素敵なの♡　などと一瞬でも考えてしまうからこそ、この呪いは恐ろしい。自分自身を保つためにも、ここで唇を許すわけにはいかない。

「ひゅ、ひゅざヒュるな！　お、お前なんテェ、アッ!?　ば、バイブ！　バイブらぁ！」

「バイブ〜？　へ〜、そういうこと言うんですか。それなら師匠が分かってくれるまで、師匠の大好きな精子を出して出して出しまくって、師匠の子宮を俺の精子でパンパンにしてあげますよ」

「そ、そんヒャ！？　やめひょ、やめ――」

パンパンパン！　パンパンパン！

「ウヒィいいいい♡♡♡　オヒョっ♡　あっ♡　ああ♡」

「オラオラァ！　愛してるぜ、ドロテアァアアアア!!」

ドピュ、ドピュ。ドピュ、ドピュ。

「ウヒョオおおおお♡♡　せいじぃ、せいヒィギタァあああああ♡♡」

肉体の奥深くまで入り込んでくる荒々しい侵略者（こだね）。それに満たされる心地よさに抱かれながら、私は意識を手放した。

幕間　慈母の闇

「はい。これでもう大丈夫ですよ」

女の子の手足を拘束していた鎖を引きちぎる。

三大魔王の一角『慈母の闇』の幹部が住まう古城を発見したという報告を聞いた私は討伐隊を編成すると、勇者様にご連絡差し上げ、共に幹部を討つべく城へと乗り込みました。そしてそこで隠し部屋に捕らわれている女の子を偶然見つけたのです。

「お、お姉ちゃん、だ、誰なの?」

可哀想に。よほど怖い目にあったのでしょうね。目鼻立ちの整った愛らしい顔を涙でくしゃくしゃにして、女の子は怯えたように私から距離を取ります。

「怖がらないで。私の名前はネリー。光の女神様に仕える者で、ここには勇者様と共に来ました」

「勇者様!?　でもお姉ちゃん、シスターさん……なんだよね?」

「あら。こう見えても私、結構強いんですよ?」

勿論私の専門は補助系統の法術なので、勇者様は勿論のこと、ドロテアさんのような攻撃力はありませんし、スレンダさんのような殺傷能力もありません（殴り合いなら多少自信はありますけど）。ですが敵地で心細い女の子に、自分がか弱い女性であることを説明するわけにはいきません。

だって私は聖女だもの！

「さっ、お姉ちゃんと一緒にお家に帰りましょう」

女の子へと手を差し伸べます。どんな反応をされるか少し心配でしたが、これも光の女神様のお力でしょう。私が敵ではないと理解してくれたようで、女の子の顔がパッと輝きました。

「大丈夫です。何があってもお姉ちゃんが守ってあげます。だから、ほら」

私は腰を屈めて女の子に目の高さを合わせます。そして脅かさないように、そっと両腕を広げました。女の子は僅（わず）かな躊躇（ちゅうちょ）を見せた後、

「うわーん!!」

と、泣きながら私の胸に飛び込んで来ました。私はそんな女の子の頭を優しく撫でてあげます。

「大丈夫、もう大丈夫ですよ」

「クスン、クスン。お姉ちゃん。お姉ちゃん」

「はい。お姉ちゃんはここですよ。もう大丈夫ですから、次はお姉ちゃんと手を繋ぎましょうね」

女の子は首を横に振ると、絶対に離れてなるものかとばかりに、私の身体に回している腕に力を入れます。……困りました。仲間を呼ぶ暇がなかったので、今の私は一人です。これでは敵と遭遇した際、女の子を守り切れるかどうか……。すぐにでもここから移動しなければ。

「いいですか？　よく聞いてください。ここは危険なんですよ。お姉ちゃんと一緒に勇者様のところに行きましょう」

「ゆ、勇者様のところに？」

「ええ。勇者様の側（そば）ならどんな敵が来ようが、絶対に大丈夫ですよ」

光の女神様に選ばれ、この世界で唯一光の魔術を扱うことができるのが勇者様なのです。特に今代の勇者様は歴代最強と謳（うた）われるくらいに凄いお方なのです。

勇者様と聞いて一瞬顔を上げてくれた女の子でしたが、その腕は相変わらずで、むしろ一層強い力を発揮し始めちゃってます。……というか、子供にしては力が強すぎませんかね？

「お姉ちゃん、いい匂いがする」

「ありがとうございます。戦い続きですが、身だしなみには気をつけているので、そのお陰でしょう」

スレンダさんやブランさんは旅の最中、本当に最低限のことしか気にしませんが、私は違います。こうしていつでも傷付いた皆さんを抱き締められるよう、匂いには特に気を使っているのです。

だって私は聖女だもの！

「ううん。そうじゃなくて、お姉ちゃんの身体の奥から懐かしい牝（めす）の匂いがするんだよ。いつか私が殺すはずだった淫売の匂いが」

あら？　なにやら女の子の様子が変ですね。しかし光の女神様に仕える者として、慌てふためくわけにはいきません。

だって私は……あっ、いや、そんなことを考えてる場合ではないですね。

「コホン！　……あの、すみませんが少し離れてもらえないでしょうか？」

私は女の子の肩をそっと押しますが、予想通り女の子はびくともしません。仕方なく突き放すつもりで押してみますが、結果は同じです。小さい身体の一体どこにこんなパワーがあるのでしょうか？　不思議です。

というか、もしかしなくとも今私は……ピンチなのでしょうか？

「どうしたの？　お姉ちゃん。もう可哀想な私を慰めてはくれないの？」

「……貴方（あなた）は何者ですか？」

ニヤリ、と女の子があどけなさの欠片（かけら）もない邪悪な笑みを浮かべました。

困りました。やはり今の私はピンチのようですね。何とか上手いことふいをついて、この子の頭をかち割れないでしょうか？

私は体内で慎重に法力を練り始めます。

「私？　私の名前はね――」

「神のさば――きゃ!?」

子供の姿を真似た邪悪な何か。その脳天に肘を落とそうとした途端、凄まじい力で吹き飛ばされました。

「もうっ！　最後まで言わせてくださいよね！　……えっ!?」

地面を転がった私は素早く体勢を整えます。そして顔を上げてみれば、女の子だった者は成熟した美しい女性へとすっかり変貌しているじゃありませんか。

深い森を想わす翠の髪と妖しく輝く紫の瞳。見るのは初めてです。でもその容姿にピンと来るものがありました。

「まさか貴方は……」

「あら、私をご存じ？　可愛いシスターさん」

「『慈母の闇』ターリアバラン」

「ターリーって呼んでくれて結構よ。それにしても驚きだわ。『最大の姦淫』を倒したと聞いたから会いに来てみれば、まさか貴方のようなあまっちょろい子がチームにいるなんて。姦淫の奴、油断でもしたのかしら？　それとも純情なふりして、貴方、実はとんでもないテクニシャンだったりする？」

慈母の闇がこちらに掌を向ければ、そこに凄まじい魔力が収束していきます。恐ろしい。ですが光の女神の信徒として、魔族を相手に引くわけにはいきません。

私は再び法力を練ります。

「闇よ立ち去りなさい！　光よ遍く照らしなさい！　ホー……」

「遅いわよ」

放たれる奈落のような弾丸。これは非常にピンチで――

「きゃあ!?」

誰かにいきなり突き飛ばされました。続いて破壊音。床が物凄い勢いで揺れています。

「アイタタッ。一体何が……スレンダさん!?」

これも光の女神様のご加護でしょう。私を守るように立っているのは、二本のククリ刀を構え、黒髪で片眼を隠した美女。『鋼の女』という二つ名を持つスレンダさんです。

「ありがとうございます。後で一緒に光の女神様に感謝のお祈りをしましょうね」

「…………」

スレンダさんは返事をしてくれません。もちろん慈母の闇という強敵と向かいあっているというのもあるのでしょうが、元々スレンダさんは物凄く無口な方なのです。

「へー。また可愛らしいのが出てきたわね。そっちのシスターとはタイプの違う美人だわ」

そして再び慈母の闇の掌に魔力が収束します。

「さて、今度のは簡単には躱せないわよ?」

確かに言うだけあって凄まじい魔力です。私の数倍？　あるいはそれ以上？　ですが決して防げない攻撃ではありません。祈れば奇跡は起きるのです。

だって私は聖女だもの！

「スレンダさん、奴の魔術は私が防ぎます。スレンダさんは攻撃だけに専念してください」

瞬間、世界の空気が一変しました。

「な、なによこれは？」

驚いたのはしかし、私達ではなく慈母の闇の方でした。

「魔力？　私を上回るほどの？」

圧倒的、そう、それはまさに圧倒的な存在感。強者に相応しい余裕を見せていた慈母の闇が、先ほどの私と立場を入れ換えたように動揺を露わにします。そして――

白い閃光が私達の視界を走り抜けました。

「え？」

と、慈母の闇が呟いた時には既に勇者様は攻撃を終えられていました。

「こ、これは……」

バラバラになって地面に落ちる慈母の闇の身体。その一部が驚愕の表情で、いつの間にか誰よりも己に接近していた勇者を見上げます。

「ア、アハハ………凄まじい！　凄まじいよ!!　アハハハッ!!　なんということだ！　これは納得だ。どうりで、どうりで姦淫が死ぬはずだ。私とて式を飛ばしていなければ危なかった」

笑い狂う慈母の闇の身体が幾つもの紙片に変わっていきます。

どうやら魔術によって本人そっくりに作り出された人形だったようですね。あわよくばここで三大魔王の一人を倒せればとも思いましたが、流石は闇に属する者。何て浅ましい立ち回りでしょうか。真なる平和を手に入れるためにも、早くこの世界から全ての魔族を抹殺せねば。

私が決意を新たにしていると――

「くっくっく」

バラバラになった魔王が、まるで人の秘密を盗み見たかのような、酷く不気味な笑い声をあげました。

「しかし姦淫もただでは死ななかったようね。とても面白いものを君達にプレゼントしている。あの淫売の呪いを受けた勇者達がこれからどうなるのか、じっくりと楽しませ――」

ボッ、と勇者様の一瞥を受けた慈母の闇の身体が燃え上がります。

灼熱の魔眼。エルフの中では珍しい深紅の瞳はそれ自体が神秘の結晶なのです。それにしても魔王の言葉に耳を貸さないとは流石は勇者様です。私もこの邪悪を踏んづけておきましょう。

「えい」

グリグリ、グリグリ。

念入りに燃えカスとなった汚物を消去していると、勇者様が私に視線を向けられます。

「怪我はありませんか？」

「は、はい。ありがとうございます。それにご迷惑をお掛けして申し訳ございません」

「いえ、貴方が無事で良かった」

「勇者様……」

金色に輝く髪を後ろで一括りにした、その凛とした美貌。赤を基調に作られた服は灯火のようで、勇者という希望の象徴である彼女にこれ以上なく似合っています。最美の種族と謳われるエルフ族の中でも彼女ほど美しい者を私は知りません。ほんと、何度見てもうっとりしちゃいます。できればこの美をもっとゆっくり堪能したいのですが、そういうわけにもいきません。

だって私は聖女だもの！

「あの、勇者様。慈母の闇が言ったことですが……」

「ハッタリの可能性はあります。ただ私達が魔王を倒す際に呪いを受けたのは事実です。ドロテアのおかげで事なきを得ましたが……」

そこで勇者様は一旦言葉を切ると考え込まれます。スレンダさんは何も言わずにいつもの定位置、つまりは勇者様の後ろにつきました。

「やはり……一度会いに行きましょう。ドロテアに」

「勇者様のお心のままに」

こうして私達の次の目的地が決まったのです。

第二章　荷物持ちの恋人

「ほら、ほら、出しますよ？　師匠のオマ×コの中に俺の熱いモノ、またぶっかけますよ？」

「んぁあぁ♡　だ、たひゅてぇええ!!　ニオの精液、だひゅてぇええぇ♡は」

俺が腰を振る度、あの尊大な師匠が快楽にその美貌を蕩けさせ、こちらの腰に絡み付けている両足に力を入れて、早く出せとグイグイせっついてくる。

「くぅおおおっ!!　出す！　出すぞ、ドロテア!!」

ドピュ、ドピュ。ドピュ、ドピュ。

「うひゃああ～♡　き、きたぁあああ!!　これぇ！　ごれぇええええ♡♡」

師匠のオマ×コにもう何十発目とも知れない精を放つと、ドロテアはまるでこのために生きてますって言わんばかりの牝顔を披露する。

「くぅうう～。この征服感、たまんね～」

ドピュ、ドピュ。ドピュ、ドピュ。

「うひぃ♡　うひぃぃいいいい♡♡」

俺がオマ×コの中に精を放つ度、師匠は死ぬんじゃないかってくらいに身体を震わせて喜んでくれる。だから俺もついついハッスルしてしまうのだ。

「どうだドロテア、俺との種付けセックス最高だろ？　最高だろ!!」

ドピュ、ドピュ。ドピュ、ドピュ。

「んくぁああ♡　さいこう！　種付けセックスさいごぉ゛お゛お゛お゛お!!」

ドピュ、ドピュ。ドピュ、ド――

「うっ!?　さ、流石に弾切れか」

「あぁあああ♡　ぐ、うっ……ハァハァ……ニ、ニオォ？」

発情した牝の吐息が頬を何度も撫でる。こちらの射精が止まるのに合わせて師匠の淫らなダンスもピタリと止まった。

「ハァハァ……ん♡　ハァハァ」

俺の身体に回っていた師匠の手足がベッドの上に投げ出される。紫の瞳は虚ろで、どことも知れない場所をボウッと見つめていた。乱れた吐息に合わせてメロンのような乳房が大きく上下する。

くそ、何度見てもエロい女だぜ。

俺は師匠の唇にむしゃぶりついた。

「あっ!?　に、ニオ、やめ……チュッ、チュッ」

「あっ！？　に、ニオ、やめ……チュッ、チュッ」

師匠は少しだけ複雑そうな顔をしたものの、開き直ったようにキスに応じる。ちなみに大変業腹なことに、師匠とのファーストキスの瞬間を俺は覚えてはいなかった。結構な時間こうやって師匠を犯していて、気がつけば唇を奪えるようになっていたのだ。

最初のうちは、確かに師匠の唇を奪ってやろうと果敢にアプローチをかけていたのだが、その全てを軽々と防がれてしまった。そこで仕方なく、まずは身体の方を先に堕としてやろうと休む暇を与えず連続ピストンを喰らわせてやった。実際一回目はこれで容易く意識を飛ばせたのだが、そこは紫電のドロテア。たった一回の経験でコツでも掴んだのか、行為の最中、初体験の時とは明らかに違う余裕のようなものを見せてきた。

俺は改めて、師匠のメロンオッパイを揉みしだく。

「ふぁ!? ひゃあぁ!? んっ♡ ああ゛あ゛あ゛あ!!」

「まったく、あんなに楽しくて苦しいセックスは初めてですよ」

ギュッ、と乳首を摘まむと、師匠は「あっ♡ あっ♡」と可愛く鳴いてくれるものの、その声には普段の力強さなど欠片もない。かくいう俺もへとへとだ。というか、ぶっちゃけキツイ。もはや時間の感覚もないが、最低でも三日三晩はぶっ続けで腰を振ってるはずだ。途中姉弟子が来てた気もするが…………ダメだ、思い出せない。

ハッキリ言って常人なら普通に死ねるセックスだった。

そしてそんな激しいセックスの中で、気が付けば俺も師匠もまるで恋人同士、いや一つの生物のように混ざりあっていたのだ。

「ん、……ニ……オ」

俺の名を呼んで目を瞑る師匠。俺自身がボウッとしていたのにつられたのか、あれほど頑なに意識を保っていた師匠がようやく眠ってくれた。

「ふぅ、これでやっと休め……ねーよ！」

俺は急いでベッドを飛び出すと、全裸のまま家中を駆け回って必要な道具を揃えた。

「これがあってよかったぜ。頼むぞ魔法のロープ君」

ピンク色のいかがわしいロープが全裸の師匠にゆっくりと巻き付いて、重力を感じさせない動きで師匠の身体を持ち上げる。

「いいぞ、魔法のロープ君。そうそうそんな感じで手は天井に向かって、そう、吊るされてる感じで……いいね～」

いかにも捕らわれの美女って感じに演出してくれる魔法のロープ君に感謝しつつ、俺は筆を取ると魔力の流れを阻害する封呪の墨を師匠の全身にヌリヌリしていく。勿論、魔力が少ない者ならともかく、師匠ほど強力な魔術師をこの墨と魔法のロープ君だけで無力化するのは不可能だ。しかし連日連夜の性行為と、それ以前から続く魔王の呪いで弱体化している今の師匠ならば取引を持ちかける時間くらいは稼げるはずだ。

「やっぱり、師匠を堕とすには同意が必要だよな」

魔王の呪いを利用して責めまくれば堕とせるかとも思ったが、今回のセックスで確信した。

師匠はいずれ必ず魔王の呪いを克服する。

それが何時になるかは分からないが、そう遠い話でもない気がする。

セックスにしてもそうだ。最初は処女で色々慣れていなかった師匠だが、今回は娼婦まではいかなくても普通に恋人がいる女的な感じはあった。ちょっとアヘアへさせてやっただけでこれだ。このまま続けていけば、この天才はいずれベッドの上でも俺を上回る気がする。そうなってもセックスを楽しませてくれるならいいが、そうならなかったら？

やはりアドバンテージがある今のうちに手を打っておく必要があるだろう。

「ってか、俺。何気に魔術の修行の時とは比べものにならないくらい頭使ってんな」

だがそれも仕方のない話だと思う。この極上の女を味わえば、誰だって手放したくないと強く望むはずだ。

モミモミ、モミモミ。

「あ～、このオッパイマジでさいこ……ん？　やば、もう起きた？」

まずは冷静に話し合う必要があるのに怒らせるのはマズイ。俺は慌てて師匠のメロンから手を放した。

「…………ん、ここは……それにこれは……ニオ、どういうつもりだい？」

師匠は気怠げに周囲を観察する。理知的な光を宿したその眼差しには既に魔王の呪いの効果は見られなかった。何だかこちらに向いた紫の瞳が死刑囚の最後の言葉に耳を傾ける神父のもののように見えてくるから笑えない。

てか、メッチャコェエエエ!!

呪いに掛かった師匠がエロすぎて忘れそうになるが、目の前の女は若くして世界にその名を轟かせた大天才。その気になれば俺のような荷物持ちなど瞬殺できる、人の形をした爆発物のような存在なのだ。

「し、師匠に是非受けて欲しい取引があります」

「取引？　そのためにわざわざ私を拘束したのかい？　正直に脅迫と言いな」

「いえ、取引です。師匠がその気になればその程度の拘束、どうとでもできることは俺が一番よく分かっていますから」

本当は今の師匠ならすぐには解けないんじゃないかな～って思っているが、師匠のプライドを傷付けて良いことなどないので、余計なことは言わずにおく。

「ふん。……いいだろう。言ってみな」

あれ？　思ったより冷静だな。いや、魔術師としての側面が強く出てるだけか？　なら対応を間違えたら殺され……はしなくても、ヤバイことになりそうだな。

とはいえ今更後には引けないし、引く気もない。ここは直球でいくか。

「師匠、師匠が発情した時に性欲の発散に協力しますから、その見返りとして俺の女になってください」

「……呆れるほど想像通りのことしか言わない奴だな。何だい？　呪いを利用してこの身体を弄べたからといって、それで私を手に入れたつもりなのか？」

「弄んだなんて……いや、まぁ確かにそうなんですけど、師匠も結構楽しんでましたよね？　何だかんだで恋人同士のようなキスをしまくったじゃないですか」

「…………」

「って？　へ？　し、師匠？　ちょっ!?　な、泣かないでくださいよ」

鋭い眼差しから流れる一筋のモノに、俺は本気で焦った。

「…………別に泣いてない」

「そ、そうですよね。す、すみません。俺の勘違いでした」

びびったぁ～。まさかあの師匠が涙を見せるとは。そんなに俺とのキスが嫌だったのか？　普通にショックだぜ。

「それで？　お前の女になるとは具体的にどんなことをするんだ？」

「え？　そりゃ、休日に一緒に遊んだり、意味もなく一緒にいたり、エッチしたり、そんな感じですけど」

俺の漠然とした構想を聞いた師匠は、これみよがしのため息を一つついた。

「そんな緩い条件だとお前が望んでいる性行為を強制できんぞ。仮にも私の弟子ならもっと頭を使って条件を出せ」

「いや、そうですけど、俺は師匠を無理矢理支配したいわけではないので」

つーか、そんなことをしようものなら、絶対この女はどこかで俺の寝首をかくだろう。呪いでおいしい思いができても、基本的に強いのは向こう。師匠を堕とすにはその大前提を忘れてはダメだ。

「……ふん。あれだけ私の身体を好き勝手しておいて、今更そんなことを言われてもな」

「あれ？　師匠、急に股をもじもじさせちゃって、ひょっとして俺とのエッチを思い出して発情しちゃいましたか？」

「…………していない。貴様こそ人と話している最中に何故股間のモノを大きくしている？」

「そりゃ、素っ裸の師匠と向かいあって喋っていれば勃起しますよ。普通に紫の陰毛にチ×ポすりすりして、師匠のオマ×コにそのままチ×コ突っ込みたいとか考えちゃいますよ」

「分かった、もういい。とにかく取引とやらの条件は先ほどのでいいんだな？」

後からの変更は聞かんぞとばかりに怖い目で睨んでくる師匠。そう言われるともっと俺に都合のいい条件に変更した方がいい気もしてくるのだが、師匠相手に欲を出しすぎるのは危険だ。

「はい。問題ありません」

「分かった。なら拘束を外せ」

猛獣を解き放つみたいでちょっぴりビビるが、俺は言われた通りに魔法のロープ君を外した。

「あっ、墨の方も今とりますね」

俺は専用の液体を染み込ませたタオルを準備しようとしたのだが――

「必要ない」

師匠の身体から放たれた紫電が全身の墨を吹き飛ばした。

コエェ〜。つーかメチャクチャ元気じゃね？　やっぱ変に強気にいかなくて良かったぜ。

手首を回したりして身体の調子を確かめる師匠。もう既に諦めているのか、魅力的すぎる身体を隠そうともしない。

うう、あの尻に今すぐむしゃぶりつきてぇえぇ。

「あ、あの師匠？　条件は呑んでもらえたということでいいのでしょうか？」

それなら早くヤラせろや。

あれだけヤッた後だというのに、早くも元気を取り戻した俺は目の前の牝に襲いかかろうとして、

「うっ!?」

振り返った師匠の紫の瞳に射ぬかれ、前に出るどころか逆に後ずさってしまった。

「………………少し考えたい。明日、いや明後日部屋に来い」

「え？　し、師匠？」

「分かったら出ていけ。五秒以内に部屋から出ないようなら取引はなしだ」

「すぐ出ていきます！」

俺は一も二もなく全裸で廊下に飛び出した。

「あっ!?　し、しまった！」

廊下に出た俺は今更ながらに己の犯した致命的なミスに気が付いた。

「……どうせ縛るならM字開脚にしておけばよかった」

疲労さえなければ絶対にしなかったであろう痛恨のミスに、俺はしばらくの間呆然とその場に立ち尽くした。

師匠との三日三晩にも及ぶ激しいセックスの後、部屋に戻った俺はベッドに直行すると飯も食わずにひたすら寝まくった。そして――

「今日という日を待ちに待ったぜ！」

実際は延々眠り続けていたせいで部屋に戻って来たのが数分前の出来事のように感じている。だ

が出会った時からずっと狙っていたドロテア師匠がついに俺の女になるかも知れないのだ。感覚的には一瞬でも、気分的には何十年も待った気がする。

「そういえば姉弟子が部屋に来てたような?」

真夜中、姉弟子がベッドの脇で俺をジーッと見てた気がするが……駄目だ、今度も夢か現実かハッキリしない。

「ま、姉弟子はどうでもいいか。それよりもついに師匠が……グフフ」

笑いが止まらねー。いや、分かってるよ? あの師匠が大人しく俺のものになるとは思えない。恐らく形だけ取引を受けて、その裏では俺を上手いこと操ろうと画策するはずだ。

「だがしかし、魔王の呪いがある限りセックスはできるわけだし、焦る必要はねぇ」

たとえ恋人同士のようなことが当面の間は出来なかったとしても、触れることもできなかった昔に比べれば随分な進歩だ。

俺はルンルン気分で辿り着いた師匠の部屋のドアをノックした。

「師匠? 師匠ぉ～? 可愛い弟子が返事を聞きに来ましたよ」

「入りな」

よしよし。声の調子から察するに機嫌は悪くなさそうだな。

俺はドアノブを回そうとして――唐突に、これが罠だったらどうしようかと心配になった。

俺を油断させて捕獲。その後師匠の都合のいいように人体改造を施す。……メチャクチャ師匠がやりそうなことではある。ことではあるのだが――

「今さら後に引けるかぁ!!」

荷物持ちとはいえ俺だって勇者パーティーの一人。死地に飛び込んだ経験だって一度や二度ではない。師匠を手に入れるためならば、どのような危険にだって飛び込んでみせよう。

俺は部屋のドアを開け放った。

「なんだお前は、ドアくらい静かに開けられないのか？」

椅子に腰掛け、白い液体が入った試験管を退屈そうに眺めていた師匠が呆れたような顔をする。

俺は素早く部屋の中を見回した。

よし。恐怖の改造セット的なものはないな。

「何でそんなに挙動不審なんだい？　……ああ、なるほど。今更になって怖くなったのか。どうする？　やめるなら今のうちだよ」

「冗談でしょう？　たとえどんな危険があろうとも、俺は絶対に引きませんよ。師匠、この間言った通り、俺の女になってください」

魔王の呪いを利用した愛の告白。俺のそれを聞いて師匠は手に持っていた試験管を机に置いた。

「……私の条件を呑むならいいよ」

マジで予想通りのことを言ってきたな。

「師匠を俺の女にできるならどんな条件でも呑むつもりですけど、……ちなみに何をすれば？」

「簡単だ。私に魔力を送る専用の魔術回路をお前の身体に作らせろ。お前は魔力量だけは並外れているからな。それを利用しない手はない」

「え？　でも師匠、その手の魔術は効率が悪くて割に合わないって言ってませんでしたか？」

今までも何度か師匠は俺の魔力を利用しようとして、失敗している。他人の魔力を利用しようと思えば技術的な問題は勿論のこと、当人同士の相性も関わってきて、簡単にはいかないのだ。

「今までとは既に状況が違う。今私とお前は同じ魔王の呪いを受け、更に定期的に肉体関係を持つことで体液や魔力を交流させている。これにプラスして私が考案した魔力刻印をお前に刻めば、それなりに有益な魔力量が摂取できると踏んでいる」

「つまり俺を師匠の魔力貯蔵庫の一つにするということですよね？」

「嫌かい？」

「とんでもない。今までよりも師匠と一緒にいられるってことじゃないですか。マジ嬉しいですよ」

「この刻印が上手く起動すれば、私はお前の意思に関係なく好きにお前から、それこそ死ぬまで魔力を摂取できるわけだが、それでも構わないんだな？」

「全然オッケーですよ」

どうせ師匠がその気になれば魔術刻印なんぞなくても簡単に殺されるんだから、今更な問いだった。

「……ならいいだろう。お前との取引を受けてやる」

「うっしゃああ!!　マジっすね？　マジっすね？」

「私の言葉を疑うのかい？」

「いえ、そういうわけじゃありませんけど、師匠のことだから俺をエッチに必要な時にだけ使える人形にするんじゃないかって結構ビビってましたので、正直こんなにすんなり話が進むのは意外です」

希望的観測はあくまでも希望にすぎず、実際はもう一悶着ぐらいは起こると思ってた。

「確かにお前の自由を奪う方法も検討したが、元々の原因が魔王にある上、最初に肉体関係を迫ったのは私の方だからね。性欲を暴走させた程度でお前の自由意思を奪うのもどうかと考え直したのさ。もっとも……」

椅子から腰を上げた師匠がゆっくりとこちらに近づいてくる。そして……そっと俺の頬を撫でた。

「お前が私の可愛い弟子でなければどうしてたかは分からなかったがね」

鼻腔を擽る甘い匂い。背筋に冷たいものが走り、眼前にある宝石のような美貌から目が離せなくなる。俺は目の前の女の美しさにただただ魅入った。

「……ふん。可愛い反応だな。取引は終わった。下がっていいぞ」

俺の頬をペチペチと叩いた後、もう用はないとばかりに背中を向けるドロテア師匠。だが向こうになくとも俺には用がある。主に性的な方向の用が。

「待ってくださいよ、師匠。取引が終わったなら俺達は恋人同士ってわけですよね？」

咄嗟に師匠の腕を掴む。

「そうだな。そう言ってもいい関係にはなっただろうな」

「それじゃあ恋人にそんな冷たい態度を取ることないんじゃないですかね？」

「私が私の恋人にどういう態度を取るかは、私の勝手だろう？」

「うっ。そ、それを言われるとそうなんですけど……じゃあ、その、今俺が恋人である師匠にエッチしたいと言ったら師匠は何て答えます？」

「そうだな。私なら恋人とやらである荷物持ちにこう答えるだろう。一人でマスでもかいてな」

「そ、そんな!?」

取引を持ちかけたとき師匠にも指摘されたが、やはり俺の出した条件には強制力が足りなかったか。いや、諦めるな。強制力がないということは自由度が高いということでもあるはずだ。

「師匠がそんなこと言うなら俺も次に師匠が発情した時、同じこと言っちゃうかもしれませんけど、それでいいんですか？」

紫の瞳が細まり、そこから感情が消えていく。

「ほう、今のは上手い返しだな。……いいだろう。何をして欲しい？　本番以外ならしてやる」

俺はまさにその本番がしたいのだが……師匠の目がメッチャ怖いので余計なことは言わないでおこう。それにここで無理をして師匠との関係を悪化させるのはどう考えても悪手だ。

「じゃあ、オッパイ見せてくださいよ。オッパイ」

「………」

俺としては無難な提案のつもりだったのだが、師匠はゴミでも見るかのような冷たい目になった。

そして——

肩が大きく露出したローブの胸元が下がる。

「うおおお!!」

プルンと露わになるメロンオッパイ。まだ勃起してないピンク乳首は生娘のような初々しさを未だに放っており、嫌らしい巨乳と相まって俺の股間をこれでもかと刺激してくる。

まさかあの師匠がこんなあっさり言うこと聞いてくれるとは。ああ、今すぐあの胸にむしゃぶりついて、ピンク乳首を舌で転がしたい。

俺は奇跡が生んだ極上のメロンに向けて手を伸ばし、そして——

「いてて。ちょっ!? な、何するんですか?」

メッチャ腕を捻られた。

「胸を見せるだけだろ? あまり調子に乗るんじゃないよ」

メキリ、メキリと腕から嫌な音がする。

「いてて。すみません。調子こいて、本当にすみません」

「ふん。もういいだろう。私は忙しい。取引をした以上、時間のある時にでも構ってやるから、今は出ていけ」

そうして腕を解放された俺は師匠の部屋から邪険に追い払われた。

「くそ、師匠め。次の発情期は覚悟しておけよ」

若干の悔しさはあるものの、それでも気分はそう悪くない。なにせ師弟としての仲を維持しつつ、師匠を合意のもとでヒーヒー言わせられる関係性を手に入れることができたのだから。

「次こそはM字開脚。いや、アナルも捨てがたいな」

高慢ちきな師匠がしぶしぶ俺と様々なプレイをするところを想像して、ついつい顔がにやけてしまう。

このままゆっくり確実に、師匠を俺の女に堕としてやるぜ。

＊

「ブランさんのところにですか？」

師匠とはれて恋人？　な関係になれて既に三日目、早く次の発情が来ないかなと心待ちにしているところに突然の呼び出しを受けた俺は、当然エッチな展開を期待していたのだが――

「勇者様のところならともかく、何故ブランさんのところなんですか？」

思ってたのとは違う展開に、声のトーンが自然と下がる。

つーか旅とかマジで億劫(おっくう)だぜ。そんなことよりも師匠と家で朝から晩までイチャイチャしたい。

「……もしも魔王の呪いを他のメンバーも受けていたとしたら、恐らく次に呪いが発現するのがブランだからだ」

「へー。それってブランさんが半吸血鬼だから……って、へ？　し、師匠？　今なんて言いました？」

気のせいだろうか？　目の前に本物だと保証された宝の地図を差し出された気がするぞ？

「私のレジストが失敗に終わった以上、勇者を含めた全員が呪いに感染している可能性がある」

ゴクリ、と俺は生唾を飲み込んだ。

「そ、それでその呪いを解呪できるのは、俺とのセックスだけ……ということですか？」

「今のところはな」

「うっおしゃあああ!!　俺の時代がき……いたっ!?」

後頭部に走る痛みに目の前で星が散る。つーか、マジで痛いんですけど？

俺は痛みの元凶へと恨めしげな視線を向けた。

「な、何するんですか？　妬かなくても俺は平等に皆を愛しますよ？」

「……お前の馬鹿さ加減は筋金入りだね。間違っても他のメンバーの前で今みたいな態度を取るんじゃないよ。殺されても知らんぞ」

「うっ。それは……確かにそうですね」

そうだった。勇者様はともかく他のメンバーは師匠に負けず劣らず一癖も二癖もある女傑達。俺のような荷物持ちが安易に挑発していい相手ではないのだ。

「……で、でも呪いのことを知れば流石に無茶はしませんよね？」

「どうかな、勇者なら必要だと割りきれば、お前の女にでもなんにでもなってくれるかもしれんが、他の奴らは気に入らない男の娼婦になるくらいなら潔く死を選ぶ気もするな」

呪いにかこつけて自分を犯そうとする相手をぶっ殺した後で。などと物騒な言葉を付け加える師匠。

「い、いやいや。師匠だってなんだかんだ言って俺を殺さなかったじゃないですか。他の皆さんだって、そんな酷いことしないいんじゃないですかね？」

「私の場合はお前が元から身内だってことも大きい。ハッキリ言って、もしもこれがお前ではなくて見ず知らずの男が相手だった場合、その男の四肢を切り落として管に繋いだかもしれないな。それで必要な時だけ薬で勃たせる。管理にしろ研究にしろ、これが一番効率的だな」

取引の返事を聞いた日、師匠の部屋を開ける前に脳裏をよぎった最悪のビジョンが甦った。

青ざめる俺を見て、師匠が取り繕うように優しく微笑んだ。

「冗談だよ。この私がそんな非人道的なことをするわけがないだろう？」

「で、ですよね～。やだな、師匠ったら。ア、アハハ」

ヤベェ、頬が引きつる。師匠は冗談と言ったが、俺は師匠がどんな人物なのかよく知っている。今の俺の自由は本当に紙一重の結果だったのだ。ならばこそ、手に入れたこの自由を満喫しないわけにはいかないだろう。

「ところで師匠」

俺は椅子に腰掛けている師匠にゆっくり近づくと、その肩に手を置いた。

「…………何だい？」

紫の瞳が冷たく俺の手を一瞥する。その視線にちょっぴりビビるが、もしも師匠が本気で拒絶するつもりなら肩に触れる前に俺の腕はへし折れていたはずだ。つまりこれはヤれる流れ……のはず。

俺は師匠の肩に置いた手をメロンのような乳房目指してゆっくりと下げていった。するとほどなくしてムニィ！　と指先に伝わる素晴らしい弾力。それをもっと味わいたくて、俺の手は肩が剥き出しのエロい服の胸元へと侵入していった。そして――

ギュッ！

「あっ!?」

メロンの尖端にあるサクランボを摘まめば、声を出すまいと身構えていた師匠の身体がビクリと跳ねた。

そう、これこれ。この感触!!　そしてこの反応！　まったく、師匠はマジでチ×ポにズキュンと来る女だぜ。

「師匠、声を出したかったら出していいんですよ？」

モミモミ、モミモミ。

「ふっ!?　んっ。……い、今の話の後にこんなことが出来るお前の度胸は、あっ♡　か、買ってやろう」

「師匠が魅力的すぎるのがいけないんですよ。それに――」

俺はオッパイを揉んでいるのとは反対の手を、艶かしい白い足が覗いてるローブのスリットに突っ込んだ。

「ッ!?　ニ、ニオ……お前」

「旅に出るなら精液を補充しておいた方がいいんじゃないですか？」

黒いスットキングに守られた師匠のむっちりとした太股を撫でれば、そこから伝わるとても同じ人間とは思えない滑らかで少し冷たい手触りに、俺は危うく鼻血を噴き出しそうになった。

「ハァハァ……し、師匠。今度この股で俺のチ×ポ挟んでくださいよ」

「ん、あっ!?、き、気が……ハァハァ……むいたら、あっ!?　な」

「ありがとうございます！　お礼に今日は師匠の中にたっぷりと出してあげますからね」

「んぁ!?　そ、そこは……」

紫色のセクシーパンツの上から陰裂をなぞってやれば、師匠は唇を噛み締め、快楽にその身を捩（よじ）った。

「気持ちいいでしょう？　チ×ポ欲しくなりませんか？　安心してください。今挿（い）れてあげますからね」

「まだ、くっ!?　い、挿れて良いとは……ハァハァ……言ってないぞ」

「すみませんがもう我慢できないんで。早いところパンツ下ろしてくださいよ」

本能という、ある意味魔王すら上回る最強の呪いにせっつかれ、師匠のパンツを奪いとろうとしたら――

ガタッ、と師匠が唐突に立ち上がった。

「な、何ですか？」

襲われないという確信があっても、檻の中の熊についビビってしまうように、やはり怖いものは怖い。

俺は股間を大きくしたまま、師匠から一歩、二歩と距離を取った。

宝石のように美しい紫の瞳がこちらを真っ直（す）ぐに射ぬいてくる。

「あの、し、師匠？」

「ヤリたいだけとはいえ、お前の発言にも一理ある」

「へ？」

師匠の指がローブのスリットから顔を覗かせる紐パンの結び目をちょんとつまんだ。そしてゆっくりと時間をかけてそれを解く。女の片足が挑発的に浮いて、白く艶かしい脚から紫のパンティがハラリと零れ落ちた。

「私のここを、また味わいたいか？」

師匠の手がノーパンとなった陰裂をローブの上から挑発的に撫でる。ひょっとしたらマンスジが浮くのでは？　俺は鼻息も荒く女の足元に跪いた。

「し、師匠！　これはオッケーってことですよね？　師匠のオマ×コに俺のチ×コ突っ込んでいいってことですよね？」

答えを聞くよりも先に師匠のローブに鼻先を押し付けると、俺は女のむっちりとしたお尻を鷲掴んだ。

ん？　これは……まさか？

「んっ。キスはなし。余計なことはせずに、あっ!?　そ、挿入して射精。それでいいなら……ハァハァ……あ、相手をしてやろう」

ローブの上からクンニしようとしたら師匠にやんわりと頭を押され、俺は仕方なく一旦師匠のエロボディから身体を離した。

つーか、キスはなしとか、いつまで純情ぶってんだよ！　とかちょっぴり思うが、師匠の機嫌を損ねてエッチをなしにされたくないので顔には出さない。

「分かりました。それでいいのでエッチしましょう」

俺は立ち上がると、そそり勃ったチ×コを下着という狭い世界から解き放った。

師匠の喉が物欲しそうな音を立てる。

「それで？　余計なタッチはなしとか言ってましたが、流石に最低限の接触はいいですよね？

……師匠？」

抱き締めようとしたら近づくなとばかりに胸を軽く押されてしまった。

「言っただろう。挿れるだけだと」

師匠は机の上に腰掛けると股を大きく開いた。そして無表情に淡々とローブを捲り上げる。

「お、おおっ!?」

ローブの影の中にあって、光り輝いているかのような白い肌と、股ぐらで完璧なる白を小さく裂いた陰裂。そしてその周囲に生えた紫の茂みの生々しさときたらもう！

ヤベェ、マジで鼻血が噴き出しそうだ。こんなの見せられて我慢などできるか。

俺は机の上から放り出された二本の足を掴むと、そそり勃ったチ×ポを挿入すべく、極上の牝を引き寄せる。そして――

「ふぁ♡　あっ、ニ、ニオ……」

ズブリ！　と女の股ぐらにある蕾に肉棒を突っ込む。ズブズブ――

「うぉおお。久々の師匠のオマ×コ、さ、さいこうだ……ぜっ！」

ズドン！

「ふぁあああ～♡♡　んんっ、く、ハァハァ……ぜ、ぜんぶ、あ、あっ⁉　入った、のか？」

「ええ。入りました。俺のチ×ポ全部入りましたよ」

挿れにくい体勢の割には師匠のオマ×コは驚くほどすんなりと俺のチ×コを咥えた。ってか、やっぱりこれって――

「準備万端じゃないですか。発情してましたね？　涼しい顔して、本当はさっき俺にパンツ越しにマ×コ弄られて、濡れに濡れまくってましたよね？　そうでしょう、師匠！」

師匠の股間に顔を埋めた時、ローブ越しにも伝わってきた牝の香り。くぅ～。俺をビビらせた女がその実俺のチ×コ欲しさに股を濡らしていたのかと思うと、興奮が半端ないぜ。

「だから俺の誘いにあっさり乗ったんですね？　相手をしてやろうとか言って、本当は俺のチ×コが欲しくて堪らなかったんですね？」

パァン、パァン。パァン、パァン。

「ふっ♡　んっ、んぁ♡　く、ううっ……ハァハァ」

高飛車女の中を何度も何度も俺のチ×コで犯してやる。本当は机の上に押し倒して組み伏せてやりたかったが、どんなに押してもドロテアの奴、お前ごときに上は取らせないとばかりに頑なに倒れようとしない。その反抗的な態度がまた俺の興奮を誘った。

「ほら、師匠。黙ってないで何か言ってくださいよ。師匠が涼しい顔しながらずっと欲しいと思っていたチ×コが師匠のオマ×コを出入りしてますよ？　嬉しいでしょ？　本当はもっと乱れたいんでしょ？　ねぇ？　ねぇ、ねぇ!!」

パンパンパン！　パンパンパン！

「んっあああっ♡♡　ハァハァ……く、くだらん、ん、んっ、こ、こと、言ってないで、あっ!?

あっ♡　ああっ♡　さっ、さ、ひゃっ♡　だ、だせぇ！」

うおっ!?　今チ×コがスゲーキュッて締め付けられた。

「し、師匠、もうすっかりエロ技を習得してますね。やっぱり、いつもエロいことばっかり考えているからですか？」

「そ、それは、んっ、あっ♡　ああっ♡」

魔術において理論より実践を重んじる師匠のことだ。俺との性交が避けられないと分かった以上、様々な手段を用いて射精を促してくるだろう。今後はそれをどう切り抜けて、いかに長くこのエロボディを楽しめるかがじゅうよ――

「ふん。馬鹿弟子が」

「んぐっ!?」

いきなり師匠の両足が俺の腰に回ったかと思えば、そのままグイッと身体を引き寄せられて……まさかのキスをされた。

「ん、んん～!?」

最初に自分が禁止した行為をあえてすることで意表を突く。ある意味では師匠らしくて、ある意味ではドロテアらしくないその行動に、俺は馬鹿みたいに目を見開くことしかできなかった。

更に——

ヌルリ。

師匠の舌が口内に侵入してきた。

「クチュ、チュッ、チュッ。ほら、ペロペロ。さっさと、ん、イッちまいな。チュッ、チュッ」

大胆でありながら、でもどこかぎこちない。師匠の性格と、性行為に慣れていない女の初々しさが表れた舌使いに俺は、もう俺は——

「ん、んんっ～!!」

ドピュ、ドピュ。ドピュ、ドピュ。

く、くそ～。なんてこった。出してしまったぞ。娼館のお姉様方に比べたら児戯のようなキスで。いや、後悔は後だ。今はこの快楽を少しでも多く楽しまなくては。

俺は師匠の子宮目掛けて精液を放ちつつも、今度は自分から積極的に師匠の口内を堪能しようとして舌を——

「んげっ!?」

突然腹を足で押されて、俺は精液を空中に放ちながら床に尻餅をついた。

「な、何するんですか？」

絶頂の最中の暴挙に流石に腹が立ち、俺は床に尻餅をついたまま師匠を睨み付けた。師匠はそんな俺の怒りなどお構いなしと言った様子で、ローブをたくしあげて自身の陰部を見下ろしていた。

ん～。師匠のオマ×コから俺の精液が溢れてて実にエロいぜ。

「ひとまずはこれくらいで大丈夫だろう。ほら、荷物持ち。いつまでそうしてるんだい？　早く荷物をまとめな」

それだけ言ってもはや用はないとばかりに背中を見せる師匠。

その高慢な態度にムカつきつつも、さっきまであの女のオマ×コにチ×コを突っ込んでいたのかと思うと、不思議な優越感が込み上げてくる。

俺は自身のアンビバレントな心にため息を一つつくと、ひとまず師匠に言われた通り、お出掛けのための荷物をまとめるのだった。

＊

「なによ、ここ？　騒がしくて全然落ち着けないじゃない」

師匠に言われた情報収集を行うべく立ち寄った酒場で、何故か勝手についてきた姉弟子が不機嫌さを隠そうともしない口調でそう吐き捨てた。

「姉弟子、師匠と一緒に宿で待ってて良いんですよ？」

ブランさんに会うためにブラッド城を目指して旅に出たのが六日前。ようやく城下町に着いたのがつい先ほどで、時間経過を考えるとそろそろ発情期が来てもおかしくないと大いに期待したのだが、師匠は宿に着くなり俺にブランさんが現在どうなっているのかを調べてこいと命じて部屋に引きこもってしまった。

まさかと思うが発情を抑える方法を発見したのだろうか？　いやいや。そんなに早く発見できるなら、最初からあの師匠が俺の女になるような契約を結ぶはずがない。きっと発情には波があって、今は比較的穏やかなだけだ。……うん、きっとそのはずだ。

姉弟子がジトッとした半眼を向けてきた。

「何よそれ？　この私がアンタを手伝ってあげようってのに、何か気に入らないわけ？」

「気に入らないというか……」

この酒場は冒険者や裏の社会を生業にする者がよく訪れるところなんだが……やっぱり姉弟子は浮くな。

身に纏う雰囲気とでも言えばいいのか、これが同じ女でも師匠ならこの場の雰囲気に上手く合わせるか、逆に周囲を圧倒するのだが、姉弟子の場合はただただ浮いてる感が強い。そして姉弟子は師匠に比べれば普通だが、それでも一応は美人にカテゴライズされる女であって、つまり——

「よう、姉ちゃん。何だか不機嫌そうだな。来いよ、一杯奢ってやるぜ」

ほら、こうなった。

見るからに暴力に慣れてますって感じの男が、不気味なくらい愛想よく姉弟子に話しかけてきた。

はぁ、だから一人で行動したかったんだよな。だがまぁ、こうなった以上面倒だが仕方ないか。

トラブルにならないよう、ここは一つ俺がフォローを——

「うっさいわね。酔っ払い風情（ふぜい）がこの私に気安く話しかけんじゃないわよ。あっちに行きなさいよ、シッ、シッ」

入れる前に姉弟子が思いっきり火に油を注いだ。

「ハッ、気の強い女は好きだぜ？　いくらならヤらせる？　勿体ぶらずに早く言いな」

「この私が娼婦に見える？　もし見えるなら早いとこ病院に行った方が良いわよ」

「気取るなよ。お前みたいな女がこの店に来たのは、わけありなんだろ？　どんな用事かは知らねーが、一晩付き合うなら俺が力になってやるぜ」

手慣れた感じだな。この方法でどれくらいの女とヤレたのだろうか？　師匠の発情期があまりに遅いようなら、今度俺も試してみようかな。

俺は男に親近感を抱きつつも、姉弟子を庇うように前に出た。

「あん？　なんだ？　お前」

姉弟子に向けるのとは露骨に違う、明らかに威嚇が混じった険の強い顔。ただそれに伴って重心が戦闘を前提としたものに変わらないところを見るに、喧嘩はそこまで強くなさそうだ。

「スミマセン、ちょっと伺いたいんですが、ブランさんってどうされてますか？」

「はぁ？　ブランって、ここの城主であるブラン・ブラッド様のことかよ？」

「あっ、良かった。まだ城主なんですね」

なにせブランさんはレギス帝国の東を治める大貴族の娘でありながら半吸血鬼ということで、その立場が非常に不安定なのだ。

ノコノコ会いに行って面倒事に巻き込まれるのはごめんだ、とは師匠の言葉。

「おい、テメー。まだってのはどういう意味だ？」

ん？　しまったな。この反応、ブランさんのファンか何かか？

半吸血鬼ということで何かと敵が多いブランさんだが、その美貌とバイオレンスな性格には不思議な魅力があり、味方もそれなりに多いのだ。

「深い意味はないんですよ。ただ昔、一緒に旅していた頃にいつまで城主でいられるか分からない的な事を仰(おっしゃ)っていたので、気になっただけです」

「は？　ブラン様と旅しただぁ？」

あっ、この顔、絶対信じてないな。

「お前、俺のことをからかってんのかよ？」

「いやいや。誤解ですよ、誤解」

とは言ってても信じないよな。さて、どうしたものか。

こちらには姉弟子もいるし、見たところ男に仲間はいない。争いになっても問題はなさそうだが、避けられる喧嘩は避けるのが俺の主義だ。

どうやって穏便に場を収めるかと悩んでいると、ふと、頬に傷のある女と目が合った。

「マスター、俺のこと説明してくださいよ」

カウンターでお客さんに酒を注いでいた酒場のマスターは、俺の切実な頼みに対して目を逸(そ)らすことで返事をしてみせた。こいつが男だったら結構腹の立つ対応だが、黒いベストがよく似合う姉御(あねご)感あふれるマスターの場合は話が別だ。

俺はいつかこの女とも一発ヤリてぇと思いつつ、こちらの誠意が伝わるよう、媚びた笑みを浮かべる。

「もちろん後でちゃんと注文しますから。ねっ？」

「……彼は勇者パーティーの荷物持ちをしていた男だよ」

マスターの簡潔な説明に一瞬酒場中の視線が俺に集中した。

ふっ、何度味わってもこの瞬間は最高だぜ。

俺が虎の威を借る狐のごとく勇者様たちの威光パワーを堪能していると、姉弟子に声をかけたチンピラがマジマジと俺を見つめてきた。当然だが、俺を見る男の眼は先ほどまでとは百八十度違うものだった。

「そういや聞いたことあるな。勇者様のパーティーに一人だけ男が紛れ込んでるって話を。……それがアンタか？」

「そうそう、それが俺です。ちなみにこちらの女性は俺の姉弟子で、共に紫電のドロテアの弟子です」

「紫電のドロテアって、あのクソエロい魔術師だろ？」

「ええ、そうです。そのクソエロい魔術師のことで……はう？」

後頭部に走った衝撃に思わずつんのめる。

「師匠を馬鹿にするのは許さないわよ」

振り返れば、拳を握りしめた姉弟子が酒場にいる強面な皆さんに負けずとも劣らない怖い顔をしていた。

「で？　結局アンタは私とやるわけ？」

「おいおい。勘弁してくれよ。アンタ達が紫電のドロテアの関係者なら手を出すつもりはねー。悪かったな」

それだけ言ってそそくさと逃げていく強面のチンピラ。その引き際の良さにますます親近感が湧いてくる。今度見かけたら一緒に飲まないか誘ってみよう。

俺の横で姉弟子が勝ち誇ったように胸を張った。

「ふん。つまんない男ね。もっと根性のある奴はいないのかしら？」

「姉弟子、ナンパがしたいならひとまず場所変えません？　ここにいると面倒事が起きる気配しかしないんですけど」

出来ればチンピラの言葉の真偽を確認したかったが、少々目立ちすぎた。ブランさんが城主のままならコソコソする必要もないし、もっと大通りにある比較的お行儀のいい人達が集まるお店に移動しよう。

「だ、誰がナンパなんてしたいって言ったのよ!?　変な誤解してんじゃないわよ、この馬鹿！」

「分かりました。分かりましたから、さっさと行きますよ」

変なところに反応している姉弟子の腕を掴むと、俺はマスターに向かって銅貨を……あ、クソ！　間違えて銀貨を投げちまった。でも今更返してなんて言えないし。

「ああ、もう。早く行きますよ」

「ちょっと、何ビビッてんのよ？　今の見たでしょう？　ここの連中大したことないわよ」

「いや、だからそう言う発言はまず――」

「おい、お前達がドロテアの弟子というのは本当か？」

ほら、来ちゃったよ。

「だったら何よ?」

俺達の前に立ち塞がったのは、傷が無数に入った鎧を着こなした、パッと見、三十代くらいの男。無精髭を生やしたその顔は、先ほどのチンピラよりもよほど話が通じそうではあるが、経験上こういう目的がなければ絡んできそうにないタイプに絡まれた時の方が血を見やすい。

「ドロテアに会わせてくれないか?」

口調は丁寧だが、剣の柄に掛かった手が断れば斬ると明確に脅してきていた。

「師匠になんの用よ?」

姉弟子も自然体のまま、剣の間合いを意識した立ち方へと重心を変える。

「以前から思っていたが勇者が女だからといって、そのパーティーが女ばかりの必要はないだろう」

「はぁ!? 師匠が勇者様に選ばれたのは実力だし」

「うむ。だからつまるところ、俺の用件はそれを証明してほしいというところだな」

ゆっくりと抜き放たれた刀身が鈍い光を放った。

ったく、師匠や勇者様の名前はチンピラを追い払うのに便利だが、こういうガチ勢を引き寄せるんだよな。

「もう一度言うぞ、ドロテアを連れて来てくれ」

最後通告とばかりに男の全身から殺気が噴出する。危険を察した何人かが酒場から出ていき、逆に酒のツマミとばかりに囃し立てたりする者がいる中、姉弟子の身体から炎が噴き出した。

「断るわ。アンタごとき、師匠が出るまでもない」

「……女だからといって手加減する気はないぞ」

「女の師匠と戦わせろと言ってる奴にそんなもん期待しないわよ。馬鹿なの？」

「いいだろう。では……」

「ちょっと待った！　待てってば！」

一触即発の二人の間に慌てて割り込む。まったく姉弟子といい、目の前の男といい、どうしてこう血気盛んなんだ？　マジ理解不能。

「何よニオ、アンタが代わりにやるっての？」

「いやいや。姉弟子、こんな意味のない戦いはやめましょうよ。それにアンタも。どうせ師匠には勝てないいんだから、無駄に怪我するだけ損だぞ？」

「……荷物持ちごときが」

どうやら説得の仕方を間違えたらしい。男が問答無用で刃を振るってきた。とはいってもその軌道は浅く、俺の頬を軽く裂く程度のものだ。

恐らくは軽く脅して俺を引かせるつもりなのだろうが、このまま放っておいて姉弟子に怪我をさせても寝覚めが悪い上、いくら温厚な俺でも刃物を振るわれて、なお笑って済ましてやるほど聖人君子ではない。男が油断しているなら丁度いい。この隙を突く。

そんなわけで俺は頬を狙った刃を紙一重で躱した。

「なに!?」

荷物持ちの予想外の反応に男が分かりやすく驚いてくれたので、その隙に自慢の脚力で男の懐に侵入。そして――

「油断大敵ぃいいいいい!!」

と叫びつつ男の顔面にパンチ。パンチ。パンチ。パンチ。パンチ。そんでもってトドメのぉおおお――

「アッパァアアア!!」

「ぐへぉ!?」

口から血を噴き出しながら倒れる男。歯が何本か床を転がったが、治療師なら普通に治せるので是非良い術者を見つけて欲しいところだ。あっ、万が一このおっさんが貧乏だったら可哀想だな。

「とっとけ、治療費だ」

倒れた男の胸に銅貨を一枚投げつける（残りは自分で出してくれ）。姉弟子が呆れたような半眼を俺に向けてきた。

「アンタって魔術はからっきしのくせに、無駄にケンカは強いわよね」

「そりゃ鍛えてますからね。勇者パーティーの荷物持ちを舐めんなって話ですよ」

たまに勇者様のパーティーと言っても所詮は荷物持ちだろうと馬鹿にしてくる奴がいるが、そういう連中は勇者様や師匠を始めとしたあの超人集団について行くのがどれだけ大変なのか、一度経験してみるといい。姉弟子のように才能あふれる一部の例外を除けば、絶対に三日ともたないと断言できるね。更に勇者様が対峙するのは、顔が怖いだけのチンピラやそこそこ鍛えてあるだけの武芸者など、子供に見えるようなモノホンのバケモノ揃い。旅の最中、そんな連中を間近で見続けてきたんだ。俺は確かに師匠達の中では荷物持ちしかできない雑魚（ざこ）だが、それでもそこいらの冒険者になら完勝とまではいかずとも、負けない自信はある。

「何はともあれ、姉弟子が怪我しなくて良かったですよ」

俺は暴力的な気分を切り替えるついでに姉弟子のお尻を軽く叩いた。

「ちょ!? な、なにすんのよ？」

「あれ？ 怒んないんですか？」

てっきり拳骨を喰らうと思ったのだが、姉弟子は顔を真っ赤にしてお尻を押さえるだけで攻撃してこない。

「はぁ？ 怒ってるに決まってるでしょうが！」

「いや、姉弟子の怒りはいつも攻撃とセットじゃないですか。……体調でも悪いんですか？」

一応心配になって姉弟子の額に触れてみる。すると姉弟子はますます顔を赤くして後ろに大きく飛び退いた。

「さ、さっきからなに気安く触ってんのよ。私の処女奪ったからって彼氏気取りはやめてよね」

「え？ 姉弟子……処女だったんですか？」

「え？ アンタ……気づいてなかったの？」

そういえばあの時は姉弟子の意外な可愛さに見とれていて、処女かどうかの確認をしてなかったな。……でもそれを正直に言うと殴られそうだしな～。

俺はニッコリと微笑んでみせた。

「勿論気づいてましたよ。でも俺のことをご主人様呼ばわりする姉弟子があまりにも可愛くて、ついつい忘れて……アイタ!?」

鋭いローキックが生む痛みに、俺は思わず足を押さえた。

「ふん。そこまで私に言わせておいて、よくも次の日から放置してくれたわね」

「……え？　ひょっとして姉弟子。俺に抱かれたかったんですか？」

「は、はぁ～!?　な、なに言ってんのよ。私の話をどう聞いたらそんな風に聞こえるわけ？」

いや、どうも何も、そうとしか聞こえないんだが。

M字開脚から脱出したついでに一発ヤッてご主人様と言わせることには成功したが、師匠と違って姉弟子は直接呪いがかかってるわけじゃない。強引に襲うとぶっ殺されかねないと判断して手を出さなかったのだが、これは案外――

「本当は俺、あれからずっと姉弟子のことを想っていたんです。でも妙に照れくさくて、つい何もなかったような態度を取ってました。すみません」

思春期か！　と自分で自分に突っ込みつつも、俺は姉弟子の手をそっと握る。

今までだとこんなことしたらまず間違いなくぶん殴られていたのだが――

「ま、まぁ、気持ちは分かるわ。私もアンタと何を話せばいいのか、ちょっと分かんなかったしね」

姉弟子は顔を真っ赤にしてそっぽを向きながらも、しかし俺の手を振り払おうとはしない。

これは……上手く口説けばまた何回かはヤれそうだな。

「姉弟子、師匠のところに戻る前に場所を変えて一杯やりま――」

「騒ぎを聞いて来た。問題を起こしたという二人はまだいるか？」

ヤベ、酒場の入り口から正規兵と思われる数人の兵士が入ってきた。……ん？　いやブランさんが城主ならマズくはない……のか？　でもまだ話の裏取れてないしな。

「そこにいるよ」

考えているとマスターが速攻でこちらを指差してきた（クソ、あの女マジでいつかヤったる）。

あっという間に兵士達が俺と姉弟子を取り囲んだ。

「おいおい。俺達はブランさんの友人だぜ？」

「そのブラン様がお呼びだ。来てもらおうか」

うお!?　対応早いな。それともそういう指示が最初から出てたのか？　なんにせよ、この調子だと師匠抜きでブランさんに会うことになりそうだが、それは……ちょっとやだな～。

魔王の呪いとその解呪方法を知ったブランさんがどういう行動に出るのか全く読めない。バリバリの武闘派ではあるが結構気さくなところもある人だし、いきなり殺されることはないと思うんだが……うん。師匠と合流するまでは呪いのことはなるべく話さないでおこう。

「ニオ？」

姉弟子がどうするのかと視線で問うてくる。

はぁ、先にこの女と一発ヤりたかったな～。

ため息をつきつつも、抵抗の意思がないことを示すために、俺は両手を上げた。

「分かりました。ブランさんのところに連れて行ってください」

そうして俺はブランさんが住まう城へと連行された。

＊

ブラッド城、以前見た時はいかにも吸血鬼が住んでそうな暗い雰囲気があったが、今はあの時よりもずっと普通のお城って感じだ。その原因はやっぱり——

「人、増えたんですね」

俺を連行している兵士のおっちゃんが振り返った。

「増えたというか、現在城内にいる者の半数以上はブラン様の姉君フリンダ様の手の者だな。ブラン様が魔王退治で領地にいらっしゃらない間はフリンダ様がこの地を治めていたので、今もその影響が抜けてないんだよ」

おっちゃん兵士はちょっと面倒くさそうな顔をしたものの、それでもちゃんと質問に答えてくれた。姉弟子が師匠を呼びに行くのも認めてくれたし、ブランさんの兵だけあってお堅い感じがあまりしない。お陰で会話が楽でいい。

「フリンダ様ですか？　確かレッド城の城主のはずでは」

ブランさんの父親は帝国の東を治める大貴族で、他の北、西、南を治める貴族と一緒に四大貴族とか呼ばれちゃってる大物だ。当然領内に城なんて幾つも持っていて、俺も城やその城主を全部覚えてるわけではないのだが、東でも一、二を争う規模を誇るレッド城の城主くらいは知っていた。

「フリンダ様はブラン様を特に気にかけていらっしゃるからな」

おっちゃんの声と表情に苦いものが混じる。そういやフリンダ様は守護教会の信者だったな。

魔族撲滅を掲げる人類最大の宗教団体、守護教会。半分とは言え吸血鬼の血を引くブランさんは昔から教会の目の敵にされており、暗殺されかけたことも一度や二度ではないという話だ。ちなみにブランさんの暗殺を裏で手引きしているのがフリンダ様ではないのかという噂は、わりかし有名だ。

「着いたぞ。ここだ」

「え？　ここって、ブランさんの自室じゃ」

おっちゃんが足を止めたのは以前師匠と来たことのある部屋だった。てっきり謁見の間とか、そんなお堅い場所に通されると思っていた俺は、つい疑いの眼差しでおっちゃんを見る。

「公式の訪問というわけでもないし、ブラン様もお忙しい身だ。もしも部屋にいなければここで待ってろとのことだ。……ブラン様？」

おっちゃんがドアをノックするが返事はない。

「ふむ。どうやらいらっしゃらないようだな。悪いがここで待っててくれ」

「それはいいですけど、ここってのは部屋の中ですか？　廊下ですか？」

ブランさんはどこぞのシスターより余程おおらかな性格をしているが、その分怒らすとマジでヤバイ。ここで待ての意味が〝部屋に入らずに廊下で待ってろ〟だった場合、中に入れば良くてぶん殴られ、悪くてデスる。

「そうだな。恐らく部屋に入っても大丈夫だとは思うが、俺なら大人しくドアの前でブラン様が来るのを待っとくな」

兵士のおっちゃんは何の面白みもない、実に堅実なことを口にすると、さっさと行ってしまった。

「確かにそれが賢いんだが、雄（おす）としてこんな好機を逃すのもどうかって話だよな」

左右を確認。よし、誰もいないな。

「ブランさーん。ニオですけど、いらっしゃいますか？」

ドアをノックしつつも、どうせいないだろうと高を括ってさっさと中に入る。

「おじゃましまーす。……相変わらず広い部屋だな」

細長い廊下で無駄に高い天井を見上げながら以前来た時のことを思い出す。

確かブランさんの自室はリビングの他に部屋が五つあったはずだ。どの部屋に行くにしろリビングを通る必要がある構造で、以前来た時はリビングに師匠が陣取ってたので悪さができなかったのだ。だが今は――

「よし。誰もいないな」

俺は大きな姿見の鏡が鎮座（ちんざ）する無人のリビングを通りすぎると、真っ直（す）ぐ目的地に向かう。そこは大きなベッドが部屋の半分近くを占拠している、つまりはブランさんの寝室だ。

「なんかいい匂いがするな。時間があればベッドにダイヴしたいんだが……」

その場合、シワを作ったシーツを直す時間があるかどうかで生死が分かれるな。少々残念な気もするが、やはり今はこっちで満足しておこう。

タンスの引き出しをそっと開けると、そこにはブランさんの下着がズラリと並んでいた。

「あ〜。これこれ。懐かしのこの感触……」

俺は上下の下着を一組掴むと、それを握りしめた。

ふっ、思い出すぜ。師匠に荷物持ちとしての同行を許され、勇者様パーティーに加われることを喜んでいたあの頃を。

メンバーに入れた喜びが後悔へと変わるのにそれほど時間は必要なかった。三日三晩、常人の全力疾走を軽く上回る速度で走り続けても疲労することなく平然と動き続ける英雄達。そんな英雄達を追い詰めるモノホンの怪物達との戦闘。一体何度逃げ出そうと思ったことか。その度に俺を支えたのは勇者様達のエロボディとこれだ。

俺は意外と白が多いブランさんの下着を掴むと、砂漠で見つけた水を汲むかのような慎重さで頬擦りした。

ああ、至福。

男として見られていないことが逆に幸いしたのか、野宿の際、勇者様達は俺に衣類の洗濯をやらせてくれた。

人里が遠く離れた暗い森の中で、極上の女たちに囲まれながら何もできない股間の苦しみを、一体こいつらに何度救われたことか。さらに最高だったのは、俺がやっていることを師匠を始めとした何人かが気づいていたことだ。その上で洗濯物を俺に任せる。実際はキチンと洗濯さえしていれば細かいことはどうでもいいという実に漢(おとこ)らしい性格からの行動だったにせよ、まるで俺の行為を肯定しているかのようなその態度に、凄まじいエクスタシーを味わったものだ。

「あの頃はよかったな」

いや、実際は師匠とヤれる今の方が断然良いのだが、しかしあれはあれで、セックスとは違う背徳感濃いめの素晴らしい快感があったのも事実だ。

目を閉じればほら、あの時の快楽が甦って――

「人の寝室で人の下着を握りしめて、何とも愉快なことを口にしているな、荷物持ち」

「ぬわぁあああっ!? ブ、ブランさん?」

振り向けばそこには一糸纏わぬ姿のブランさん。乳房から陰部まで女の秘密を全て晒しておきながらも、実に堂々とした態度で、こちらをどこか楽しそうに見つめている。

風呂上がりなのだろう、白い肌をほんのりと上気させた彼女からは甘い匂いが強く放たれていた。

視覚と嗅覚、二つの極上が俺の股間をビンビンに刺激してくる。

「久しぶりだな、荷物持ち。え～と、ニオ……で合っていたな」

「あっ、はい。ブランさんに覚えてもらえてるなんて光栄です」

「ふん。愚図は嫌いだが、貴様は荷物持ちとしては中々優秀だったからな」

ブランさんは、美しくも背筋にひんやりとしたモノが走る、そんな笑みを浮かべた。

「もっとも、貴様が優秀だったのは能力面に関してのみだったがな」

ブランさんの身体が一瞬ブレたかと思えば、手に持っていた下着が突然消失した。風のない室内で銀の髪が大きくなびいた。

「洗濯はともかく、汚すことを許したことはなかったはずだが」

指先で白いパンティをクルクルと回すブランさん。俺は即行で床に額をくっつけた。

「す、すみませんでしたぁああ!! どうかお許しを」

「別に怒ってはいない。貴様が私の兵ならば規律を乱した罰を与える必要があるが、貴様はドロテアの所有物だからな。ならば多少のおいたは見逃してやろう」

気配でブランさんが下着を装着するのが分かった。

ハァハァ。お、俺がさっきまで頬擦りしていた下着がブランさんの股に……。

我慢できずに土下座の姿勢のまま顔だけ上げてみる。するとどうやらブラから先につけていたようで、お股はまだ生まれたままの姿を晒していた。つまり——

うおっ!? うっすらと生えた銀色の陰毛がクソエロい。それにあの男を知らなそうな小さなマ×コ。突っ込みてぇ~!!

「ふん。眼が血走っているぞ、荷物持ち」

ブランさんのおみ足が俺の頭を優しく踏んづける。

うっおしゃあああ~!! 今日のブランさんはメッチャ機嫌がいいな。不機嫌な時だったら無言のグーパンを喰らうところだったが、最近の俺はマジでついてるぜ。

「も、申し訳ありません」

形だけ謝りつつ、俺はブランさんのオマ×コをこれでもかと視姦する。

あ~。堪らん。待ってろよブラン。お前もドロテア同様、俺のチ×コでヒィヒィ言わせてやるからな。

「それで荷物持ち、今日は何の用だ？」

「は、はい。実は魔王の一人を倒して、そろそろ他の魔王達が活発に動き出すのではと師匠が警戒しているんですよ。それで勇者様達を探すがてらブランさんの様子を見に来ま――アイタタ!? ちょっ!? ブランさん？ 頭割れる！ 頭割れちゃいますよ!!」

ブランさんの白いおみ足に急に掛かる力。頭蓋骨がスッゲェメキメキいってる。

「ふん。仕方のない奴だ。おい、荷物持ち。これを見ろ」

「は、はい？」

フッ、と頭蓋骨を軋ませていた力が消えた。俺は誘われるままに上を向く。すると――

クパァ、とピンクの花が咲いていた。

「どうだ？ まだ男は誰も触ったことのない私の性器は。貴様はこういうのが好きなのだろう？」

「はい！ 大好きです！」

ヤベェ、勃起しすぎてチ×コがいてぇ。つーか、これはどういうことだ？ まさかブランさん既に呪いが発動してるのか？ 師匠や姉弟子に続いてブランさんの処女もこの場で頂けちゃうのか？

俺が期待に股間を膨らませていると、マ×コを広げていたブランさんの指が離れた。

「さて、十分に堪能したようだな。ではもう一度だけ聞くぞ。何しに来た？」

再び頭蓋骨に掛かる圧力。

あっ、これはヤバイ。黙秘を選んだり嘘をついたりしたらマジで殺られる流れだ。

心臓が先ほどまでとは違う感じでスゲェバクバクいってる。

だが落ち着け。落ち着くんだ俺。ブランさんがこういう行動に出たのは、呪いに関する何らかの心当たりがあるからだ。つーか、本当は今すぐ俺に抱かれたいとか思ってるんじゃね？　つまり呪いについて説明したら、じゃあ仕方ないなといった感じでヤれちゃうんじゃね？

いや、ヤれるでしょう。これは。

そんなわけで俺は当初の予定を変更して、ここに来た本当のわけをブランさんに懇切丁寧（こんせつていねい）に教えてあげることにした。

「魔王の呪い。……なるほどな、道理で」

ブランさんの反応を見るに、やはり心当たりがあるらしい。

へっへっへ。いいぞ、いいパターンだ。おい、ブラン。気取った顔してないでさっさと股開けやこのチビ女。

絶対口には出来ない邪（よこしま）な思考をブランさんに飛ばしていると、満月のごとき黄金の瞳と眼が合った。

「それで？　その期待に満ちた眼差し。まさか貴様、私が呪いに屈して荷物持ちごときに股を開くと、そう思っているのではないだろうな？」

「そ、そんなことないですよ。でも魔王の呪いはあの師匠が手こずるものなんですよ？　もしもの時は力になりますから安心してください」

無駄なやり取り面倒くせぇ、いいからさっさと股開けや。という本音を隠して紳士的な笑みを浮かべる。そんな俺をブランさんはメッチャ冷ややかな目で見下ろしてきた。

「ふん。いいかニオ。この世は戦場だ。欲しいものがあるならば勝ち取らねばならん。雌が欲しいなら雄は力を示せ」

「……具体的にはどうしろと？」

「決まっているだろう。手段は問わん。抵抗する私に貴様の生殖器を挿れてみせろ。そのまま私に殺されることなく生殖行動をすることができたならば、貴様の雌になってやってもいい」

うわっ。それただのレイプだろ。そりゃ自然界ならそんな感じでもうまく回るんだろうが……。

やっぱこの人の価値観ちょっとアレだな。

見掛けは師匠と並んで極上なのに、実に勿体ない。そんな感想を抱きつつもひとまず俺は平和的に出来るセックスの方法を模索することにする。

「アハハ。やだなー、ブランさん。そんなこと言ってたら、この先も処女のま――ぐぇ!?」

後頭部に走った衝撃に、目の前が暗転した。

＊

「んっ。ハァハァ……これでも駄目、か」

下腹部に走る甘い疼き。理性をゆっくり溶かされているかのような感覚に、気がつけば私は股を擦り合わせていた。

「ニオの奴と魔力回路を繋げた時は、これで解決出来るかもと期待したが……」

培養(ばいよう)した精液にニオ自身の魔力。二つの組み合わせは確かに一定の成果を上げはしたものの、見込んでいたほどの効果はなく、それなりの費用を注ぎ込んで作り出した薬は、発情の再発を僅(わず)かに遅らせる程度の効果しか生み出せなかった。

「いや、諦めるには早いか。成果は出ているんだ。ここから……んっ♡　ハァハァ……ク、クソ……ニオの奴、どこで油を売っているんだか」

胸の先が痛いほどに勃起して、油断すると股間に手が伸びそうになる。呪いが心身を蝕(むしば)んで、だんだん思考に集中できなくなっていく。この状態を脱するために、さっそく実験の成果を使用してもいいが、あまり多用しすぎて肝心な時に効果が薄れてはまずい。業腹だが、ニオが側(そば)にいるときはニオですませておいた方がいいだろう。

「もう、あっ♡　ハァハァ……帰ってきても、いいはずなんだが」

カロリーナの奴を一緒に行かせたのは失敗だったろうか？　解呪が手探りになる以上、手札は多いに越したことはないと思って、ついて来ることを許したのだが、それで肝心な時にニオを使われては堪らない。

「んっ♡　ハァハァ……す、少しだけ、自分で……」

スリットの中に手を入れる。ああ、ダメだ。少しで終わらない確信があるのに、下着をずらそうとする手を止められ――

コン、コン、コン。

「～～～～!?」

突然のノックに心臓が飛び跳ねた。

声を出すことは意地で堪えたが、代わりに少量とはいえ潮(しお)を吹いてしまった。

「ク、クソ！　こ、この、あっ♡　わ、私がこんなことで……」

己の醜態に目眩(めまい)を覚える。ノックが繰り返された。

「聞こえている。誰だ？」

「師匠、カロリーナです。今よろしいでしょうか？」

「ハァハァ……ああ。今、んっ♡　あ、開ける」

濡れてしまった下着を脱いで適当に放る。実験のために部屋は締め切っており、匂いも籠っているはずだ。換気すべきだろうか？

「……馬鹿馬鹿しい」

何故師である私が弟子の目などを気にせねばならないのだ。呪いで精神のあり方まで犯されては堪らない。換気も濡れた下着の洗濯も弟子にやらせればいいのだ。

替えの下着を穿くのも面倒になった私は、陰部の毛がローブを擦る中、さっさと扉を開けた。

「あっ、し……しょう？」

私を見た途端、カロリーナがまるで何か卑猥なものでも目にしたかのように頬を赤らめた。下着を穿いてないとはいえ、服装に問題はないはずなので、匂いか雰囲気か。少なくとも呪いの発動を気取られる要素があったようだ。いや、それよりも問題は——

「そっちの兵士は？」

カロリーナの後ろに立っている男。立ち姿を見るに特別優れた要素のなさそうな、恐らく正面から戦えばニオにすら勝てないであろう一般兵。いつもの私なら気にも留めない、まさに私にとって路傍の石のような男だ。なのに——

ドクン。と大きく心臓が跳ねた。

「こちらはブラン様の使いで、私達を城に招待してくれるらしいです」

カロリーナが何か言っているが頭に入ってこない。そんなことよりも鼻孔を擽るこの汗臭い男の香り。ああ、よく見れば股間が膨らんでいるじゃないか。カロリーナといる時に勃ったのか、それともオナニーしたばかりの私を見て発情したのかは知らないが、今なら簡単にこの男とセッ——

「あの、師匠？　ニオがお城に連れてかれました。大丈夫とは思いますが、一応早く行った方が良いのでは」

ニオ。その一言に付随して『恋人』という単語が脳内に強く想起される。

「……ああ、分かった。だが私は忙しい。後で行くからブランにはそう伝えておけ」

「いえ、ブラン様は今すぐ来られるよ——」

ジュッ、と音を立てて私の放った紫電が兵士の肩の上を通りすぎる。

「二度も言わせるな。後から行く。分かったな？」

兵士は僅かに溶けた鎧の肩口と私を何度か見比べた後、馬鹿みたいに何度も頷いて、さっさと逃げ帰った。

あの情けない後ろ姿……。あんな男と寝たいなんて一瞬でも考えるとは、今更ながらにこの呪いにゾッとさせられる。ニオがアホな契約を持ち出した時、念のため恋人という言葉に強い暗示を仕込んでおいたのはやはり正解だったようだ。

私はニオの恋人であり、恋人である以上、ニオ以外の男に抱かれる不貞をよしとはしない。

暗示自体は一般的な恋人の貞操観念を利用したごく単純なものではあるが、それでも理性を一瞬取り戻すには十分だ。まぁお陰でニオに対する自分の気持ちが過剰に好意的になったりもするが、呪いの本来の効力、誰かれ構わず股を開くという厄介な部分を抑えられるなら、良薬は口に苦しということで我慢することにしよう。

「あの、師匠？　お城には行かないんですか？」

兵士を追い払った私をカロリーナが心配そうな顔で見てくるが、果たしてその心配は誰に向けられたものなのか。一応確認しておいた方が良さそうだ。

「いいから入りな」

「は、はい。失礼します」

部屋に入るなり、カロリーナは机の上に並んでいるものを見て息を呑んだ。

「番号が振ってあるだろう。52、62、74。その中から好きなものを選びな」

「え？　あの、師匠。これは……」

私もそうだが、ニオに抱かれるまで処女だったせいで性的なことにまだ免疫がないのか、カロリーナは机の上に置いてあるニオの男性器を模したものを前に分かりきったことを聞いてくる。

「もう分かっていると思うが、現在私は呪いで発情している。ニオがいるなら発散は簡単だったが、いないなら城に行くのも一苦労だ」

なにせあんな程度の低い兵士を見ただけであの様だったんだ。城に行くまでに目にする男の数と、呪いの進行が今以上に進んだ時の精神状態を考慮すると、出掛ける前に発散しておかなければ取り返しのつかない事態を招きかねない。ただ問題は呪いが同性で発散できるかということだが――

「えっと、つまり、その、師匠のお相手を私が務めるということでしょうか？」

照れるカロリーナはそれなりに可愛らしく、男なら欲情しても仕方のないものだったが、私の中で呪いが反応した様子はなかった。だがこの場合は逆にそれが良い。

「呪いは男に反応するようにできている。ならば同性を抱いて発散することができれば、それは本来ある呪いの形を崩すことになる。そこから解呪に繋げられるかもしれない」

今まで性的な要求を出したことがなかったこともあり、カロリーナは私の説明を聞いてもまだ少し戸惑った様子だ。だがカロリーナがどう思おうが、私の弟子である以上、私が股を開けと命じれば開いてもらう。

魔術師が弟子をとってわざわざ魔術を教えてやる理由は、よほど特殊な性格をしていたり、あるいは相応の事情がなければ、基本的には自己の利益のためだ。

身の回りの雑用をやらせる。弟子という手駒を増やして数の力を得る。それらはまだ序の口で魔術師によっては弟子を自分の魔術の実験台にしたり、あるいは欲望の捌け口に使う者もいる。無論弟子の方も曲がりなりにも魔道に魅いられた者だ。中には師に服従せずに魔術を学べるだけ学んだら、さっさと逃げ出す者もいるし、あるいは逆に師を殺して師の全てを奪おうとする者もいる。

利益の追求者。それこそが魔術師であり、私の生き方そのものだ。ニオとカロリーナを弟子として側に置くのも、二人が非凡な才を持つ上に私に対して従順だからだ。無論ニオの奴が抱いている欲望は知っていたが、それは逆に何かあっても失うのは貞操だけで済むという安全弁でもあった。

実際魔王の呪いという『何か』が起こったわけだが、ニオは私が見込んだ通り、私とヤれさえすればあとは何でも構わないといった様子だ。処女を弟子にやる形になったのは未だに少し腹立たしいが、改めて自分の目に狂いはなかったと確信する。それ故に最も私に従順な弟子に対しても遠慮するつもりはなかった。

「今日からお前は出来る限り私の側にいて、私の相手をしろ。いいな」

返事は必要ない。私はカロリーナが着ている服を掴むと、強引に前を引き裂いた。

「し、師匠」

「下着にしろ、服にしろ、最近は以前よりもずっと大人っぽいものを着ているな」

フリルがついた独特のワンピースを好んで着ていたカロリーナだが、最近は同じワンピースでも以前よりも落ち着いたモノを着るようになってきた。

「ニオの好みに合わせているのか？」

ワンピース同様、下着も無理矢理剥ぎ取る。同性の乳房を見たところで何の感慨も湧かないが、だからこそ呪いをそらすのに丁度良いだろう。

「そ、そんな、私はニオのことなん――いたっ!?」

乳房の尖端をギュッと握ってやれば、カロリーナの整った顔が苦痛に歪(ゆが)んだ。

「カロリーナ。お前、いつから私に嘘をつくようになったんだい？」

「あっ、その、も、申し訳ありませんでした」

勝ち気な顔が一瞬で青ざめる。別にカロリーナが誰を好きになろうがどうでもいい話なのだが、恋愛感情の芽生えで今まで師に従順だった者が反抗的になるのは割とよく聞く話だ。現段階で可能性は限りなく低いが、かりに弟子二人が共謀して私を陥れようとした場合、どれだけ警戒しても大きな被害を被るのは免れないだろう。懐に人を入れるとはそういうことなのだから。

だから今のカロリーナの状態は看過できなかった。

「申し訳ない？　それだけか？」

乳房の先端を握っていた手を臀部に回せば、カロリーナの身体がビクリと跳ねた。

「あっ、その、は、はい。ニオに見て欲しくてこの服を選びました」

「お前はニオのことを嫌っていると思ったが、抱かれて心変わりしたのかい？」

だとしたら少し頭が軽すぎる。もう生娘ではないとはいえ、似たような方法でカロリーナに取り入って私の研究を盗もうとする同業が出てくる可能性が否定できない。……カロリーナの代わりを探しておくべきだろうか？

「い、いいえ。ニオのことは前から結構いいなって思ってました。でも私、素直になれなくて」

真っ赤になって俯くところを見るに、嘘は言ってないようだ。……まだ代わりを探す必要はないか。

「カロリーナ、顔を上げな」

「は、はい」

素直に上を向く、弟子のふっくらとした唇に口付けする。

「んんっ!?」

カロリーナは目を見開いて驚愕を露わにするが、抵抗はしない。私は弟子の口内へと舌を伸ばした。

「んんっ!? んっ、し、ししょ……んんっ!?」

どれだけ舌を絡めてみても弟子の声に情欲の炎は灯らない。だというのに私は人肌の官能的な感触に気分が否応なく高揚し、それに続いて愛液が脚を伝った。カロリーナの顔から唇を離せば、唾液が糸のように伸びて互いの口を汚した。

「ハァハァ。あ、あの、師匠?」

これで終わりかと期待混じりの表情を向けられるが、この程度で発散できたら苦労はしない。

「動くんじゃないよ」

「え？ きゃっ!?」

魔術でカロリーナと私の服を焼き払う。互いに生まれたままの姿を相手に晒す格好だ。カロリーナの視線が一瞬だけ私の身体を這ったが、同性に欲情する趣味はないようで、その視線の温度は決して高くない。ニオの奴にも見習わせたい態度だ。あいつはいつもガツガツして、まるで飢えた獣のように激しく私の肢体を――

ツー。と再び股から溢れたものが脚を伝った。

「くっ、本当に、んっ♡ ハァハァ……や、厄介な」

ニオとの情事を思い出して股を濡らした上に、その姿を一番弟子に見られている。私は込み上げてくる怒りと羞恥をグッと堪えた。

「ハァハァ……なんだい？　私の陰部がそんなに、んっ♡　き、気になるのかい？」

「え？　い、いえ、そんなことはありません。不躾でした、お許しください」

慌てた様子で頭を下げるカロリーナ。まったく、この呪いのせいで師の威厳を保つのも一苦労だ。正直今よりも悪化した時のことを考えると危機感を覚えずにはいられない。

私は机の上に置いてある張形の中で、両側に亀頭がついた性具を手に取った。

「ベッドの上で仰向けになれ。ああ、こいつを挿れやすいよう、キチンと股は開くように」

「……はい。師匠」

カロリーナは素直にベッドで横になると、こちらに向けて股を大きく開いた。その姿に思わず喉が鳴る。

まったく、同性の弟子に欲情する日が来ようとは。

陰部から込み上げてくるゾクゾクとした感覚にうんざりしながら、私は張形の先を自身の割れ目へと突っ込んだ。

「ひゃっ!?　あっ♡　ああっ♡　ハァハァ……んっ♡　そ、それじゃ、は、始めるよ」

「は、はい。その、いつでも大丈夫です」

そうして私は不安からシーツをギュッと握りしめる弟子の乾いた陰裂へ、擬似男根を挿入した。

第三章　荷物持ちの策略

ジャラリ、という音で目が覚めた。

うう、メチャクチャ頭が痛い。なんだ？　二日酔いか？　俺は確か――

脳裏に甦る銀色の陰毛に守られた処女マ×コ。

「クソ挿れてぇええ!!」

衝動のままに叫ぶと、なんか完全に目が覚めた。それと同時にまたジャラリ、という奇妙な音。

つーか、手首が痛いんですけど？

ひとまず自分がどうなっているかの確認と周囲の把握に努める。

「……マジか」

何故かは知らないが俺は両腕に鎖をつけられ、万歳する格好で立たされていた。足は指の先が床に届くかどうかといった感じで、常人なら普通に拷問になるであろう体勢だ。

「ってか、何故に素っ裸？」

股間で大切な相棒がブラブラ揺れている。一瞬特殊なプレイを専門にする娼館で酔いつぶれたのかと疑ったが、脳裏に焼き付いている銀色の茂みに守られたオマ×コがそれを否定する。

「まさかブランさん、何だかんだ言ってやっぱり俺のチ×コに興味が？　……寝てる間にしてたらやだな～」

あの師匠に負けずとも劣らない女の処女。頂けるものなら是非とも頂きたいものだが、せっかくもらえても記憶に残らなければ何の意味もない。

俺は寝ている間にブランさんとの初エッチが終わってないことを心から祈った。

「この状況で最初に考えることがそれか。お前は小心者なのか豪胆なのか、相変わらずよく分からんな、荷物持ち」

「うおっ!?　ビックリしたぁ～」

いきなり隣から声をかけられて思わず肩が跳ねる。鎖がジャラリ、ジャラリと音を立てた。

「いるならいるって教えてくださいよ。ブランさ……えっ!?」

「ふん。どうした荷物持ち。その間抜けな顔は」

ジャラリ、と再び鎖が音を立てる。ただし今度音を立てたのは俺の鎖ではなく、隣にいる銀髪の美女を拘束している鎖だ。

「えーと。なんでブランさんが拘束されてるんですか？」

別に鉄格子があるわけではないが、雰囲気的に地下牢を連想させる薄暗い部屋の中、天井から伸びる鎖に両手を縛られた俺の横に、何故か俺と同じく全裸で吊るされているブランさんの姿があった。

……ヤベェ、状況が全然分からないんだが。ひとまずブランさんのチッパイとマ×コを目に焼き付けておこう。

「こんな時でも女の裸が優先か？　性欲に対するその執念だけは誉めてやろう」

「え？　いや、そういうわけでは……」

言われてみればこれって結構ヤバイ状況ではなかろうか？　この拘束をしたのがブランさんなら、ある意味安心だったのだが、何故かそのブランさんは俺の隣で吊るされてるし。……誰に？

何だか急に不安になってきたぞ。目の前のオマ×コにチ×コ突っ込む前に死んでたまるか。

身体に力を入れてみる。

ジャラリ、ジャラリ。

……素の力で鎖を破るのは無理だな。だが師匠のルーンを使えばワンチャンあるか？

俺の身体に刻み込まれている師匠お手製のルーンは特定の言語を口にすることで発動する。だから口を塞がれていれば万事休すだったのだが、こうしてお喋りできるのは不幸中の幸いだ。

ジャラリ、ジャラリ。

この程度の鎖なら恐らくルーンで身体を強化したら破ることは出来るだろう。問題は――

「俺はともかくブランさんを鎖に繋いだのは誰なんですか？」

俺程度が壊せる鎖をブランさんが壊せないはずがない。ということは、ブランさんは自分の意思で吊るされていることになる。……何でだ？　マゾか？　ひょっとしてブランさんはマゾなのか？

「おい、荷物持ち、殴られたいのか？」

「ちょっ!?　え？　ひょっとして人の心読めたりします？」

どうりでやたらと勘がいいと思った。一緒に旅した期間はそれなりに長かったが、まさか今更新たな事実が発覚するとは驚きだぜ。

「そんなわけないだろ。お前は顔に出すぎだ」

マジか!? これでもポーカーフェイスには自信あったのに。普通にショックなんだが。……いや、今はそんな場合じゃないな。

「それで? 結局ブランさんをそんな風に拘束した犯人は誰なんですか?」

「姉上だ」

「姉上って、フリンダ様のことですか? レッド城城主の」

「そうだ。……姉上のことを貴様に話したことがあったか?」

「少し。まぁそもそもフリンダ様は有名な方ですから。というかなんで実の姉に素っ裸にされた上、吊るされてるんですか?」

まさか巷(ちまた)の噂話、守護教会の信者であるフリンダ様が半吸血鬼であるブランさん殺害を企んでいるというのは事実だったのだろうか?

「少し前に衝動が抑(おさ)えられずに姉上の部下を吸血してしまってな」

「え? それって……」

「ふん。貴様の言っていた呪いの効果だろうな。吸血衝動は性衝動に近いところがあるので、脳が慣れ親しんだ衝動と誤解したのだろう。気づいた時には相手を吸い殺す寸前だったよ」

「それはなんと言うか、心中お察しします。……あの、でもこの状況とその話になんの関係が?」

「以前姉上に我を忘れて吸血衝動に走れば守護教会の信徒として許さないと忠告を受けてな。その時は私も自分が我を忘れるなどありえないと思っていたので、もしもそんなことがあれば姉上の好きなように処罰してくれて構わないと約束してしまった。これはその結果だ」

「それで大人しく捕まっているんですね」

ブランさんは結構約束事にはうるさいからな。自分から提案したのならフリンダ様の気が済むまでは抵抗しそうにない。

「姉上は私の中の魔族の血が成長と共に強くなっているのだと信じている。だからこうして私を監禁して、本人の言うところの治療をしているのだ。まぁ、私にも立場があるのでずっとというわけではない。自由時間はそれなりに与えられているがな」

ぬるい拘束だ。ブランさんはそう言わんばかりの不敵な笑みを浮かべた。

それじゃあ、さっき部屋にいたのはたまたまだったのか。もう少し時間がズレてたらブランさんの下着であんなことや、こんなことが出来たのに。

ため息をつきたいが、それどころではない。もっと情報を集めなければ。

「それでブランさん、治療というのは……」

「すぐに分かる」

「え？」

ガチャン！　とドアが閉まる音がして心臓が跳び跳ねた。

なんだ？　誰か部屋の中にいたのか？　いや、今のは開ける時の音に俺が気づかなかっただけで、誰か入って来たのか？

カツン、カツン――と響く靴音が後者の仮説を証明する。

つーかこの部屋、俺らは周りをカーテンで仕切られてるせいで分からなかったが、結構広そうだな。他に誰か潜んでいたりしないだろうな？

「ブランさん。ここに来るのはお姉さんだけですか？」

「ああ。ちなみに貴様を鎖に繋いだのは私だ」

「は？　……ああ、フリンダ様の指示ですね？」

「いや、万が一鎖で繋がれているところに来られでもしたら、犯されそうな気がしたのでな。自衛のためだ」

「信用ゼロですか!?　流石に嫌がるブランさんを犯すとかないですからね」

ん？　いや、待てよ？　ブランさんは力ずくで犯されたい、頭がちょっとアレな人だったか？

ならお姉さんとの約束で自ら鎖に繋がれているこの状況は、ブランさんのマ×コにチ×コ突っ込むチャンスなのでは？

「貴様は本当に分かりやすいな」

「へ？　あっ!?」

こちらに向けられた呆れたような半眼。どうもまた思っていることが顔に出たようだ。

「試すのは構わないが、それなりの覚悟はしておけよ、荷物持ち」

それは挑発なのか、それとも威嚇なのか。美しき人獣が放つ妖しい眼光に束の間意識を奪われていると、靴音が聞こえなくなったことに気が付いた。

「良かったわ。ブランのお友達、目が覚めたのね」

カーテンの向こうから、一人の女が入ってきた。腰まで伸びた銀色の髪に、目尻が下がったおっとりとした印象の瞳。小柄なブランさんとは違って女性にしては高い身長。出るとこが出たそのエロい身体は師匠に似てないこともないが、この春の陽気の中に紛れ込む甘い毒のような雰囲気はむしろ――

「初めましてニオさん。私はフリンダ・ブラッド。気軽にフリンダと呼んでくださいね」

「忠告しておくがな、ニオ。姉上は私と同じか、それ以上に気位が高いぞ。いかに勇者のパーティーに所属しているとは言っても、荷物持ちの貴様が対等な口を利いたらどんな目に遭わされるか分からん。精々気を付けるんだな」

「まぁ、ブランったら。実の姉をつかまえて、そんな風に言うものじゃないわよ？　私達の間では冗談ですんでも、他の人には分からないのだから。ニオさんもどうか本気にしないでくださいね」

間違いない。フリンダの雰囲気、ネリーに似たものを感じる。いかにも優しいお姉さんって顔をしながらも、信仰の名の下に人を差別しまくるあのエセシスターに何度酷い目に遭わされたことか。このお姫様にはネリーと同じ、善意が生み出す狂気のようなものを感じた。

ならば対処方法も同じだろう。

「もちろん本気になんてしませんよ。ただやはり俺のような荷物持ちごときがフリンダ様のような高貴な方と口を利くなんて、恐れ多くて恐縮してしまいますね」

「まぁ、ニオさんは正直なのね。ブラン、貴方もようやくまともな下僕を持ったのね。お姉ちゃん、嬉しいわ」

「姉上、荷物持ちとは言えニオは戦友だ。そんな言いかたは――」

バシン！　振るわれた鞭がブランさんの裸体を打った。

ってか、その鞭どっから出したし？　あと素肌に鞭って結構ヤバイぞ？　優しそうなお姉さん風だったのに、もうこれだ。だから教会の連中は好きになれないんだよな。

「ブラン、お姉ちゃん悲しいわ。貴方は反省しているからこそ鎖に繋がれていると思ったのに。お姉ちゃんの意見に対して妹の分際で口答えするなんて、貴方の反省は嘘だったのかしら？」

ヒュン、ヒュン。と空を切る黒い鞭が再びブランさんの肌を打った。

「ッ!?　……言ったはずだ。私がおとなしく繋がれているのは姉上との約束を守るためだと。それ以外の理由はない」

「では貴方は人間を襲ったことを反省してないと言うの？　ああ、なんて恐ろしい子なのかしら？やはり貴方の中には忌むべき血が流れているのね。悲しい、悲しいわ」

フリンダは両手で顔を覆うと、シクシクと啜り泣くように身体を震わせた。――かと思えば顔をバッと上げた。その瞳から流れ落ちるものは何もない。

「でもね、安心していいのよブラン。お姉ちゃんが貴方の中から魔の血を残らず絞り出してあげるから」

鞭の柄で妹の頬をグリグリと責める。そんな姉に対してブランさんの瞳はどこまでも冷ややかだ。

フリンダがそのエロい身体をブルリと震わせた。

「いいわ。素敵よ、ブラン」

バシン！　バシン！

ブランさんの白い裸体に赤く腫(は)れ上がった痕(あと)が次々に刻まれていく。

つーか、何なの？　この女。その身体は将来俺のモノになる予定だというのに、何勝手なことしてくれてんの？

ちょっと、いや、かなりイラッとするが、相手は帝国でも有数の権力者。腹立つがここは我慢だ。

「ふふ。相変わらずどれだけ鞭で打っても表情ひとつ変えないのね。流石よブラン。なら今日はちょっと趣向を変えて、その可愛い顔をめちゃくちゃにしてやろうかしらね」

バシン！　――ビチャ。と床に鮮血が飛び散った。

うわ～。実の姉のくせに妹の顔を鞭で叩くとかないわ～。でもここで噛みついてもいいことないし、我慢、我慢。

「ふふ。良い顔ねブラン。お姉ちゃんに何か言うことはないかしら？」

「退屈で眠ってしまいそうだよ。年を取ると姉上のおままごとに付き合うのも大変でね。悪いが早く終わらせてくれないかな？」

まるで怯(ひる)まないブランさんマジ格好良い。そして何やら興奮した様子でモゾモゾ身体を動かすフリンダはマジでキモい……と言いたいが、エロいものはエロかった。

「ハァハァ……良いわよブラン。やはり貴方は最高よ」

興奮に頬を赤くしたフリンダが鞭を振るえば、ブランさんの白い肌から再び鮮血が飛び散った。

それに俺は——

「おい、コラ！　箱入りのお嬢様風情が一丁前に女王様気取っててんじゃねーぞ！　それ以上俺の女を鞭で叩きやがったら、俺のチ×コでお前の処女マ×コぶっさすぞ！　分かったらとっと止めろや、このクソおん～………な、とか言ってみたりして、アハハ」

ヤベェー!!　ついクソ女にガツンと言っちまったぜ。こんな不利な状況で喧嘩売るなんて、まったく俺らしくない。最近師匠とヤれてちょっと調子こいてたかもしれない。

バシン！　とフリンダが持ってる鞭で地面を叩いた。

「……そう。平民にしては少しはマシな部類かと思ったけど、所詮はブランの下僕というわけね」

クソ女は一度、ゴミでも見るかのような視線をこちらに向けると、ブランさんの背後に移動した。

そして姉妹とは思えぬ嫌らしい手つきでブランさんの体をまさぐり始めた。

「ああ、穢れと無垢を併せ持つ私の可愛いブラン。その健気なあり方がつまらない虫を誘うのね」

妹の陰裂に指を這わしながら、鞭を持った手で器用に小さな膨らみを揉みしだく。そしてブランさんの耳を甘く噛んだかと思えば、下品に伸ばした舌でブランさんの耳を舐めまくった。

「んちゅ、レロ、レロ、でもね、レロ、ブラン。レロレロ……ヌチャリ……貴方にも問題があるのよ。誰にでも平等に接するから下民風情が調子に乗るの。そのあたり、分かっているのかしら？」

殊更大きく伸びたフリンダの舌が、ブランさんの頬に大量の唾液を付着させる。小刻みに嫌らしく妹のマンスジを責めていた変態貴族の指が、ピチリと閉じた割れ目の中へと僅かに沈んだ。しか

しそれでもブランさんは小揺るぎもしない。

「いや、姉上。私は正直ニオを少し見直したぞ。勝手に私を自分の女扱いしたことは後で殴らせてもらうが、それでも感心した。姉上も権力に胡座(あぐら)をかくようなことばかりしてないで、少しはニオを見習って己より強い相手に挑んでみたらどうだ?」

やめてブランさん。それ以上そのクソ女を挑発しないで。そして殴るのも勘弁して。

フリンダの顔に見るも邪悪な笑みが浮かぶ。そして――

「ふふ。今日は長い夜になりそうね」

お貴族様らしい白いドレス、その腰にあるリボンが解け、肩に掛かっていた布切れがゆっくりと下がる。そしてそのまま――ハラリ、とお貴族様のナイスバディを包んでいた服が地面に落ちた。

「うおっ!? エロ!!」

単に下着姿になるだけかと思いきや、上は黒いコルセット、下は黒いパンティにストッキングという女王様姿に大変身だ。お貴族様の意外な姿に俺の股間のブツがつい反応してしまう。

「あらあらニオさんったら、下民風情が一体誰に対して劣情を催(もよお)してるのかしら?」

バシン!

「いた!? ちょっ、やめ、普通そんな姿見せられたら誰だって――」

バシン! バシン!

「ぬぎゃあああ!?」

鞭打ちってクソいてぇえええ!!

しかもフリンダのクソアマ、プレイとかじゃなくてマジで打ってきやがる。人は皆ブランさんほど頑丈じゃないってコイツ分かってんのか？　こんなの何回もやられたら耐えきれないぜ。

「し、師匠〜!!　た、助けてぇええ〜!!」

俺は今頃ここに向かっているであろう師匠に届くことを願って、地下室の薄暗い天井に向かって腹の底から声を出した。

＊

「……ニオ？」

一瞬馬鹿弟子の声が聞こえた気がして、部屋の中を見回してみる。

ドアはちゃんと閉まっており、発情した女の匂いで満ちた一室には裸で絡み合う私達だけ。

「ハァハァ……こんな時に、ん♡　アイツの顔が浮かぶとはね」

あるいはニオの身に何かあったのかもしれない。奴に施したルーンを通じて魔力で繋がったニオの窮地を無意識下で感じ取るということは、十分にありえる話だからだ。

いい加減切り上げて城に行った方がいいか？　ああ、だが――

「し、師匠、もうやめてください」

涙に濡れた赤い瞳が私を見上げる。嗜虐心（しぎゃくしん）を刺激するその顔に玩具のペニスを咥（くわ）え込んだ下腹部がキュンとして、股間から脳天まで甘い感覚が走り抜ける。これを断つ精神状態を、中々作り出せない。

「やめてと言う割には、随分と嬉しそうに腰を動かしているじゃないか。ええ？」

パァン、パァン。パァン、パァン。

「ああん♡　ダ、ダメで、ひゃっ!?　し、師匠。き、気持ちよすぎて、ああっ♡　く、くるひぃ。も、もうやめでぇええ!!」

目をギュッと瞑り、唇を噛み締めて快楽に抗うカロリーナ。呪いにかかっている私が万が一にも主導権を取られないよう、カロリーナの膣を貫いている方の亀頭には媚薬をたっぷり塗っておいたのだが、この調子なら半分程度の量で十分だったかもしれない。

「発情した、んっ♡　嫌らしい牝の顔だ。ニオにもそんな顔を見せているのか？」

ビンビンに勃起した弟子の乳首を指で弾く。

「ひゃぁ!?　あっ♡　あぁあああ♡♡」

弟子の可愛らしい小柄な肢体、その股ぐらから潮が吹き出した。

「玩具を咥えたまま、よくもまぁ、そんなに潮を吹けるものだね。まだまだ欲しいんだろう？　ほら、ほら！」

パァン、パァン。パァン、パァン。

「ふぁ♡　あ、ああっ、んぁああ!?」

私達の動きに合わせて宿の安っぽいベッドがギシギシと悲鳴を上げる。

「いい、んっ♡　ハァハァ……いいじゃないか」

呪いの効果か、あるいは牝の本能なのか、処女を失ってまだそれほど経っていないというのに、

肉欲が生み出す快楽に魅了されつつある自分を自覚する。

ニオの顔が一瞬だけ脳裏に浮かぶが、ネリーならともかく、ブランならばニオがよほど馬鹿なことをしない限り殺したりはしないだろう。だからもう少し、もう少しだけ――

「ふふ。そそる顔をするね。それでニオを誘惑してるのか？　アイツの上ではどんな風に腰を振ってるんだい？　そうだ。今夜辺りそれを見せてもらおうか」

「そ、そんなぁああ!?　ハァハァ……ど、どうか師匠、そ、それだけ――」

パンパンパン！　パンパンパンパン！

「ひゃあああぁ♡♡♡」

私は愛弟子を自分専用の性処理道具に調教すべく、さらに激しいピストン運動を行った。

＊

「ふふ。何を泣いているのですか？　ほら、頑張ってください下民さん。私に啖呵(たんか)を切った時の威勢はどこに行ったのですか？」

バシン！　バシン！　と、鞭が俺の肉体を打ち据える度(たび)、肉がえぐれ地面に血が飛び散った。

「うう、ごめんなさい。俺が悪かったです。許してください～」

涙で顔をクシャクシャにしてひたすら目の前の女王様に謝る。半分は嘘泣きだが、もう半分はガチだ。

つーか、鞭打ちってメチャクチャいてぇ。

ちょっと怒鳴り付けただけで普通ここまでやるか？　普段温厚な俺も流石にプッツンだぜ。もう相手が権力者だろうがブランさんの姉だろうが関係ない。この女は絶対に犯ってやる。

「あら？　まだ反抗的な顔が出来るのですね」

クソ、意外と鋭いな。この辺りは流石ブランさんの姉って感じだぜ。……よし、メッチャ泣くか。

「ひ、ひぃ!?　そんなことありません。反省しておりまずぅうう～。も、もう許してぇええ～」

「姉上、姉上が荷物持ちとばかり遊ぶのでこっちは退屈で仕方ないんだが？」

俺と同じぐらい全身を鞭の痕で真っ赤にしたブランさんが、それでもいつもと変わらない声音で、目の前の女王様気取りのクソ女に話しかける。

「あら、ブラン。ひょっとして彼を庇っているのかしら？　半魔族の貴方が？　この下民を？

……素晴らしいわ！　これこそ私の治療の効果よ」

イカレ女がイカレたことを言いながらブランさんの側に寄って、自分で真っ赤にした白い身体を撫でる。普段のブランさんならば絶好の反撃のチャンスなのだが、姉との約束を律儀に守る彼女がこの機会を活かすことはないだろう。

イカレ女の指が姉妹同士というにはあまりにも嫌らしくブランさんの肌を這った。

「ねぇ、ブラン。お姉ちゃんも本当はこんなことしたくないのよ？　全ては貴方の中に流れる汚らわしい血が原因なの。貴方なら分かってくれるわよね？」

ブランさんの初々しいピンク乳首を指でグリグリしながら、イカレ女がどこか陶然とした様子でそう囁いた。そして次にイカレ女は手に持っている鞭の柄をブランさんのお尻にそっと当てた。

「……分かってくれるわよね？」

妹を見つめる銀の瞳は優しく、それを前にブランさんはこれ見よがしの溜息を一つついた。

「何回この話を繰り返せば気が済むのだ？　私は私の中の血を恥じたりはしない。この世界で確かなのは力だけだ。高貴だ穢れだなどと、下らないレッテル貼りに興味はな――」

ズチュッ！　と鞭の柄がブランさんのお尻の穴を容赦なく貫いた。

「んっ!?　……くっ」

「あら、ブランのそんな顔、お姉ちゃん初めて見るわ。穴を貫かれてよがるだなんて、やっぱり貴方も女なのね」

ズブズブ、と鞭の柄が更に深くブランさんのお尻を犯していく。

「ふっ、……んっ」

ジャラリ、ジャラリ。

歯を食い縛ったブランさんが身を捩る度に鎖が音を立てた。

それにしてもブランさんのあの顔、なんてエロい。頑張れイカレ女……じゃなくて、ふざけんな！　それは俺の穴だぞ。

滅多に見られないブランさんの牝顔についつい股間のモノが反応しかけたが、あの調子で前の処女まで奪われてはたまらない。いや、それとも既に奪った後とかじゃないよな？

「それにしても、前ならばまだしも排泄の穴でこんな反応を見せるなんて、これが穢れた血のなせる業といったところかしらね」

グリグリ、グリグリ。とブランさんのお尻に深く突き刺さった鞭の柄が回転する。

「んぁっ!? あっ!? くっ……ハァハァ……あ、姉上がこのような責め方をするとは、んっ!? め、珍しいな」

「貴方があんな下民を庇うからでしょう。まさかとは思うけれど魔王を倒す旅の最中、あんな駄犬と所かまわず交わってはいないでしょうね?」

グリグリ、グリグリ。

「くっ、あっ!? ハァハァ……ふん。もしそうだとしたら何だというのだ? 私が何をしようが私の自由だ。姉上といえども口を挟むのやめていただきたい」

「弁明を口にしない、貴方のそういうところはお姉ちゃん好きよ? でも私には姉として妹が愚かな真似をしていないか知る義務があるの。うーん。どうしようかしらね? …… 手っ取り早く確かめてみようかしら?」

ズチュッ! と勢いよく尻穴から鞭の柄が抜かれて、ブランさんを拘束している鎖が一際大きな音を立てた。

「んっ!?」

「ここを貫けばブランが陰で嫌らしいことをしているのかどうか、一目で分かるわ」

イカレ女が次に狙いを定めたのは白い肌を縦に割くブランさんの秘所。鞭の柄が薄らと生えた銀の陰毛を嬲るように掻き分けた。

クソ! すでに奪われた後ならともかく、まだ処女だというなら泣き真似してる場合じゃないな。

「妹の処女を奪おうとするなんて、本当に教会の信者はろくな奴がいない。いや、むしろ変態の集まりなんじゃないのか？」

信仰の拠りどころを侮辱する発言に、イカレ女の身体がピタリと動きを止めた。

「…………そこの下民。よく聞こえなかったのだけど、今なんて言ったのかしら？」

「悪いのは頭だけと思ったら、耳まで悪いんですね。教会の連中はどいつもこいつも迷惑極まりない変態の集まりだって言ったんですよ」

「……ふふ。うふふ。どうしたの、ニオさん？　さっきまでもう許してくれってあんなに泣き叫んでいたのに、急に強気ね。ひょっとして、ブランのナイト気取りなのかしら？　貴方、下民の分際でこの子に恋をしているの？」

いや、単にその女とセックスしたいだけです。

などと、危うく本音を出しそうになったが、ここで格好をつけておいて損はないだろう。

「だとしたら何か問題ですか？　ブランさんは素晴らしい女性です。それに旅の間何度も助けられた恩もあります。大好きなブランさんを傷付ける奴を俺は断じて許しません！」

キッ、とイカレ女をかっちょ良く睨みつける俺（全裸でチ×チン丸出しだけど）。

バシン！　と鞭が床を打った。

「下民の分際で私の妹に懸想するだけでも罪深いというのに、この私に向かって許さないですって？　いいわ、どう許さないのか、見せてもらいましょうか」

そうして再びイカレ女の標的が俺に切り替わった。

バシン！　バシン！

「ぬぎゃあああ⁉　くっ。こ、こんな程度で、俺はまけ――」

バシン！　バシン！

「ちょっ⁉　やっぱ痛い！　痛い！　タイム！　ちょっと休け――」

バシン！　バシン！　バシン！　バシン！

「うぎゃああああー⁉」

先ほどよりも一層容赦のない鞭打ち。あまりの激しさに俺は気を失った。――振りをする。

「あら、大口叩いた割には情けない。ブラン、こんな役立たずな下民とはさっさと縁を切りなさい」

「姉上、何度も言うが私のことは私が決める。貴方に口を出される謂れはない」

「はぁ。魔の血というのは本当にやっかいね。……少し休憩しましょうか。下民が目を覚ましたら今度こそ貴方が処女かどうか確認してあげるわ。彼の目の前でね」

カツン、カツン、とイカレ女の足音が遠ざかり、そして――バタン！

「やれやれ。純潔を大切にしていたわけではないが、まさか姉上に奪われることになるとはな」

「心配は要りませんよ、ブランさん。ブランさんの処女をいただくのはこの俺です。あんなイカレ女には渡しませんよ」

気絶したふりをやめた俺を、ブランさんがちょっと意外そうに見てくる。

「ニオ、起きていたのか」

「当然でしょ。あんな女の責めなんかじゃ、俺はイキませんよ。エンチャント・『全身強化』」

師匠特性のルーンが皮膚に浮かび上がって、全身に力が漲る。俺はそれで鎖を引きちぎった。

「イテテ。クソ、あのアマ。好き勝手やりやがって、マジで許さん」

ようやく地に足がついた俺は、人心地付きながらも傷だらけの身体を動かしてみる。

「常人ならガチで重症だぞ。エンチャント・『治癒力強化』」

ルーンで回復力を高める。完治にはそこそこ時間がかかるだろうが、あのクソ女をヒーヒー言わす程度の運動なら問題ないだろう。

「ドロテア特性のルーンか。相変わらず中々の効果だな」

俺の切り札について知識のあるブランさんは特に驚いた様子もなく、自由になった俺をチッパイとオマ×コ丸出しとは思えない、実に落ち着いた面差しで見つめてくる。

……待てよ？　イカレ女に報復することばかり考えていたが、動くことのできないブランさんと二人きりって状況はかなりおいしくないか？

その気づきに痛みでションボリしていた俺のムスコが元気になってくる。ブランさんが冷ややかに言った。

「それで？　これからどうする気だ？　荷物持ち」

「どうするって、もちろんまずはブランさんの治療が優先ですよ。さっ、身体見せてください」

下心なんてありませんよといった爽やかな笑みを浮かべて、俺はゆっくりとブランさんに近づく。

ジャラリ、と鎖が僅かに音を立てた。

「いいですか、ブランさん。身体に触りますけどあくまでも治療が目的です。変な誤解をしては駄目ですよ？」

女の繊細な美しさと肉食獣を思わせる、しなやかさを同居させたブランさんのエロボディが目の前で無防備に晒されている。

こんなのチ×コ勃たない方が嘘でしょう。

「お前は嘘をつく時、言葉が必要以上に丁寧になるな」

大きくなった肉棒を冷ややかに見つめて、ブランさんがそんなことを言った。

「や、やだなぁブランさん。鎖で繋がれたブランさんに対して失礼な反応だと分かってますけど、俺も男ですよ？　ブランさんみたいな魅力的な女性の裸を前にして、これくらいの反応は大目に見てくださいよ」

「それだけならな」

どうせ襲う気だろうと言わんばかりの、ジトッとした半眼。くっ、旅で培った信頼がこの程度だったなんて悲しいぜ。メッチャ正確な評価だけど。

俺はいかにも焦ってますよといった様子で周囲を見回した。

「疑う気持ちは分かりますが、お姉さんがいつ戻ってくるか分からないんですよ？　急いで治療しないと」

そう。これはあくまでも治療行為なのだ。そんな正当性のもと、俺は白く輝くようなブランさんの柔肌に手を伸ばす。

プニッ。

うおぉおおお!?　想像通り、いや想像以上にスベスベな肌。それにこのチッパイときたら……。

ああ、早くこの綺麗な乳首を弄(もてあそ)りまくって俺の色に染めてやりたいぜ。

傷を見るふりをして、乳房やその先端を何度となく弄る。うう、舐めたいし、揉みたいし、何より挿れたい。だが力ずくではブランさんには勝てないし、奇跡でも起きない限り合意でヤるのも難しいだろう。

つまり俺がこのチッパイの理想形態みたいな素晴らしい身体を自由にするには、魔王の呪いに頑張ってもらうしかないのだが――。

「………」

静かにこちらを見つめているブランさんは、とても発情しているようには見えなかった。

性欲ではなく、吸血衝動として呪いが発動したことがあるそうだが、魔王の呪いは今どの程度ブランさんの身体を蝕(むしば)んでいるのだろうか？

「それじゃあルーンで治癒魔術をかけますね」

「必要ない。見てろ」

「え？」

ブランさんの黄金の瞳が一瞬だけ紅(あか)く輝いたかと思えば、身体中の傷があっという間に消失した。

「……吸血鬼の再生能力ですか」

そういえば昔から大抵の傷は自力で治してたな。

「でも、それなら何ですぐに回復しなかったんですか？　お姉さんもこのことは知ってるんですよね？」

シャワーを浴びたばかりのブランさんのオマ×コ……じゃなかった、傷一つない裸体を思い出す。

ブランさんが鞭打ちを受けたのは今日が初めてではないようなので、それなら当然あの女もブランさんの再生能力については知っているはずだ。隠す意味がないなら、さっさと治してもよかったはずだ。

「……現在吸血鬼の力は極限まで抑えている」

「抑えてる？　何でまたそんなこと…………ひょっとして呪いのせいですか？」

吸血衝動として現れた魔王の呪い。吸血鬼の力を使用することで呪いが活性化する？

「て、ことはひょっとして今……」

「あっ!?　き、貴様！」

ブランさんの股ぐら、そこにある小さく縦に割れた穴に触れてみる。

「んっ!?　やぁ、あっ!?」

ジャラリ、ジャラリ。

愛液で湿った陰裂に指を這わせれば、ブランさんの口からブランさんとは思えぬ乙女な声が漏れた。

「やっぱり発情してるんですね？」

パッと見たらパイパンにも見えるオマ×コ周辺の毛を指で弄ぶ。勿論、本命を攻めることも忘れない。

「んっ、あっ♡　ああっ!?　ゆ、指を!?　ハァハァ……くっ、ま、魔王の呪いか。まったく厄介なものを喰らったものだ。他の……あっ!?　も、者達も、ん、んん!?　そうなのか?」

「確認は出来てませんけど、師匠はその可能性が高いと見てます」

てか師匠、来るの遅くないか?　のんびり支度しても、流石にそろそろ着いても良いはずなのだが……。

クチャリ、とブランさんの割れ目を弄っていた指が糸を引いた。

「おっ、本格的に濡れてきましたね。やっぱりブランさんも女なんですね」

「ハァハァ……ニ、ニオ、そろそろ、んっ!?　やめておけ」

「いやいや、何を言ってるんですか。治療はこれからですよ」

何か雰囲気的にワンチャンある気がしてきて、俺は勃起したチ×ポを掴むと、ブランさんの割れ目目掛けて有無を言わさずに挿入――

「戯(たわ)けが」

「ぐおっ!?」

腹部に走る激痛に、俺は堪らず地面を転がった。ただの膝蹴りが何つー威力だよ。

「ウゲェエ!?　ゴホッ、ゴホッ。ひ、酷いじゃないですか」

「ふん。動けない仲間を犯そうとしている男の言葉ではないな。両腕を拘束されているくらいで、この私が貴様程度に犯られると本気で思ったか?」

「犯るだなんてとんでもない。これは治療ですよ。ブランさんだって本当は俺の治療チ×ポ欲しいと思ってるんじゃないですか？」

「愚問だな。たとえどんなに飢えていたとしても、弱い雄の一物など喰う気も起きん」

ぐぬぬ。ブランさんめ。股に愛液を伝わせているくせに、なんて格好いいことを。ますますチ×ポぶち込みたくなるぜ。

だが初期段階とはいえ魔王の呪いが発動しているにも関わらずこの程度の反応。師匠に比べて呪いの進行がかなり遅いことは明らかだ。それが魔族の血によるものなのか他の要因によるものなのかはまだ分からないが、どちらにせよここでブランさんを犯るのは簡単ではなさそうだ。

「って、そんなことで我慢できたら苦労はしねぇ！　デバフエンチャント・『拘束』」

掌に浮かび上がったルーン文字から放たれる魔力がブランさんの身体を縛る。

「くっくっく。こうなったら仕方ありません。ブランさんの望み通り、力ずくで俺の治療チ×ポをぶちこんであげますよ」

「ふん。小者で女の尻ばかり追いかけるところは気に食わないが、目的のために手段を選ばないそういうところは嫌いではないぞ。だがな――」

半吸血鬼の瞳が再び紅く輝いた。と、思ったら、全身に凄まじい圧力がのし掛かり、指一本すら動かせなくなる。

「こ、これは……吸血鬼の、魅了？」

「貴様の身体を支配した。このまま心臓を止めてやろうか？」

胸部に発生する痛み。まるで心臓が直接手で握り締められているかのようだ。

「ぐっ!? てっ、じょ、冗談ですよね？ ブランさん」

「冗談？ そう思うのか？」

更にギュウウウウ～!! と心臓にかかる負荷。ヤ、ヤバイ～。これ以上はマジでヤバすぎる～。

「す、すみませんしたぁあああ！ 自分、調子こいておりました！ お、お許しを」

謝罪と同時に床に額を擦り付けようと思ったのだが……。
ヤ、ヤベェ。マジで動けない。
もはや手段を選んでる場合ではない。俺は頑張って涙をポロポロ零して、なんだかんだで情に厚いところがあるブランさんに向けて、苦しいんですアピールをしまくった。

「お、お願いです。もう二度とブランさんのオマ×コにチ×コ挿れようとしませんからぁ～!!」

「なんだ、この程度のことで諦めるのか？」

「え？」

何だ今の発言は？ ひょっとしてたとえ殺されてもブランさんが欲しいんですって言った方が好感度が上がるパターンか？ いや、でも俺は好感度を上げたいわけじゃなくて、セックスしたいんだよな。

「諦めます。諦めますから許してくださいぃいいい～!!」

「………ふん。いいだろう」

俺の身体を襲っていた圧力がふっと消えた。

「ありがとうございます。へっへっへ。このご恩は一生忘れませんぜ」

俺はこれでもかと頭を下げると、ブランさんの返事も聞かずに部屋を出ていこうとして――

「おい、ニオ」

呼び止められた。

「な、なんでしょうか？」

「姉上には手を出すなよ」

「も、もちろんです。俺のような荷物持ちごときが、ブランさんのお姉様に手を出すはずがありません」

「…………」

「ほ、本当です。信じてくださいよ、旦那。へっへっへ」

だって出すのは手ではなくてチ×ポですから。あのブランさんとは真逆のようなムッチリした身体に精液ぶっかけるところを想像して、謝罪中にも関わらず、危うく勃起しかけた。

「……お前は姉上に目をつけられた。この街に滞在している間は常にドロテアと行動を共にしておけ」

「分かりました。それじゃあ師匠とまた来ますね。失礼します！」

俺はダッシュで地下牢のような不穏な空気が漂う部屋から脱出した。そして天井がやけに高い廊下、その薄暗い照明を見つめながらホッと息を吐く。

「ったく。コエー女。やっぱ正攻法じゃダメか。……よし。あのイカレ女を使うか。見てろよ、ブランさん姉。本物の調教というものをこの荷物持ちが教えてやるぜ」

女王様気取りの女をモノにするついでに、ブランさん攻略の道具にしてやろう。

自分の立てた計画の完璧さに気を取り直した俺はルーンで身体能力を高めると、レギス帝国の東を治める大貴族の長女の追跡を開始した。


と思ったら、あっさり対象を発見した。

「なんだ、ブランさんの部屋だったのか」

薄気味悪い部屋を脱出して細長い廊下を進んだ先は、見覚えのあるリビングだった。

「マジックミラー？　この位置は確か……鏡か。鏡の後ろの隠し通路。どうりで知らないわけだ」

ブランさんの部屋のリビングにある姿見。今俺はその鏡の裏側からリビングを眺めている。

「まぁ、こんなデカイ城ならこの手の仕掛けの一つや二つあってもおかしくはないか」

ひとりごちる俺の視線は長椅子の上のむっちりとした肢体に向けられていた。

「ハァハァ……まさかブランがあんな可愛い声を出すなんて、それにあの下民、泣きじゃくって情けないこと」

クチャリ、クチャリ。と、ルーンで強化した聴覚が、帝国でも指折りの権力者である女の股から発せられる湿った音を捉える。

「俺とブランさんをオカズにオナニーかよ」

ボンデージの上から豊満な乳房を揉みしだき、黒いパンツの一部を横にずらして女性器に指を突っ込んでいるフリンダのあの姿ときたら。泣いて謝る俺を笑いながら鞭で叩くいけ好かない女だが、あのエロい身体だけは間違いなく一級品だな。

「あっ♡　もしもブランが、んっ♡　しょ、処女だった場合、これにあの子の破瓜の血が……」

フリンダは膣から指を引き抜くと、すぐ横に置いてあった鞭を掴んだ。そしておもむろにその柄をパンツをずらして露出しているオマ×コに突っ込んだ。

「んっ!?　あっ……あぁあああああ♡♡　ハァハァ……ま、待っててブラン、お姉ちゃんが貴方の汚れた血を、んっ♡　き、浄めて……ハァハァ……あ、あげるからね」

ズチュ、ズチュ。と音を立てて、鞭の柄が卑猥に開かれた女の秘所を何度となく出入りする。白い肌に玉のような汗が浮かび、腰まで伸びた銀髪が欲情し、赤らんだ肌に張り付いていく。

ズチュ、ズチュ。ズチュ、ズチュ。

「んぁあああ♡」

「ったく、一人で気持ちよくなりやがって。大体衛生管理は大丈夫なんだろうな?」

あの鞭の柄はブランさんのお尻に突っ込んでいたもの。それをオマ×コにあんな深く突き入れるのは少々問題ある気もするのだが――

「いや、ブランさんのお尻の穴だ。メッチャ綺麗に決まってる」

人形のように白いブランさんの肌を想い、余計な考えは捨てることにする。

「ハァハァ……いい♡　気持ちいいわぁ～♡♡」

ボンデージの前面についているチャックを大きく開き、露出させた片乳を形が変わるぐらい強く揉みしだきながら、フリンダはオマ×コに鞭の柄を何度も何度も突っ込んでいた。

　このままオナニーが終わるまで待つか？

　あられもなく乱れるお貴族様の姿に屹立したチ×ポ。こいつをしごきたい。でも……。

「やっぱブランさん優先だよな」

　今からあの女をヒィヒィ言わせてブランさん調教の手駒にする。魔王の呪いという切り札があって尚、時間的に結構厳しい作業だ。あんまりのんびりしているわけにはいかない。

　そんなわけでここを出ることにする。マジックミラーとなっている姿見は押せば簡単に開いた。

「ハァハァ……え？　ブラ……ッ!?」

　てっきり、きゃあああ！　てな感じに悲鳴を上げるかと思いきや、俺の姿を見たフリンダは素早く膣から鞭の柄を引き抜くと、澄ました顔でボンデージのチャックを上げた。

「あら、ブランったら。下民にいらない情けをかけるなんて、やはりもっとキツイお仕置きが必要のようね」

「何か勘違いしていませんか？　鎖は俺が自力で引きちぎったんであって、ブランさんは俺の脱出に手を貸してはいませんよ？」

　むしろ治療チ×ポ突っ込もうとして蹴られたくらいだ。

「貴方が？　ブランならともかく、あの鎖は人の力で壊せるものじゃないわよ？」

「勇者パーティーの荷物持ちを舐めないで欲しいですね。それと、下民ごときに股を弄っているところを見られたわりには、随分冷静じゃないですか？」

「ふふ。ニオさんでしたっけ。面白いことを仰るのね。その辺にいる虫けらに裸を見られたからといって、何か気にする必要があるのかしら?」

フリンダの表情には羞恥や強がりが欠片も見当たらない。恐らくは本気で言っているのだろう。

「ブランのナイトを気取っているようだけど、どのみちあの子にはキツイお仕置きをする予定よ?

ああ、勿論口の利き方を知らない下民の貴方にもね」

「残念ながらお仕置きされるのは貴方の方ですよ、フリンダ様」

ブランさんの姉だけあって武力にも自信があるのだろう。鞭を構え、不敵に笑うフリンダには確かに強者としての雰囲気がそこそこあった。

まっ、あくまでも一般人クラスとしてはだが。

「エンチャント・『速力』」

両足に浮かび上がるルーン、それが生み出す力が俺に矢のごとき速さを与える。

「なっ!?」

俺が見せた予想外の速度を前に、自慰を目撃されても平静を保っていたフリンダの顔に初めて驚愕が浮かんだ。女王様は慌てて鞭を振ろうとするが――

「おせぇええええ!!」

「くっ!?」

攻撃はせず、すれ違いざま俺はフリンダの手から鞭を奪い取った。

「ッ!? あ、貴方、ただの荷物持ちではなかったの?」

「荷物持ちですよ、ただし勇者パーティーのね」

この意味を世間が正確に理解してくれたら、俺の評価ももっと上がると思うんだが。

一瞬、女に言い寄られまくるモテモテな自分を想像してみる。……まぁ、今は師匠とヤれるから別にいいんだが。

「そう、なるほどね。確かに侮っていましたわ」

ブランさんという超級の実力者である妹がいるおかげか、どうも世間ではなくフリンダの方が俺の言っている意味を正確に理解してくれたようだ。しかしそれでもなお、そのムッチリとした身体から戦意は失われていない。

「鞭はここですよ。素手で俺に勝てるとでも？」

「あら、それはただの趣味よ。光の女神に仕える者の力、特別に見せてあげるわ」

フリンダの身体が光ったかと思えば、次の瞬間にはその輝きが白い二体の騎士となってフリンダを守るように立っていた。

「……精霊」

「ふふ。これこそ光の女神を信仰せし者の力。万物は天に輝く太陽(ひかり)を頂点に全てあらかじめその位階が決められている。それこそが世の秩序。神のご意志！　下民が貴族に逆らうなどと、その愚かさを教えてあげるわ」

「これだから教会の連中は……」

ため息をつくと、俺はフリンダの自慰を見た時から勃起したままのチ×ポを掴んだ。そして——

シコシコ、と肉棒を激しく上下にシゴいた。

「あら、真剣勝負の最中に面白いことをなさるのね。余裕？　それとも力の差に絶望しておかしくなったのかしら？」

自分に敵意を持つ男がいきなり目の前でオナニーを始めたってのに、案外冷静な反応だな。こういうところはブランさんの姉なんだなと好感が持てるぜ。いや、それともまさか――

「ひょっとして、俺が思っている以上に男を知っているのか？」

なにせ実の妹を鞭で叩いてケツ穴処女を奪っちゃうような姉だ。お偉い貴族様らしく、陰でいかがわしいパーティーをしていても不思議はない。

「ほんと、下民は発想まで貧相で困るわ。私は光の女神に身も心も捧げた身。処女に決まっているでしょう。ただし、膜は残ってはいないけれどね」

フリンダの目尻の下がった瞳は、俺が奪った鞭を見ていた。

……そりゃ、あれだけ深く入れてればな。

「つまり多少乱暴に突っ込んでも大丈夫ってことか」

シコシコ、シコシコ。

「何故逃げずに向かってくるのかと思えば、私の身体が目的なのね。……ハァ。下民の考えって本当に浅ましい、貴方ごときがこの身体を好きにできるわけがないでしょ。そんなことも分からないなんて、何て哀れな荷物持ちなのかしら」

こちらを見下すあの顔。もうすぐあの顔が発情した牝のモノに変わるかと思うと――

ドビュ、ドビュ。ドビュ、ドビュ。

「くっ、う…………ふぅ。スッキリした。なんかごちゃごちゃ言ってましたが、今からこの白くて濃いものをフリンダ様の中に嫌と言うほど出してあげますよ」

俺は掌で受け止めた自らの精子をフリンダから奪った鞭に塗りたくっていく。

「……下民のやることは本当に品がないわね」

嫌悪、というよりは呆れたように俺を見るフリンダはきっと、俺が嫌がらせか何かでこんなことをしていると思っているのだろう。

だが……くっくっく。俺の精子の力は姉弟子でとっくに実証済みだぜ。

「それではご自慢の精霊の力を見せてもらいましょうか」

「いいわよ。品もなければ教養もない下民にこの私が直々に教えて差し上げますわ。身分を弁え(わきま)ぬ者の末路をね」

光の騎士が前に出てくる。俺はルーンを起動させた。

「エンチャント・『速力』」

「光の女神の御名において汝を断罪する。裁かれる者、汝の罪は姦淫なり」

そうして俺達は激突した——

＊

「ブランよ、貴族に必要な高貴さとは何だと思う？」

それは普段何かと忙しい父と久方ぶりに狩りに興じた日のこと。

「教養でしょうか?」

答えつつ狩った獣を火にかける。近くの木では多少コンパクトなサイズとなった獲物が吊るされ、地面に赤い水溜まりを作っていた。

「違うな。高貴さとは強さよ。どんなに賢い者であろうと人の目ばかりを気にしてペコペコ頭を下げる者に人は高貴さを見出さない。逆に簡単な計算でさえ満足にできない者でも、背筋を伸ばし続ければ人はそこに気高さを見るだろう」

「しかし父上、分相応な態度をとる者は往々にして不幸な目に遭うものでは?」

「然り。だからこそ己の背筋を曲げられぬ強さが必要なのよ」

「それが高貴さですか。ならば父上は生物として弱い者に高貴さは宿らないとお考えで?」

パチン! と焚火の中で高い音が鳴った。食欲をそそる香りだ。炎に炙られる肉を見る。まだ完全に火が通っていないことは一目で分かったが、私はむしろこれくらいの焼き加減の方が好きだった。

「ふ~む。それはお前が考える強さによって話が変わるな。へりくだって見える者でも心に大きな野心を持つ者はおる。場面で見れば情けない者でも、人生という大局の中では己の道を見事に貫く者もいるだろう。ブランよ、お主は戦闘という場面においてはすでに比類ない。しかし人生という場面においても、同じくらいの強さを持てるかな?」

炎の中に手を入れた私は、未だ生焼けの肉に牙を突き立てた。

「ガハハ。うまいか？　ブラン」

「はい、父上。美味しいです」

「そうか。俺は火がちゃんと通るまで待つが、遠慮なく、食え、食え」

父に勧められるまま肉に牙を立てる。頭の中で父上の話を反芻(はんすう)した。

戦闘という場面ではなく、人生という大局における強さ。言いたいことはつまり生きる目的を持てということだろうか？　……分からない。元々小難しいことをあれこれ考えるのは好きではないのだ。その点狩りは良い。獲物を追いかけ、殺傷し、喰らう。これこそが人生であって欲しいと切に願うくらいだ。

いや、これが人生であってもいいのではないか？

「父上、私は狩りが好きです。だから人生で何か大きな獲物を狩ってみたいです」

「ほう、ブランらしい目的だな。それにしても、ふむ。大きな獲物か。それならいっそ、魔王でも狩ってみるか？」

魔王。魔の血を持つ者たち全ての頂点。人外の王にして最強の生物。もしもそんな獲物を狩れたなら――。

ドクン、と心臓が高鳴った。だからこの時、私の道は決まったのだ。

「はい、魔王を狩ってみたいです」

「ガハハ！　よく言った。それでこそ俺の娘よ。しかしな、ブラン。お前はまだ若いから分からんだろうが、戦いだけの人生というのも味気ないものよ。どうせなら気に入った男の十や百くらい狩ってみるがいい」

「それは伴侶を持てという意味でしょうか？」

「む？　……まぁ、そんなところだな」

「そうですか、しかし……」

そこいらの男など眼を瞑っていても容易に狩れる。魔王という目的の後ではそれはひどく退屈で、なんとも気の乗らない話だった。

何と言って伴侶など必要ないと父上に伝えようか？

考えながら手に持った肉を噛みちぎり、嚥下する。うまい。やはり自分で狩った獲物を喰らうのは格別だ。特にこの獲物は強いだけではなくずる賢さも備えていた。死んだ振りにまんまと騙された私は危うく喰われてそうになったくらいだ。

そんな強者をこうして喰っている。単純な肉の味だけではない、心を満たす確かな充足感があった。

木々の間をすり抜けた優しい風が私の頬を撫でる。心地よい感覚。だがそれも生きているからこそ味わえるのだ。

私を追い詰めた獣の顔をふと思い出す。何かが一つ違えばこうして喰われていたのは私の方だったかもしれない。死と隣り合わせ。そうだ、狩りとは何も喰らうばかりではないのだ。

「あの、父上。私が魔王を狩りたいと思うように、私を狩りたいと思う男もいるのでしょうか？」

「む？　ガハハ。それはおるだろよ。今でさえそんなに愛くるしいのだ。もう十年も経てば老いも若きもお前に夢中になるだろうさ」

「そうですか、それなら私は私を狩った者を伴侶とします」

積極的に手に入れようと思うほど男に興味は持てない。だがもしも私を狩ることが出来る男がいるならば。この肉に牙を突き立てるように私の身体を貪る者がいるとするならば。喰べられた私はその者の一部として、以後の人生を共にするのも悪くはないかもしれない。

そう、思ったのだ。


「…………ん」

下腹部からせり上がってくる言い様のない感覚に促されて目が覚める。

「ハァハァ……くっ、進行、しているのか」

牙が自然と伸びる。喉の渇きが酷い。私は自分が飢えていることを自覚した。

「これが魔王の呪いか」

渇いた喉とは裏腹に潤い始める下腹部。男を知らず、己を慰める趣味のない私でも、思わず股を擦り合わせたくなるこの反応が何なのかくらいは理解している。

今にして思えば、最初に呪いが発現したときに吸血行為のみで発散できたのは幸運だったのかもしれない。

「ふん。これが荷物持ちが夢中になっている快楽か、くっ!? あっ……な、なるほど、否定はできんな」

性についてはただ単純に興味が持てなかっただけで、生物としての本能を否定する気はない。両手が使えたなら、甘い感覚に抗えずに自慰とやらを行っていたかもしれない。

「ハァハァ……んっ!? に、荷物持ちは無事にドロテアと合流できたか？」

ニオがここを出てからの正確な時間は分からないが、恐らく半日程度は経っているだろう。何事もなければとっくに合流していていいはずだ。

「だが……ハァハァ……おそい、な」

私が姉に軟禁されていることは周知の事実なので、探しに来る者が誰もいないことは問題ではない。問題なのは姉が戻ってこないことだ。

「奴なら逃げきれると思うが」

荷物持ちとはいえ、曲がりなりにも私達の旅に最後までついて来た男だ。姉は確かに個人としても優秀な部類に入る武人ではあるが、一対一の戦いで荷物持ちが遅れを取るとは思えない。

そう思っていると——ガチャリ、とドアが開く音がした。部屋を仕切るカーテンのせいで顔は見えないが、入ってきた誰かは隠れるつもりはないようで、カツン、カツンと靴音を立てながらこちらに近づいてくる。

普通に考えればその人物は姉であるはずなのだが……。

「どういうことだ？」

自信満々な足取りの後ろに従者のように付き従う足音がある。つまり入ってきたのは二人だ。

カツン、カツン。パサッ、と音を立てて視界を遮(さえぎ)っていたカーテンがめくれた。地下牢のごとき空間で優越感たっぷりの笑みを浮かべるのは予想通りの人物だった。

「待たせたわね、ブラン」

そう言って姉が手に持った鞭を鳴らした。その足元には――

「捕まったのか」

犬のように四つん這いになった、荷物持ちの姿があった。

「ふふ。私をお仕置きするなんて身のほど知らずなことを言うものだから、少しお仕置きしてやったわ。そしたらとても素直になったのよ。ねぇ、ニオ」

「はい。フリンダ様」

「荷物持ち、貴様……」

私は動揺しているのだろうか？　いや、あるいはこれは落胆なのか？　確かに私達から見れば荷物持ちの戦闘能力は取るに足らないものだ。それでも狡猾で抜け目がなく、どのような危機的状況下であろうと生存できると思わせる、ある種の強さには一目置いていたのだが……。

「あら、可愛い顔ねブラン。そんなに私がこの荷物持ちを倒せたことが意外かしら？」

姉が犬となった男の頭を撫でる。闘争の最中、荷物持ちに武器を奪われでもしたのだろうか？

黒いボンデージに包まれた姉の身体には、鞭の痕が幾つも刻まれていた。

「ほら、ニオ。ワンと鳴いてみなさい」

姉が嗜虐心を剥き出しにした顔でそう言えば、荷物持ちは僅かな間もおかずに――

「ワン！　ワン！」

と鳴いた。

「ニオ、貴様それで本当にいいのか？」

「くぅ～～ん？」

ふざけた返事に危うく両腕の鎖を引きちぎりかけた。

欲望のままに行動する荷物持ちのことを、私はそんなに嫌いではなかった。伴侶の候補としてはあまりに弱いが、もしもどのような手段であろうが私を抱いてみせたなら、この男の女になってやってもいいと考えたこともある。

そう思っていた男がこの様。

「私もまだまだ人を見る目がないようだな。……失望したぞ、ニオ」

睨みつけてもニオは反論することなく、犬の格好のまま私の下腹部を凝視している。以前までならこの状況下で大したものだと笑えたが、今はただただ不快だった。

「もういい。姉上、その犬を私の視界に入らないところへ連れて行ってくれないか？」

「あら、それはダメよ。ニオには今から重要な役割があるのだから」

「……何を考えている？」

予想はつくが問わずにはいられない。どうやら状況はあまり好ましくない方向に向かっているようだ。

「実はね、ニオのせいで鞭が壊れてしまったの。だから貴方のお仕置きに使う棒がなくなって困っていたのだけど、よく考えたら私のワンちゃんには立派な棒がついているじゃない」

「姉上、まさか……」

「うふふ。良かったわね。初めてがニオで。大切な戦友なんでしょう？」

冗談ではない。確かに失望した今でも荷物持ちが戦友であることに変わりはないが、それと性行為を容認するかは話が別だ。

女の足元に犬のように四つん這いになっているこんな軟弱者が私の身体を貪る？

かつてない嫌悪感に全身が粟立った。

抵抗するべきか？

ニオに私を犯させようとしている姉。だがそれを阻止するのは容易い。私を捕らえているこの脆弱な鎖を引きちぎり、己の立場が優位にあると勘違いしている姉と荷物持ちを制圧するのに三秒とかからないだろう。

だがそれは――

「あら、怖い顔。まさかと思うけど、お姉ちゃんとの約束を破るつもりではないわよね？」

姉の指が私の乳房の先端を弄ぶ。普段であれば気に留める必要のないそれが――

「あっ♡　くっ!?　んっ……ハァハァ」

「あら？　あらあら？　こんなことで貴方が喘ぐなんて、これがニオの言っていた魔王の呪いかしら。よかったわね、ブラン。初めての性行為がとても気持ちのいい、思い出深いものに変わるわよ」

「ふ、ふん。下民と見下す男に妹を犯させるとは、姉上は本当に見下げ果てた奴だな」

「まぁ、お姉ちゃんに向かって何て酷い言いようなのかしら。どのような処罰でも受けると豪語したのはブランの方でしょうに。今更約束を違えるとは言わせないわよ」

　ギュッ、と私の乳首を弄る姉の指に力が入る。

「ッ!?　く……うっ……」

「あら？　恥ずかしがらずに声を出していいのよ？　肉欲に身を震わせるのは初めての経験でしょう？　気高いブランは自分を慰めたことがないものね」

「……前々から、んっ、お、思っていたが、姉上は私に少々構いすぎではないか？」

　寝室はもちろんのこと、風呂やトイレにまで精霊を潜ませて私を監視していることを、遠回しに非難する。……まぁ、効果はないだろうが。

「姉が妹を気に掛けるのは当然でしょう。でも悲しいことに貴方の中には魔族の穢れた血が入っている。光の女神に仕える者として、また貴方の姉として、それを放っておくことはできないのよ」

「だから荷物持ちに私を犯させるのか？　凌辱すれば魔族の血が消えるとでも？」

「魔の要素はすべからく蹂躙すべし。全ては光の女神様がお与えになる試練なのよ。さぁ、ニオ」

「ワンワン……じゃなかった。かしこまりましたフリンダ様。そしてすみませんブランさん」

「腰抜けが伝染る。気安く話しかけるな」

　口の中で牙が伸びると同時に、姉上の犬になった荷物持ちを引き裂いてやりたい衝動に襲われた。

「あらあら。ニオは貴方の初めての男になるのよ？　そんなに嫌っては可哀想じゃないかしら？」

「無駄なおしゃべりはいい。姉上、これが終わったら解放すると約束しろ。それならばそこの情けないと交わってやってもいい」

この状況を腹立たしく思いはするが、別に初めての男が誰だとかそんな些細なものに拘ってはいない。これも生物が辿る当然の経験と考え、さっさと終わらせてしまおう。

乳房を弄っていた姉の指が身体を這い上がってきて、私の顎をクイッと持ち上げた。

「処女のくせにその余裕。それでこそ私のブランよ。ニオ」

「はい。フリンダ様」

「ブランに男を教えてあげなさい」

「畏まりました」

姉上が私から離れていき、犬になり下がった荷物持ちが四つん這いのまま私に近づいてくる。

「本当に申し訳ありません。こんな形でブランさんとエッチすることになるとは。でも俺は――」

「御託はいい。さっさと済ませろ」

犬の言葉に耳を傾ける価値などない。こうして向かいあわなければいけないことすら、もはや不快だった。

「それではその、失礼します」

負け犬が足に触れてくる。そして――ヌチャリ、と湿った不快な感覚が私の肌を這った。

「うおぉ、これがブランさんの……。へへ」

指、脛、腿、足の至るところを犬の舌が伝って唾液まみれにしていく。気色悪い感覚はどんどん這い上がって来て、ついには股の間に触れる。

「んっ!?　くっ」

覚悟はしていたのに跳ね上がる身体を抑えきれなかった。犬の舌がその表面と裏側を使って何度も何度も私の性器を愛撫する。

「あっ♡　んっ……んんっ!?」

「やべぇ……ペロペロ……この処女マン……レロ、ペロペロ……めっちゃ……ペロ……うめーぜ。それにこの薄い陰毛ときたら……ペロペロ」

「ううっ!?　あっ、あっ、ふっ!?　んんっ!?」

魔王の呪いで性悦に敏感となった身体は犬の動きに合わせて、快楽という名の電流を全身に走らせ、私を苛む。

「ハァハァ……ま、まて、い、いぬ。な、なにか……くっ!?　くる」

下腹部から絶え間なく発せられる小さな刺激に混じって、何か大きなものがせり上がってくるような感覚。爆発物を思わすそれに触れてほしくなくて、犬を相手に情けなくも身を捩るが、逃がすかとばかりに尻を掴まれ、更には――

ペロペロペロペロペロペロペロペロペロペロ!!

「なぁあああぁっ!?　ま、まっ、まっ……て!　ああっ♡　まてっ、い、いぬ!」

犬はここぞとばかりに私の性器に這わせた舌を動かしてきた。それに私の中の爆発物は、

「あ、ああっ♡　く、くる!　んっ♡　ほ、ほんとう、に、な、なにか、く、ぐるぅうう〜!」

あっけなく爆発した。

プシャアアアアア～!!　と陰裂から吹き出したモノが犬の顔にかかる。

「あっ、ああっ!?　う、うそだ。こ、このわ、わたひが……ハァハァ……も、もらし……て？」

なんという失態だろうか。いかに呪いの効果があるとはいえ、この私が性器を舐められたくらいで犬相手に粗相をするなど。

「くっ、うっ。な、なさけ……ハァハァ……ない」

「ふふ。ブランったら可愛い反応ね。でも性器を弄られた女が潮を吹くのは健全な反応よ。そんなに卑下することはないわ」

「し、潮？」

「そう、今貴方が吹き出した愛液のことよ。初めての絶頂は気持ち良かったかしら？」

絶頂……そうか、これが。

それでも体液を漏らしたことには変わりないが、生物の自然な反応と知って少しだけ安堵する。

「フリンダ様、見ての通りブランさんのオマ×コもすっかり潤ったので、そろそろチ×コを突っ込みたいと思います。なので鎖を外してもよろしいでしょうか？」

犬が潮を吹いて濡れた私の陰部を嫌らしく凝視している。かと思えば、親指の腹で性器の割れ目を擦ってきた。

「あっ♡　んぁ!?　く、ううっ」

危うくゲスな犬の顔に蹴りを叩き込みそうになる身体を、寸でのところで制御する。

「そうね、妹の初体験ですもの。鎖に繋がれたままというのも可哀想な話よね。いいわ、外してあ

げる」

「……必要ない」

バキッ、とちょっと力を込めれば私を拘束していた脆弱な鎖が壊れた。解き放たれた私を前に、犬が怯えたように後ずさる。

「ふん。それで、どうしろというのだ？」

「あ、そ、その……床に仰向けに寝そべって、俺に向けて股をおっぴろげてください」

拘束のなくなった私を前にわざわざ辱しめるような言い方、その度胸だけはやはり大したものだと思う。だがそれ故に失望も大きいのだ。

「これでいいのか？」

言われた通り床に寝て、股を開いてやる。途端、犬の瞳が大きく見開かれ、鼻息も荒く私の股に顔を近づけてきた。

「ふん。餌を前にした、本物の犬だな」

犬は応えずに、私の性器を指でクパァと広げた。

「ひゃっ!?　くっ、あっ!?　ああんっ♡」

人生で初めて潮を吹いた私の性器は敏感で、ほんの僅か肉を広げられただけだというのに、そこいらの村娘のような情けない声を上げてしまう。

「おお、ブランさんの処女マン、スゲーヒクヒク動いてますよ」

「……だったら、んっ、息など吹き掛けてないで、あっ!?　さ、さっさと挿れたらどうだ？」

まどろっこしい犬のやり方にうんざりする。確かにこの身は魔王の呪いのせいで肉欲に敏感となっているが、くだらん戯言(ざれごと)を並べれば私が羞恥に涙でも流すと思っているのだろうか？

「分かりました。それでは……」

犬は私の性器から指を離すと今度は男根を性器の割れ目に押し付けてくる。そのまま挿れるのかと思いきや――

スリスリ、と男根の先っぽで、私の性器を何度も擦ってきた。

「んんっ!? なに、をしてる？」

腹立たしい行為にもいちいち反応するこの身が恨めしい。

「いえ、せっかくブランさんの初めてをもらえるんですから、挿入前にこの喜びを噛み締めておこうかと」

スリスリ、スリスリ。

「んぁ♡ この、だ、駄犬がぁ!!」

口先だけと分かってはいたが、早くも謝罪の言葉など忘れて私を嬉々としてなぶる犬に、このまだと恨みの一つでも抱いてしまいそうだ。……後でその一物を引き抜いてやろうか？

「い、いやだなブランさん。冗談ですよ。そんな怖い顔しないでください」

「謝るくらいならとっとと終わらせろ」

「分かりました。すぐに挿れますからね。ブランさんの処女マ×コに俺のチ×ポ突っ込みますからね」

もう返事をするのもめんど――

ズブリ！

「んぁ!?」

ズブズブ――と、私の中を掻き分けて、下品にそそり勃った犬の肉棒が奥へ奥へと入ってくる。

「ッ!?　ぐっ、ん、あっ!?　ああっ♡　……やっ」

ズドン！

「あっ!?　あぁあああああ!?」

陰部を裂く形容し難い痛み。犬を喜ばせるのも癪なので声を出すまいと身構えていたのだが、魔王の呪いはそんな私の意思すら侵食する。

「ふー。ふー。ううっ……あぁ♡　んっ!?」

「処女卒業おめでとうございます。どうですか？　俺の女になった気分は？」

「貴様の……ハァハァ……お、女、だと？」

「はい。だってブランさん言ってたじゃないですか。自分をモノにしたければどんな方法でもいいからチ×ポ突っ込んでみろって。これでブランさんは俺の女でしょう？」

犬の腰が動き、私の体と衝突してパァン！　と卑猥な音を立てる。

「くぅ♡　ハァハァ……な、何を言うかと思えば、と、とんだ勘違いだな、犬」

「何がですか？　ブランさんともあろう者が一度言ったことを違えるんですか？」

「いい、か、んっ♡　い、いぬ。わたしを、ふっ、う、犯したのは、あ、あ、姉上だ。ハァハァ……だんじて、きさまのような、んんっ♡　な、軟弱者では、ひゃ!?　な、ない」

「処女喪失で頭おかしくなってませんか？　ブランさんのオマ×コを貫いているのは俺のチ×ポですよ。ほら、ほら」

パァン、パァン。パァン、パァン。

「くぁああ!?　う、ぐ、ぅうう！　き、きさまは、ハァハァ……ただ姉上に使われているだけの、犬だ。鞭の柄と……変わらんっ」

「鞭の柄じゃあ、ダメなんですか？」

ギュウウ！　と犬は私の乳房の先端を摘まんでくる。そして更に激しく腰を振った。

パァン、パァン。パァン、パァン。

「ふぁあああ♡　き、きさまが、あねうえを、んっ♡　つ、使ったなら、ハァハァ……と、ともかく、うっ!?　こ、この、わたし、がぁ、使われているだけの、ん、んんっ♡　犬のモノに、ひゃ!?　あっ、ああ♡　なるわけ、あっ!?　うっ、な、なかろう」

「何だ、そういうことならやっぱりブランさんはもう俺の女ですよ」

「な、なに？」

それは一体どういう意味だろうか？

訝しむ私を見下ろす荷物持ちの口角が、別人のように高く吊り上がった。

＊

夢にまで見たブランさんのオマ×コ、きつきつでクッソ気持ちいい。

くそ、なんだこのまるで掌でギュッ、ギュッとされているかのような締め付けは。ネットリと絡み付いてくる師匠のオマ×コとはまた違った気持ちよさがあるぜ。

「私が、お前の、あっ♡　お、おんな……だと、どういう……んっ♡　こ、ことだ?」

魔王の呪いに苛まれ、更には処女を失ったばかりだというのに、割と冷静な瞳が俺を見上げる。

「どうもこうもありませんよ。こういうことです。おい、フリンダ」

「はい。なんでしょうか、ニオ様」

今までの高圧的な声音とは真逆の、それは甘えるような牝声。それと同時に柔らかな二つの膨らみが俺の背中にムニッと押し付けられてくる。

「あ、姉上!?」

「ふふ。ごめんね、ブラン。貴方を騙すようなことはしたくはなかったのだけど、ニオ様にどうしてもと頼まれてしまって」

背後から回ったフリンダの手が胸板を中心に俺の身体をスリスリと撫で回してくるが、少し前まで処女だったとはとても思えない、実に嫌らしい手つきだ。

俺は閨(ねや)の才能に溢(あふ)れたお貴族様の頬を撫でてやる。

「あん♡　ニオ様ぁ～、もっといい子、いい子してください～」

耳元で発せられる甘い声は、顔を見なくても蕩けきった牝顔を容易に想像させた。俺にチ×ポ突っ込まれてる女の黄金に輝く瞳が見開かれる。

「荷物持ち、貴様……」

「おっ、犬はやめてくれたんですね」

ブランさんは負け犬よりも狡猾なハイエナを好む。彼女の中の俺がちゃんと人間に復帰できたようで何よりだ。

「姉上に何をした？」

「いや〜、フリンダ様をこの短時間で調教するのは骨が折れましたよ」

「様だなんて、どうかフリンダとお呼び下さいませ」

そう言って俺の頬にキスをしたフリンダは、そのまま首筋や肩にチュッ、チュッとしてくる。

ふぅ。かなり地位のある女だし、それを除いてもブランさんの姉だし。何気に手を出すのにちょっぴりビビッてたが、何だかんだで上手く調教（ヤ）れてよかったぜ。

実の姉が奉仕する姿を前に、肉棒を咥えたブランさんのオマ×コがキュッと締め付けを強くした。

「魔術か何かで洗脳してるわけではないのか？」

「違いますよ。フリンダ様は俺とのセックスがあまりに気持ちよくて、それでこうなってるんです。なっ？　フリンダ。そうだよな？」

「はい……チュッ、チュッ……そうです……チュッ、チュッ……私は……チュッ……ニオ様に……チュッ、チュッ……女の幸せが何かを教えて頂きました。だからこうしてニオ様に尽くすのです」

俺の身体をまさぐっていたフリンダの手がブランさんを貫く肉棒へと伸びた。

「どうですかブランさん、俺もちょっとはやるものでしょう？　誉めてくれていいです……よ？」

女が俯き、黄金の瞳が銀色の髪に隠れる。チッパイが魅力的な肢体が小さく震え始めた。

あ、あれ？　泣いてる……ってことは流石にないだろうから、まさかキレて……ないよね？

ちょっと調子に乗りすぎたかな～、と後悔しつつ、俺は恐る恐るブランさんに声をかけてみる。

「あの、ブランさん？」

「ぷっ、くく……アッハッハッハッハ！　ま、まさか、あの姉上をこの短時間に躾けてみせるとはな」

「うおっ!?」

正常位で俺に股を開いているブランさん。その手がそっと俺の体に触れたかと思えば、そのまま一気に押し倒された。

「キャッ!?」

と、俺にオッパイを密着させていた背後のフリンダが弾き飛ばされる。こちらを見下ろす黄金の瞳、その瞳孔が獲物を見定めた蛇のように縦に割れた。
コ、コエェ～。
「ニ、ニオ様!?　ブラン、そこをどきなさい」

「すまないが、姉上。少し黙っててくれないか？」

「ぐっ!?　か、っは？　ブ、ブラン……」

黄金の瞳が血のごとき赤を纏えば、それだけでフリンダは動けなくなった。

小さな手が俺の喉にそっと触れる。

「答えろ荷物持ち。何故わざわざあんな芝居を？」

こちらを覗き込むブランさん。下から見上げるチッパイがメッチャ眼福なんですけど。

ブランさんには師匠みたいなボインな迫力はないが、成熟と未成熟の間を漂うインモラルな魅力がある。半吸血鬼のキッキツオマ×コの中で俺のモノが肥大化する。

「ふぁっ!? あっ♡ ……ふ、ふん。答える気はないということか?」

しまった。気持ちよかったのでつい腰を振ったら妙な誤解をされてしまった。会話、会話をしなくては。

「フ、フリンダに演技をさせたのは、実の姉を調教されたブランさんがどういう行動に出るか分からなかったからですよ」

その気になれば簡単に制圧できる相手に約束守ってわざわざ調教されるという、Mなのか S なのかよく分からないところがブランさんにはあるので、姉を調教した? 許さん! とか言い出さないか不安だったのだ。

「なるほど。だがそれなら最後まで演技を続けるべきではないのか? それならば貴様が私に殺される確率は限りなくゼロだったろうに」

俺の喉を掴むブランさんの手に僅かな力が加わる。

「それだとこの一回限りになる上に、犬認定された俺は次からブランさんの下着に触ることも許されなくなるでしょう? それじゃあ困るんですよ。俺はブランさんの身体をもっと長く楽しみたいんです」

「だから私の処女を奪った、んぁっ!? こ、このタイミングでネタバラしというわけか?」

「ええ、それにブランさんが言ったんですよ？　俺がお姉さんを使ったならともかく、と。まさか今更撤回はしませんよね？」

ちなみに俺や師匠なら間違いなく撤回する。え？　そんな話を本気にしたのか？　てな感じで自分に不利な条件など適当に誤魔化す。だがブランさんならきっと……。

「ニオ、貴様……」

「え？　あれ？」

お、おかしいぞ？　ふっ、見事だ。ってな感じで負けを潔く認めると思ったのに、どうしてだか俺の喉を掴む手に力が入る。真っ赤に染まった瞳がゆっくりと近づいてきて、そして――

チュッ。とキスをされた。

「見事だ。姉上を含め色々な要因が味方したとはいえ、まさか本当に私を自分の意志で抱くとはな。……いいだろう。貴様が私を心底から失望させない限り、今日から私はお前の雌だ。この身体、存分に貪るといい」

「うっしゃあああ!!　約束ですからね？　今更やっぱなしは駄目ですからね？」

「私を疑うのか？　荷物持ち、いや……ニオ」

キュッ、とブランさんのオマ×コが締まる。既にキツキツ処女マ×コで射精寸前だった俺のチ×ポはそれだけで――

「うっ、おぉおおおお!?」

ドピュ、ドピュ。ドピュ、ドピュ。

「んっ!?　あぁっ♡　……ふ、ふふ。これで、んっ♡　名実共に私は貴様の雌だな」

初めての中出しだというのに、ブランさんの悠然とした態度はまるで崩れない。

「ってか、ブランさん。雌と言わずにせめて女と言ってくださいよ」

「ふん？　相変わらず妙なところで変なこだわりを見せるな。だがいいだろう。貴様の雌……女になったのだ。貴様の意見を立ててやる」

俺ではなく意見を立てるとは、これいかに？　……まぁそんな細かいことはどうでもいいか。

それよりもブランさんだ。白い肌が見るからに赤く染まり、小さなオッパイの尖端がビンビンに勃起してる。セックスの最中だから？　いや、これは……。

「ブランさん、ひょっとして呪いが発動していますか？」

「気づいたか。吸血鬼の、んっ♡　ち、力を使った途端にこの様だ。貴様の精で多少ましになったが……ハァハァ……それでも、ん♡　お前の血でこの喉を潤したくって仕方ないよ」

なるほど。師匠に比べて発情具合いが小さいのは、呪いの進行の度合いもあるのだろうが、吸血衝動に上手く分散されているせいもあるのかも。

半吸血鬼の小さな口から覗く牙が、俺の首筋を軽くノックする。

「ニオ、貴様、んっ♡　い、いい匂いだぞ。……この際だ。貴様の血を、うっ!?　す、少しくれないか？　私の初めてを奪った男の血を、んっ、あっ♡　ぜ、是非心ゆくまで味わいたい」

「それ、絶対少しじゃすみませんよね？」

「いいではないか、私と貴様の血でベッドを赤く染めよう」

「いや～。それはちょっと……」

俺の女になると言っても猛獣は猛獣、やはり手綱をきちんと締めておかないとヤバイなこの女。

「吸血プレイはまた今度ということで、今は初めてのセックスを楽しみませんか？」

「ふん。それならばもっと真剣に動くんだな。それなりに、んっ♡　女を喰ってきたのだろう？　それとも生娘が、あっ♡　ひ、必死に腰を振る姿を見学するのが好みか？　それならばそれで私は構わないが」

ブランさんが俺の上で腰を振り、輝くような銀髪が大きく揺れる。初めての初々しさなど欠片もない乱暴な動きに、俺は自然と獲物を喰らう肉食獣を想起した。

「中出しされたばかりだというのに元気ですね」

「ふん。体内に精を一回吐き出されたから何だというのだ？　それとも貴様はもう疲れたのか？」

パァン、パァン。パァン、パァン。

うぉ!?　この腰使い、本当に初めてかよ？

「な、なるほど。遠慮はいらないということですね」

「ああ、そうだ。あっ!?　わ、私を抱きたかったのだろう？　貴様の欲望を、んっ♡　思う存分……ハァハァ……この身体にぶつけてみせろ」

「では遠慮なく」

そうして俺は処女のくせに余裕綽々といった様子のブランさんをアンアン鳴かせるべく、騎乗位で腰を振る小柄な肢体を押し倒した。

「ブランさんのチッパイって、凄く良い形ですよね。それに乳首もビンビンに勃起して、処女マンを俺に貫かれて感じまくってるんですね」

女を組み伏せて再び正常位になった俺は、まずは小さなオッパイの先っぽで、ぷっくらと膨らんだ乳首を思いっきりつねってみた。

「ッ!? チ、チッパイ？ あ、ああ。んぁ♡ ち、小さい胸のことを言うのか」

ふっ。と余裕の笑みを浮かべるブランさん。

なんだろうか、今まではビビってたので気にならなかったが、いざ襲われる心配がなくなるとこの余裕を崩してみたくなるな。

ギゥウウウ～。と許されるギリギリまで乳首に力を加える。

娼館のお姉様方でも顔をしかめて追加料金を請求する痛みを前に、しかし女の笑みは歪むどころか一層艶やかになった。

「ふふ。乱暴なのが、んっ……好きなのか？」

「こんなに思いっきり乳首を摘まれてそんな風に笑えるなんて、前から思ってましたがブランさんって結構Mですよね」

これ以上は無駄と悟ってピンクの勃起乳首から指を離すと、次は慎ましく膨らむ女の乳房を思いっきり揉みしだいた。

「ふぅっ!? んっ♡ ふっ。姉上が光の女神とやらを信仰しているように、私は力を信奉しているからな。蹂躙も、あっ♡　く、屈服も、ん、ああっ!?　ハァハァ……べ、ベクトルは違えど力のなせる業だ。そういう意味では、んっ♡　な、なるほど、私は被虐趣味だといえなくもないな」

「自分からM女と認めるとは流石ブランさんです。安心してくださいよ、これからは俺がきっちりとそんな変態ブランさんの欲求を満たしてあげますから」

チッパイをこれでもかってくらい変形させる。

「ひゃっ♡　くっ……ハァハァ……ほ、ほう。あっ!?　んっ、そ、それは楽しみだな。だが胸を弄るだけでは、ああっ♡　わ、私を満足させることなどできんぞ?」

ブランさんの足が早く動けとばかりに俺の腰に回ってくる。確かに腰を振りまくってこのキッキツマ×コを堪能したい気持ちはある。しかし、このチッパイを揉むのも、メッチャ楽しいんだよな〜。

師匠と違いブランさんの乳房にはこちらを包み込むような質量はない。だが、だからこそ、砂の中から僅かな砂金をすくい上げるかのような感覚に夢中になるのだ。

「ふっ……ん。どうやら、こ、腰を振るつもりは、んっ♡　ないようだな。なら私が——」

パァン、パァン。パァン、パァン。

「んぁっ!?　ああんっ♡　あっ!?　きゅ、急に、ああっ♡　ど、どうした?」

「せっかく前戯を楽しんでいたのに、ブランさんが急かすからでしょう」

処女のくせに何やら攻勢に出ようとするブランさん。ここで主導権を奪われるのも何か嫌だし、仕方がないのでチッパイはまた後で楽しむことにする。

俺は初めて肉棒を咥え込んだくせに落ち着き払った美貌を牝のものに変えるべく、乱暴に腰を振った。

パンパンパン！　パンパンパン！

「んぁぁあああ!!　いい、ぞ、ニ……んんっ!?」

まだまだ余裕の消えないその口にむしゃぶりつく。

「ブチュゥウウ～!!　チュッ、チュッ。どうですか？　ブランさんのファースト……チュッ……いただいちゃい、チュッ、チュッ……ましたよ」

「ふ、あっ!?　ふ、ふん。な、なにを、あっ♡　せせこましい、チュッ、チュッ。ことを。遠慮は、んっ♡　い、いらない。私の……ハァハァ……んっ。チュッ、チュッ。すべてを、貪れ」

ブランさんは激しいピストン運動の最中だというのに、驚くほど正確に唇を合わせてくる。俺はそんなブランさんの口内に舌を伸ばした。

「クチュ、クチャ。ほら、もっと、チュッ、チュッ。舌を出してください」

「ふっ、んっ……クチャ、レロ、レロ……ヌチャリ……こ、こうか？」

「んんっ？　え、ええ。そうで……んんっ!?」

ヤバイ。娼館のお姉様方を始め、多くの口マ×コを犯してきた俺の舌で翻弄してやろうと思ったら、なんか逆に力強くも繊細な舌づかいに翻弄されそうだ。

「な、中々やりますね」

このままでは逆にこっちがイかされそうなので、いったん唇を離す。

「ふん。ど、どうした？　私の初めて、あっ♡　も、もっと堪能していいんだぞ？」

得意げな女の口から伸びた舌が、俺の唾液に塗れた自身の唇をペロリと這った。

「処女だったくせに言うじゃないですか。ビッチの才能があるんじゃないです……っか！」

全力で腰を叩きつける。俺の肉棒が半吸血鬼の股ぐら、その奥深くを抉った。

「くぁああ!?　そ、そうだ、あっ♡　それ、んっ♡　くらいの方が、気持ち……い、いいぞ」

処女膜をぶち破り、男を知らない無垢な唇を唾液でドロドロにしても変わらぬ強者の笑み。それを消してみたくて、全身を叩きつけるくらいの勢いで腰を動かしてるってのに、ブランさんときたらようやくまともに動き出したかって顔をしてやがる。

中出しの後だからか、明らかにブランさんの発情具合が弱い。何よりも肌を合わせることで改めて感じる生物としての格の違い。だが、だからこそ思ってしまう——俺は今、こんなスゲェ女のマ×コにチ×コ突っ込んでるんだと。

「っく、ヤ、ヤベェ。出る！　出ますよ、ブランさん！」

パンパンパン！　パンパンパン！

「ふぁああ♡　い、いい！　いいぞ!!　わたしは、あっ、んあっ♡　き、きさまの、んっ♡　お、おんなだ。す、すきに……ハァハァ……だ、だせ」

自分よりも強い女の中出しオッケー宣言に、俺のチ×ポは当然のように限界を迎えた。

ドピュ、ドピュ。ドピュ、ドピュ。

「んぁああ!?　んっ。あっ♡　この、か、感覚、ハァハァ……ふ、ふふ。慣れると中々悪く、あ

っ!?　ない、な」

俺の腰に回っている女の両足に力が入る。

「ゼェゼェ……な、慣れるも何もまだ二回目ですよ？　これからですよ。これから」

「ほう、まだ出し足らないか。いいだろう、貴様の気が済むまで付き合ってやる」

ブランさんの顔に美しくも獰猛な笑みが浮かぶ。その強者の微笑を牝顔に変えてやろうとあれだけ頑張ったのに、この人、未だに呼吸も殆ど乱れてないな。あるいは師匠も魔王の呪いがなければ初体験の時でさえ、こんな風に余裕の笑みを浮かべていたのかもしれない。

つまり今の俺は素の師匠を相手にしてるようなものなのか。……ん？　素の師匠？

俺がチ×ポを引き抜けば、栓を失ったオマ×コから精液が逆流してくる。

「……どうした？　ニオ」

「いえ、ブランさんの言う通り、ブランさんを存分に貪ろうと思いまして」

「なるほどな。体位を変えて、ということか」

女は股を開いたまま不敵な笑みを浮かべると、俺に合わせて意気揚々と立ち上がる。黄金の瞳が間近で俺を見つめた。

「それで？　私はどうすればいい？」

「そうですね。まずは……跪いてください」

「…………何？」

半吸血鬼の人形のように整った美貌、そこにほんの僅かに野生味が混じって超怖い。

「ブ、ブランさんは俺の女なんですよね？　これもプレイの一環です。跪いてください」

「…………いいだろう」

素直に膝をつくブランさん。俺はそんなブランさんに内心メッチャビビりつつも、その不承不承といった態度を強制できたことに、射精したばかりのチ×ポが一瞬で元気を取り戻した。

ぶっちゃけ、あれだけ腰を振ってもケロリとしているブランさんを魔王の呪い抜きでヒーヒー言わせるのは難しい。ならここは思い切って楽しみ方を変えることにする。

「さぁ、ブランさん。俺のチ×ポを舐めてください」

銀色の眉がピクリと動いた。

「……舐める？　性器を？　……ああ、そういえば男は女に咥えさせたがると聞いたことがあるな」

性に対して興味を持たないブランさんだが、荒くれ者が部下に多い彼女は決して無知ではない。

「しかし、これは……」

黄金の視線が目の前のチ×ポと俺の顔を不満そうに何度も行き来する。

チ×ポを咥える程度で躊躇（ちゅうちょ）する可愛いげがブランさんにあるとは思えない。恐らく生粋の捕食者である彼女は股を開くことよりも跪くという行為の方に抵抗感を覚えているのだろう。

「どうしました、ブランさん？　貪れとか言っておきながら、恋仲なら誰でもやってるような行為すらできないんですか？」

まぁ、実際はフェラを拒む女も普通にいるが、こう言った方がブランさんのプライドに火がつく気がする。

「……ふん。いいだろう、乗せられてやる」

お前の思惑などお見通しだぞとばかりにこちらを睨んだ後、ブランさんは小さなお口を精一杯広げて――

パクリ、と俺のチ×ポにしゃぶりついた。

「うおっ!? おっ、おおっ!?」

くっ、あのブランさんが俺のモノをしゃぶっていると思うと、それだけでイキそうだぜ。

「ほら、舌で舐めたり口を動かしたり、色々やってみてくださいよ。あっ、歯だけは立てないでくださいね」

「……わはった。……ペロペロ。ジュル、ジュル。ジュルル～!! んっ、レロレロ」

「うっ!? い、いいですよ、ブランさん。その、ちょ――」

「ジュル、ジュルルルル～!! ジュル、ジュル。ジュルジュル。ジュルルルル～!!」

「うおぉおおおおっ!? ちょっ、ちょっ!? ブ、ブランさ、んひょ?」

遠慮とか躊躇とかその手のものが一切ないブランさんのフェラチオに翻弄され、思わず俺は銀色の髪を乱暴に掴んだ。だがブランさんの貪るようなフェラはその程度では止まらない。

「ジュルジュルジュル。ジュルルルルル～!!」

「ぐぅお!? も、もう――」

出る。搾り取られてしまう。フェラチオ初体験の元処女に、この娼館潰しのニオが、ニオ様がぁあああ!!

「く、くそぉおおおお!!」

「ジュル――んぁ!?」

射精の寸前、俺はせめてもの意地でブランさんの口からチ×ポを引き抜いた。そして――

ドピュ、ドピュ。ドピュ、ドピュ。

余裕ぶったその美貌に精液をぶっかけてやった。

「んっ!?　……やれやれ、派手なマーキングだな」

「ま、まだまだ出ますよ」

顔だけじゃない。髪もチッパイも、出せる限りの精で穢しまくってやる。

「………」

ブランさんは目を瞑ることもせず、俺のチ×ポから放たれる白いシャワーを浴びる。

ドピュ、ドピュ。ドピュ、ドピュ。

「………満足したか？　まったく、人を便器のように扱って。貴様でなければ殺しているぞ」

不満そうにペロリ、と唇に付着した精液を舐め取るブランさん。黄金の瞳が萎えることを知らない俺のチ×ポを一瞥する。

「ふん。どうやら満足には、ほど遠いようだな」

「ええ。今日はとことんブランさんの身体を楽しませてもらいますよ。……ですがその前に、そろそろ解いてあげたらいいんじゃないですか？」

「む？　……あっ。すまない姉上、すっかり忘れていた」

ブランさんの瞳が紅く輝けば、交わり合う俺達の横で彫像のように固まっていたフリンダの身体が自由を取り戻した。

「ふぅ。ようやく動けるわ。まったくブランったら、お姉ちゃんを忘れるなんて、ニオ様に奉仕してなかったらお仕置きするところよ?」

「生憎とニオに抱かれた以上、姉上のお仕置きを黙って受ける必要はもはやないな」

「あら、ブランったら。お姉ちゃんにそんな口を利いていいと思っているのかしら?」

視線で火花を散らす姉妹。俺はそんな二人の間にチ×ポを突っ込んだ。

「まぁまぁ、姉妹喧嘩はまた今度にしてくださいよ」

「ああ、ニオ様。お見苦しいところを。どうかお許しください」

フリンダは艶然と微笑むと、俺の足元に跪いて勃起チ×ポをシコシコし始めた。

「……この後の展開が簡単に読めるようだが、一応聞いておこうか。ニオ、貴様は私と姉上のどちらを抱くつもりだ?」

片や小柄ながらも野生の獣を思わせる引き締まった肢体の持ち主。片や師匠にも迫るムッチリとしたエロボディ。凛とした表情とおっとりとした優しげな顔。何から何まで正反対でありながら、それでも一目で姉妹だと分かる類似性を持った女が二人、金と銀の瞳でこちらを見上げてくる。

こんな極上の女を前にどちらかを選ぶ? ありえないでしょう。

だから俺は言ってやったね。

「二人とも、そこに仰向けになって股を開いてください。姉妹揃って孕ませてあげます」

「はうう～♡　ニオ様の子供なら何人だって産みますわ」

「貴様の女になると言ったのは私だ。……好きにしろ」

そうして銀の陰毛で守られた極上の性器が二つ、ヒクヒクと嫌らしく収縮を繰り返しながら俺の前に並ぶのだった。だから俺は――

――。

――。

「ああんっ♡　さ、さいこぉお゛お゛お゛!!　さいこぉですわ、ニオひゃまぁあああ♡」

俺が腰を振る度、犬のように四つん這いとなって尻を高く突き出したフリンダの身体が大きく揺れる。その背には全裸の妹が背負われていた。

パァン、パァン。パァン、パァン。

「うひぃ、うひぃいいいい～♡♡」

「よし。そろそろ出すぞ、フリンダ」

「だひぃでぇええ!!　におひゃまのぜいえぎぃ、だ――」

ドピユ、ドピユ。ドピユ、ドピユ。

「うひぃいいい♡♡　ぎ、ぎだぁあああ♡♡」

もう何度目とも知れない精液をフリンダの中へと放つ。フリンダは最初こそ元気に快楽を貪っていたが――

「あひぃ♡　うひぃ!?　も、もうだひぇええ～♡」

俺が誇る底無しの体力に付いてこれなくなったのか、あるいは小柄とはいえ人一人を背負ってのセックスはキツかったのか、尻を突き出した格好のままエロボディから力が抜けた。

「それならお次は……」

俺はフリンダの尻の上にちょこんと乗った別の尻を掴むと、精液を垂れ流す嫌らしいオマ×コにチ×ポを突っ込んだ。

パァン、パァン。パァン、パァン。

「んぁ♡ あ、姉上に射精、ふぅ!? んっ♡ して、すぐに……ハァハァ……これ、とは。流石のたいりょっ!? おっ!? おおっ♡ ハァハァ……だな」

「そう言うブランさんこそ、本当にタフですね。でもヤり続けたおかげで随分感じやすくなったんじゃないですか？」

パンパンパン！ パンパンパン！

「んぁああ♡ ん、そ、そうだな。あっ♡ に、肉の喜びと、ん、いうものが、ふっ、んっ♡ す、少しは、理解できて、あ、ああっ♡ き、来たぞ」

「それは良かった。俺も腰を振り続けた甲斐があったってものですよ」

「ふ、ん。たしかに、あっ♡ ハァハァ……中々の、あ、ああっ♡ しゅ、集中力だ」

「そりゃそうでしょ。こんな極上の光景を前にすれば、男なら誰だって夢中になりますよ」

なにせ帝国でも指折りの地位にいる美人姉妹が団子のように重なりあってそのオマ×コを俺に差し出しているのだ。このまま三日三晩だって腰を振り続けられる自信があった。

「唯一残念なのは師匠がいないことですかね。ここに師匠の尻も加わったら最高だったのに」

その場合、師匠はどこに入れるべきか。体格的にブランさんが一番上なのは鉄板だ。かといって師匠を一番下に敷くのも何か気が引ける。ならやっぱり――

「美人姉妹にサンドイッチにされてアンアンと鳴く師匠。ヤベェ、今度マジでやってみ――」

「誰をサンドイッチにするって？」

「ぬぎゃあああああ!?」

ドピュ、ドピュ。ドピュ、ドピュ。

「んぁあああああっ♡♡　す、すごっ!?　い、今までで……ハァハァ……一番の勢いだぞ」

ブランさんが何か言ってるが耳に入らない。

ツー、と嫌な汗が背中を伝う中、俺はゆっくりと振り返った。そこには――

「随分と楽しそうじゃないか、え？　ニオ」

姉弟子を引き連れた、師匠が立っていた。

第四章　荷物持ちと魔王

「まさかお前がニオの女になるとはな」

　ベッドの他には収納用品以外何もない簡素な部屋。シャワーを浴びて身を清めた部屋の主は頭に被ったタオルで濡れた髪を乱暴に拭きながら、寝具に腰を下ろした。

「ふん。そういう貴様こそ弟子であるニオに随分と可愛がられているようじゃないか」

　白いタオルが傘となって顔に出来た薄暗い闇の向こうから、月のごとき黄金の瞳が浮かび上がる。

「単に選択肢の中で最もマシなものを選んだ結果だ」

「そんな事を言って貴様、実はニオとの情事を楽しんでいるんじゃないのか？」

　ブランは一糸纏わぬ姿のままベッドの上で足を組むと、後ろに突いた両手に体重を預けた。

「何を根拠に。変な邪推をするんじゃないよ」

「ふん？　根拠だと？」

　半吸血鬼の口元が好戦的につり上がる。かと思えば突然襲いかかってきた。常人なら消えたと錯覚するであろう速度での突撃。私は紫電を纏（まと）った手を眼前に迫る女に向けようとするが――

「ぐっ!?」

ドォン！　とブランの小柄な体に押されて壁に激突した背中が大きな音を立てた。

「ほう、無傷か。相変わらず魔術師のくせに頑丈な女だ」

「……脆い身体で強い魔術は行使できない。故に一流の魔術師ほど身体作りに余念がない。以前そう言ったはずだが？」

とは言っても、ブランのように近接戦闘に能力を全振りしている超一流の戦士タイプには流石に及ばない。ブランがその気ならば、対戦士用の防御術式を展開していなかった私は高確率で殺られていただろう。もっとも、共に戦った者を不意打ちで殺せない奴だと確信があってこその無防備ではあるが。

ブランに掴まれている両腕に力を入れてみる。駄目だ。やはり魔力で強化したくらいではビクともしない。

「それで、一体何を思ってこんな真似をしてるんだい？」

ベッドから飛び起きて私を壁に叩きつけたブラン。恐らくはこいつなりのお遊びのつもりなのだろうが、戦闘狂でない身としては金にならない闘争を歓迎するつもりはない。

うんざりとした気持ちを隠すことなく、目の前の小さな鬼を冷ややかに見下ろした。

「お前との関係はそれなりに良好だと思っていたんだがね」

「ああ。私も貴様のことは嫌いではないぞ」

「なら何のつもりだい？」

問いに、しかし答えはなく。私を拘束したまま、ブランの人形のように整った顔が近づいてくる。

……まさかとは思うが馬鹿弟子の影響で妙な性癖に目覚めてはいないだろうな？

筋の通った鼻、その先っぽがほんの僅か私の胸に触れた。

「……やはりな。ニオの匂いがするぞ。私がシャワーを浴びている間に一発ヤッたな？　盛った犬ではあるまいに。貴様、それでよく根拠などと言えたものだな」

「勘違いするんじゃないよ。これは必要だからしただけの話さ」

薬とカロリーナとの情交で幾分マシになっていたとはいえ、この城に辿り着いた時の私は魔王の呪いによる発情状態にあった。それの解消のためにニオに抱かれる必要があったのだ。

「ふん。股から精を垂れ流しながらでは、説得力に欠けるぞ？」

「……相変わらずよく利く鼻だね。それでよく人を犬扱いできるもんだ」

実際は純粋な嗅覚ではなく、吸血鬼としての魔術的な知覚能力なのだろうが、どちらにせよこいつの前で情事の跡を隠すのは不可能だ。いや、幾つかの魔術を併用すれば出来ないこともない……か？

「貴様に城の一室をくれてやろう。私がこの城の城主であるかぎり好きに使うといい。それと貴様が以前欲しいと言っていた触媒もプレゼントしてやる」

私が頭の中で幾つかの魔術の組み合わせを試していると思いがけない提案をされた。

「……その代わりニオを寄越せという話かい？」

「察しがいいな。と、言いたいところだが――」

ドカン！　と鋼で出来た部屋のドアが外側からの衝撃でくの字に折れ曲がり、そのまま室内に飛び込んできた。

「師匠！　凄い音しましたけど大丈夫です……か？」

馬鹿弟子の瞳が壁際で裸のブランに迫られている私を見て、大きく見開かれる。

「え？　殺り合ってるんですか？　それともプレイの最中なんですか？　とにかく二人とも一旦落ち着いて、俺のチ×ポしゃぶってくださ――」

「やかましい」

「ぬぎゃあああああ!?」

見かけだけ派手で大して威力もない紫電をニオに浴びせる。痛みなど殆どないはずだが、響いたのはまるで断末魔のごとき叫びだ。ニオの奴、年々リアクションに磨きが掛かってきている気がするが、芸人か詐欺師でも目指すつもりなのだろうか？

師として少しだけ弟子の将来が心配になったが、進路相談はまた今度にしておこう。

「見ての通り私はブランと話をしている。お前は邪魔だから向こうに行っていろ」

「りょ、了解です！　失礼しました！」

ニオは全身から煙を上げながら私に向かって敬礼すると、逃げるように部屋を飛び出していった。

「……ブラン、よく考えな。本当にアレでいいのかい？」

「もちろんだ。師のために危険を省みずに飛び込んでくるとは、流石は私の見込んだ男だ」

「初めて肌を合わせた男を美化するなんて、お前も女だね。お前ならもっといい男が選り取り見取りだろうに」

「そう思うなら私にくれ」

「……あれでも一応は私の弟子だ。貸すならともかくやるつもりはない」

男としてはともかく、荷物持ちとしてならかなり有能な弟子だ。魔王の呪いを抜きにしても金で譲るつもりはなかった。

「ふん。分かっているとも。今回の贈り物は私からの誠意だ。ニオは貴様の所有物だったにも関わらず手を出してしまったことへのな」

「なるほど。そういうことか」

筋を通したいのか、道理が気になるのか、相変わらず一銭にもならないことに拘る奴だ。だがこれは……使えるな。

私は男共を操るのに便利な胸の膨らみに手を置くと、いかにも傷付いていますって表情を作ってみせた。

「実は今だから告白するがな。私とニオは以前から愛し合っていてね。魔王の呪いが原因とはいえ、友人であるお前に寝取られて私は大変ショックを受けているんだよ」

黄金の瞳が先ほどのニオに負けず劣らず大きく見開かれ、次に状況を確認するように何度か瞬いた。

「貴様……まさか吹っ掛けるつもりか？」

呆れたような半目になった友人に、私は肩をすくめてみせる。

「お前ともあろう者がらしくない言い掛かりだね。まさかとは思うが私とニオの関係を、そして私とお前との友情を疑うつもりかい？」

友情など、所詮は状況次第で簡単に揺らぐその場凌ぎの同盟にすぎない。だが同時にこういう言い方がブランに有効であることは分かっていた。

「ふん。この師にしてあの弟子ありだな。いいだろう。だが……」

私の腕を掴んだブランの手に、ほんの僅（わず）かに力が入る。途端、世界が回転した。

「……相変わらず勉強になるな」

気づけば私はベッドの上で天井を見上げていた。吸血鬼のデタラメな腕力ではなく、武人としての洗練された技術で投げ飛ばされたのだ。私も時間を見つけては体術を学んでいるがやはり本職は一味違う。

「それは良かった。なんならもっと教えてやろうか？」

ブランが裸体を堂々と見せつけながら、私の上へ跨（また）がった。

「なんだい？　男を知って次は女に興味を持ったのか？　言っておくが私は高いぞ」

魔術を使って抵抗すべきか悩んだが、吹っ掛けた手前、ここは大人しくなりゆきに任せよう。

「どのような状況からでも利益を得ようとする、私は貴様のそういう徹底して魔術師なところが気に入っている。言い値を言え。友人であり、同じ男に股を開く女同士、できるだけ要望に沿ってやろう」

「それはありがたい話だな。ならばまず私の上から降りてくれないかい？」

「ふん。そう嫌うな。ニオに股を開く者同士、どうせすぐにこうなる」

抵抗する間はなかった。ブランの唇が軽く私の唇に触れる。間近で見る黄金の瞳には茶目っ気というには些か物騒な光が輝いている気がした。

ヌチャリ、と舌が絡み合う。私は口内に侵入してきた不躾なその舌を思いっきり噛んでやった。するとゆっくりと唇が離れ、私を見下ろす半吸血鬼の瞳が一瞬紅く輝いた。

「ニオと寝ている以上、確かに遠からず褥を共にするだろうね。でもそれは今じゃないんだよ」

「そうか、まぁ焦ってすることでもない。楽しみは後に取っておこう」

同性に興味があるのかないのか今一つ判断に困ることを言って、ブランはあっさりと身を引いた。そしてようやく服を着る気になったのか、ベッドを降りてタンスへと向かう。

「ああ、そうだ。金が欲しいならば姉上にも吹っ掛けてみればいいのではないか？　姉上は私より金を持っているぞ？」

「なるほど、考えておくよ」

とは言っても相手が相手だ。性格を把握出来ているブランとは違い、姉であるフリンダについては大した情報を持っていない。吹っ掛けようにも相手は帝国で指折りの影響力を持つ貴族の娘。交渉するにしろ、もっと情報を集めてからでないと余計な敵を増やしてしまう可能性があった。

「……だが、危険を冒すだけのリターンは望めるか」

ブランも魔術研究のスポンサーとしては悪くはないが、半魔族であることや、その愚直な性格から、貴族としての先行きは不明瞭だ。その点長女のフリンダは教会の人間であることすら利用して、領民以外にも多くの配下を持つ中々のやり手だと聞いている。まさかそんな女がニオをご主人様と仰ぐとは思わなかったが、ニオへの服従が一時的なものでないのなら、馬鹿弟子を上手く使うことでかなりの利益を見込めるだろう。

「……偶然が重なっているとはいえ、ニオの重要度がどんどん上がっていくね」

「ふん。地形、体調、相性。戦闘に限らず偶然の介入しない出来事など存在しない。重要なのはその偶然という資源をいかにうまく活用するかだ。そんなことは貴様だって十分に分かっているだろう、え？『紫電のドロテア』」

「……弟子に翻弄される師の立場を少しくらい慮ってくれてもいいんじゃないかい？」

「頭角を現した部下に悩まされるのは、その部下を頭角を現す前と同じポストで扱おうとするからだ。現状の能力に相応しいポストをくれてやれば、煩わしさは頼もしさに変わるだろうよ」

下着を身に着け、軍服に腕を通すブラン。気のせいか、後ろ姿がいつもより大きく見えた。

「それは……まぁ、そうかもしれないね」

観測された事実を感情的に否定しても意味はない。今までは荷物持ちとして便利に利用してきた馬鹿弟子ではあったが、どうやらこれからは接し方に多少の修正が必要なようだ。

＊

「くそ、納得いかないぜ」

師匠にブランさんの寝室から追い出された俺はリビングの長椅子に腰掛けて、二人の話し合いが終わるのを待っていた。

「『紫電のドロテア』。ニオ様の師とのことですが、だとしてもニオ様に対して無礼がすぎます。ニオ様がお許しくださるのなら、私めが躾けてまいりますが？」

素っ裸の俺を嬉々として鞭で打った人が、隣でなんか言ってるんだが。

「いやいや。心配してくれるのは嬉しいけど、師匠に何かしたらマジで怒るからね？」

「そうよ。アンタが偉いのは知ってるけど、師匠に手を出す奴は許さないわよ」

あの師匠にフリンダが何かできるとも思わないが、高い地位にいる女ではあるので一応釘を刺しておく。向かいの椅子に座っている姉弟子も同じ気持ちなのか、珍しく俺の言葉に同意した。

途端、不快げにつり上がっていた銀の眉がしゅんと垂れた。

「ああ、私ともあろう者がニオ様の師を思う心も知らず、なんと無礼なことを。ニオ様、どうかこの愚かなフリンダに罰をお与えください」

自分からお仕置きを望むとは、やはりブランさん含めてこの姉妹にはMの血が流れているのかもしれない。

ドレスに包まれたムッチリとした肢体が俺の身体に押し付けられ、濃い香水に鼻孔を擽られた。

「罰だなんて大袈裟ですよ。でもせっかくなので……」

俺はフリンダの肩に腕を回すと師匠に勝るとも劣らない巨乳を揉みしだいた。

「あっ♡　ニ、ニオ様ぁ～」

「っち、嫌らしいわね」

ソファに座っている姉弟子は腕と足を組むと、苛立たしげにそっぽを向いた。

「ってか、姉弟子は何故そんな遠くに腰掛けてるんですか？」

「遠くって、普通でしょうが。あんたの隣にいるお貴族様が近すぎるのよ」

「ふふ。嫉妬は見苦しくてよ、カロリーナさん」

「……なんですって？」

「まぁ、怖いお顔。そんな怖い顔をしてらっしゃるとニオ様に、ひゃん♡　ニ、ニオ様？」

揉んでたオッパイにギュッと過剰な力を加える。すると迫力のある乳房が手の中で歪にひしゃげ、次にフリンダの口から鞭で打った時のような甘い声が漏れた。

「姉弟子は俺の姉弟子ですから、挑発とかそういうのは、やめてくれませんか？」

モミモミ、ギュッ！　モミモミ、ギュッ！

「ああんっ♡　重ね重ね、あっ、あんっ♡　も、申し訳……ハァハァ……ありません。どうか、んぁ♡　お、お許しを」

懇願するフリンダの目に浮かぶ涙。……正直、時間が経てば調教の効果は薄れるだろうと警戒していたのだが、今のところその兆候は見られない。それだけ魔王の呪いが凄いのか、それとも本当に被虐願望でも秘めていたのか。あるいは依存しやすい心根、その対象をブランから俺に変更したのか。何にせよ今後も要観察だ（そしてもしもの時はダッシュで逃げる）。

だが今はせっかくの機会を楽しませてもらおう。

「そんな顔しないでください。大丈夫、怒っていませんから」

「ほ、本当ですか？」

「ええ、ほら」

俺はフリンダの顎をキザな動作でクイッとやると、上を向いた厚みのある唇にチュッチュする。

「んっ……ニオ……チュッ、チュッ……さま」

ヤベェ、モテ男君になった気分だぜ（成功の秘訣？　魔王の呪いです）。

「オエ。まるで王様気取りね。見てると胸焼けしそう。ねぇ、マジでちょっと調子乗りすぎなんじゃない？」

「何言ってるんですか、あの師匠とヤれた上にこうして次から次に美女とお近づきになれてるんですよ？　これで調子に乗らない男なんていませんから」

「ひゃ!?　ニ、ニオ様、あんっ♡　そ、そこは……」

白いドレスのスカートに手を忍ばせて直接腿を撫でれば、フリンダの股が初心な乙女のようにキュッと閉じた。

「だからそれが調子に乗りすぎだって言ってんのよ。そのうち痛い目見ても知らないわよ？」

「お言葉ですがね、姉弟子。人間、慎重に生きてたって痛い目見る時は見ますから。どうせ痛い目見るのが避けられないなら、楽しめる時に楽しんでた方がよくないですか？　実際師匠だってそうしてますよ？」

魔術師らしく日々の研究に精を出す師匠ではあるが、ああ見えて美味しい物やブランド品には目がなく、暇を見つけては結構な散財をしている。

「痛い目の種類や程度によるでしょう。普段から気を使ってるかどうかってやっぱ大きいと思うわよ？　師匠は何だかんだでその辺りのコントロールはしっかりしてるでしょうが」

「それはそうですけど……。姉弟子って慎重なのか大胆なのかよく分からないとこありますよね」

チンピラや武芸者に対して普通に喧嘩売ったりするくせにこの発言。それとも姉弟子にとってあれは危険ではなかったのだろうか？　暴力が支配する廃棄街で育った俺には、たとえ相手が雑魚でも背後に誰がいるか分からない状況で喧嘩売るのって結構リスキーなのだが。

考えてると、何故か姉弟子から白けたような視線を向けられた。

「いや、その台詞アンタにだけは言われたくないわ」

「え？　なんで？　ってか、やっぱ距離があって喋りにくいんですけど」

「はぁ？　だからこれが普通の距離だって言ってるでしょうが。ってか、人と話してるときに女の股を弄ってるような奴に、間違っても距離感がどうだとか言われたくないんだけど？」

「いや〜。フリンダのアソコって陰毛が結構濃くて、触ってて面白いんですよね」

ムッチリとした腿を弄っていた手は既に黒いパンティの中に侵入を果たしていた。秘所を弄る度に陰毛が指先に絡み付いてくるこの生々しい感触。これぞお触りの醍醐味でしょう。

「あん♡　ニオ様、そのような、んっ、こと、あっ、あっ♡　お、おっしゃらないで。恥ずかしい、んっ♡　です……わ」

「今さら照れなくていいじゃないですか。俺とフリンダ様は互いに全てを見せあった仲なんですから」

銀色の芝生を弄ぶのをやめると、俺は潤い始めたフリンダの割れ目に指を突っ込んだ。

「んぁあああ♡♡　さ、様などと。ど、どうか、フリンダと、んぁ!?　お、およびくだ、ひゃ!?ひゃい♡」

秘所を弄られて火照った肢体が、恋人に甘えるかのように俺の身体へともたれ掛かってくる。

「キモ！　ニオ、アンタね、仮にも姉弟子である私にくだらない乳繰り合い見せてんじゃないわよ」

「そう思うなら姉弟子も参加しませんか？」

「はぁ!?　なんで私が？」

「見てるだけだと退屈でしょう？　それにさっき言ったお近づきになれた美女の中には姉弟子も含まれているんですけど？」

俺はフリンダとは反対側の空いた席をポンポンと叩いた。

「…………」

「姉弟子だって若い女なんだし、そんな怖い顔ばかりしてないで俺と一緒に人生楽しみましょうよ。それとも姉弟子は俺のこと嫌いですか？」

「別にそんなことは言ってないでしょうが。つーか嫌いなら、その、あの時に殺してるし」

あの時に俺を殺してたら困ったのは姉弟子だと思うんだが……。いや、師匠と違って呪いに感染してるわけじゃないから少し我慢すればいい話なのか？　それでもあの時点で俺を殺るのはリスクが高すぎる気もするが……。まぁ、そうは言っても理屈で動く女ばかりじゃないんだ。呪いを使う時は相手を追い詰めすぎないように気を付けた方がいいだろう。

結論として、あまり魔王の呪いを過信しすぎない方がいい。だが、それはそれとして、やはりヤれる時にはヤっておきたい。俺は姉弟子に満面の笑みを向けた。

「なら、よかった。それじゃあ、ほら、姉弟子」

ポンポン。

「…………はぁ、仕方ないわね」

姉弟子は組んでいた足と腕をほどくと、渋々といった様子で俺の隣に移動してくる。……顔がメッチャ赤いのは触れないでおこう。

「あら、やはりカロリーナ様もニオ様の寵愛を、ひゃん!?」

懲りずに姉弟子に絡みにいくフリンダ。せっかく二人の美女とイチャイチャできそうなのに険悪になられては堪らない。

俺はフリンダの巨乳を超揉みまくった。

モミモミ、モミモミ……モミモミモミモミ。

「んあぁっ♡♡　ん、やっ、ひゃ!?　あ、あ、ニ、ニオ様……ハァハァ……わ、私、私もう」

モミモミモミモミモミモミ。

「んぁあああ♡♡」

「ちょっ、ちょっと!?　まさかこの私を侍らせておいて放置する気じゃないでしょうね?」

快楽に身をくねらせながらもフリンダが切なそうに俺の股間に手を伸ばすと、自分を置いてきぼりに二人の空間を作られるとでも思ったのか、姉弟子が焦った様子で俺を睨んできた。

「やだなぁ、そんなわけないじゃないですか」

俺は腕と足を組んでツンツンしている姉弟子の肩に腕を回すと、細いその身体を引き寄せ、その首筋にキスをしまくる。

「ん～。チュッ、チュッ……姉弟子の体臭って……チュッ、チュッ……何だか落ち着く匂いですよね」

「た、体臭って、もっと他に、んっ、い、言いか、きゃ!?」

緊張で汗ばんだ肌に舌を這わせ、姉弟子の頭の左右で渦を巻いている赤い髪を押し退けてその耳たぶを咥(くわ)えれば、俺しか男を知らない初心な女の身体がビクリと跳ねた。

「いい反応しますね」

俺はフリンダの肩に回していた腕をほどくと、可愛い反応を見せる姉弟子のスカートの中にその手を忍ばせた。

「ふぁ!? も、もう、んっ♡ ガ、ガツガツと」

文句を言いつつも、姉弟子は組んでいた足をほどく。そのお陰でパンツの中に容易に指を突っ込めた。

「まったく姉弟子は、素直じゃないですよね」

「ふぁ♡ う、うるさ、あっ!? ああっ♡」

「そういえば姉弟子、最近服装の好み変わりましたね」

以前はもっとフリフリした感じのゴスロリ服だったのに、この頃は落ち着いた感じの黒のワンピースだ。そのせいかちょっぴり雰囲気が師匠に似てきた気がする。

「ハァハァ……んっ♡　そ、それがなによ？」

「いえ、似合ってますよ。って、あれ？　姉弟子、もう濡れてきましたよ？」

フリンダと同じように陰毛を指で弄びながら、姉弟子の割れ目に指を這わせていると、まるで早く挿れろとせっつくように愛液が溢れてきた。

「だからそういうことを、い、ちい……ひゃっ!?　あっ♡」

「呪いに冒されてるわけでもないのに、この反応。姉弟子、感度よすぎじゃないですか？」

確認できなかったが、本人の自己申告によれば俺に抱かれるまでは処女だったらしい。しかしそのわりには開発されたかのように感度がいい気がする。

「まさかと思いますが、姉弟子？　俺が鞭で打たれている時、発情した師匠と乳繰りあってたりしてませんよね？」

だとしたら師匠と一緒に尻を並べさせて、お尻ペンペンコースだ（まぁ、逆に俺がお仕置きされそうだが）。

「あっ!?　んっ、な、なに言って……ハァハァ……んのよ。これは、ふぁっ!?　あっ♡　ア、アンタが、んっ♡　相手だから、その、か、感じてんのよ……馬鹿」

おおっ!?　今の照れた表情、メッチャ可愛いかったな。そうだよな。師匠と姉弟子が捕らわれた俺を放って乳繰り合うはずがない。来るのが遅かったのはアレだ。きっとお花でも摘みに行っていたのだ。

「な、なに、んっ、と、遠い目して、ふぁ!? あっ、ああっ♡ ハァハァ……る、のよ」

「いえ、師匠と姉弟子を疑った自分を恥じてるんですよ」

可愛い姉弟子のクリトリスを指でギュッと摘まむ。

「ふぁっ!? ちょ、そ、そこは……ん♡ や、やめて」

「ニオ様ぁ、私にも、私にもお情けを」

俺が指を動かす度に姉弟子の牝壺(めつぼ)に蜜が満ちていく。フリンダが構ってくれないと嫌とばかりに腕にしがみついてきた。

う～む、これは本当にモテ男な気分だぜ。あるいはこれがモテ期ってやつなのかもしれないな(成功の秘訣? 呪いですよ、呪い)。

「ニオ様、ハァハァ……わ、私が気持ちよくして差し上げますわ。ニオ様ぁああ!!」

「ちょ? 少し落ち着けって」

美女に言い寄られるのは大好きだが、フリンダの放つ言い様のない迫力にちょっぴりビビってしまう。

「そんなご無体な。私、私もう……」

「分かった。分かった。ではこうしましょう」

俺は一旦姉弟子とフリンダの両方から身体を離す。そして二人の熱視線を浴びながらズボンのチャックを下げた。そそり勃(た)つチ×コに女達の視線が集まる。

「はい。というわけで、二人で仲良く舐めてください」

果たして二人の反応は――

「はぁ？　ふざけんじゃないわよ」

「分かりましたわ」

メッチャ対極なものだった。

「それでは失礼して……パクリ。ハァハァ……レロ、レロレロ。ヌチャ、ン、ンンッ!?　……ジュル、ジュル、ジュルルル～!!」

「うっ、お!?　いいぞフリンダ。ほら、姉弟子も」

「絶対嫌。二人きりでならまだしも、他の女と一緒になって舐めるだなんて、私はアンタの娼婦じゃないんだからね」

二人きりならフェラできて、三人だと出来ないとか意味不明なんだけど。でもそんなことを言えば姉弟子が怒るのは火を見るよりも明らかだしな。仕方ない、ここは――

「じゃあキスしてくださいよ、キス。それならいいでしょう？」

俺は唇を突き出してチュッチュしようぜとアピールする。姉弟子はそんな俺を冷めた半眼で睨みつけた。

「あ、あれ？　これも駄目でした？」

「……ふ、ふん。それくらいならしてあげてもいいわよ」

不機嫌顔から照れ顔に一転する姉弟子。……正直基準がよく分からんが、まぁ、いいならいいか。

そんなわけで俺と姉弟子は互いの唇をムチュウウ～と――

「ニオ、いる……なんだい。お取り込み中か」

「うわ!? し、師匠?」

リビングに入ってきた師匠の姿に、思わず互いの顔を離す俺と姉弟子（フリンダは構わずチ×ポしゃぶってる）。

「あの、師匠。こ、これはですね、えーと……」

顔を真っ赤にした姉弟子が言い訳を探してあたふたするのを、俺は弟弟子として黙って見守る（フリンダは構わずにチ×ポしゃぶってる）。

「カロリーナ、こんなところで乳繰り合っておいて、見られたくらいで動揺するんじゃないよ。魔術師なら本当に焦ったときこそ感情をフラットに保てといつも言っているだろう」

「す、すみません」

しゅんと項垂（うなだ）れる姉弟子。師匠は常日頃のものと変わらない、落ち着いた眼差しを俺に向けた。

「ニオ、ブランに城の一室をもらった。出発までそっちを使うから、今すぐ宿を引き払って荷物を全部持ってこい」

「今すぐですか？ そんなの後で……つーか、城の兵士にでもやらせましょうよ。ブランさんの配下なら信用できますって。そんなことよりも4Pしましょう。4P。ほら師匠、チ×ポ挿れてあげますからこっちき――」

「ニオ？」

師匠がとっても素敵な笑みを浮かべた。美しいが一目で毒持ちと分かる花に触れたかのように、全身の肌が粟立つ。

「不肖荷物持ちのニオ、今すぐ師匠の荷物を取ってまいります！」

「んぐっ!?　ケホッ、ケホッ」

勢いよく立ち上がったせいで、俺のチ×ポをしゃぶっていたフリンダが咳き込んだ（俺もチ×ポ痛い）。

「悪い。あっ、それと姉弟子」

「……何よ？」

師匠に注意されて気落ちしているのか、行為が中途半端に終わって欲求不満なのか、目に見えて不機嫌そうな姉弟子。

俺はそんな猫のようにコロコロと機嫌が変わる女の唇にフレンチなキスをした。

「この埋め合わせは必ずしますから、楽しみにしておいてくださいね」

「へっ!?　あっ、その、……と、当然でしょう。私をないがしろにするとか、あり得ないから」

どうやら機嫌を直してくれたようだ。ふと見ればフリンダが羨ましそうにこちらを見ていたので、とりあえずその頭を撫でておいた。

「それじゃあ師匠、ちょっと行ってきます」

「………ああ」

背中に三者三様の視線を感じつつ、俺はリビングを出るとそのまま城を後にした。

「あ～、やっぱ納得いかない。普通に兵士使えばいいじゃん。いや、確かに貴重な実験器具があるのは分かるけど、それにしてもな～」

城下町から戻ってくるのに思ったより時間が掛かった。城の無駄に長い階段を、積み重ねた木箱片手にデカいリュックを背負って歩いていると、ついつい愚痴がこぼれてしまう。

「まったく師匠め、いいところで邪魔してくれちゃって。この駄賃は高くつくぜ」

でも少し前にヤッたからな、暫くはセックスに持ち込めるかどうかすら怪しい気がする。

「大体あのセックスにも俺は納得いってないんだよな。注射はないだろ、注射は」

城に到着した師匠と一発ヤッたが、その内容が気に入らない。師匠は濡れ濡れオマ×コに即行で俺のチ×ポを咥え込むと、変な注射をブッ刺して来て強制射精を促してきた。時間にして五分どころか三分経ってないんじゃなかろうかってくらいの早業だったぜ。

「……まさかとは思うが、これからもずっとあんな感じじゃないよな？　ってか注射は反則だろ」

薬ごときにあのムッチリとした身体を好き放題できる時間を奪われるとか、そんなことは許せん。

「とにかく3Pの邪魔をされ、こうして雑用までやらされてるんだ。お駄賃として絶対ヤる。何があってもヤる」

覚悟を新たに、俺は師匠がブランさんにもらったという部屋のドアを勢いよく開けた。

「師匠！　荷物運んできましたよ。師匠！」

「…………叫ばなくとも聞こえてる。それとノックはちゃんとするように」

どこから持ってきたのか、師匠が腰掛けているソファ、その前にあるテーブルが魔術書で山積みとなっていた。

「ノックって、……俺達恋人でしょ？　これぐらい良いじゃないですか」

自分でもたまに忘れそうになる恋人設定を持ち出したら、師匠が手にしている本が不必要に大きな音を立てて閉じられた。

「馬鹿弟子。親しき仲にも礼儀ありだ。最低限のマナーくらい守りな」

人をこき使っておいてこの言い様。イラッとした感情はしかし、スリットから覗く女の生足、その艶かしさにあっさりと霧散する。

ソファーの上で足を組む。やってることは姉弟子と一緒なのに、この色気の違いときたら。何とか上手いことセックスに持ち込まなければ、欲求不満で下半身が暴発しそうだぜ。

「え、えーと。じゃあ荷ほどきしますね」

運んできた荷物を床に下ろす。ひとまず時間だ。時間を稼いでどうやってエッチにもっていくのかを考えるのだ。

「いや、荷ほどきは後でいい」

「え？　いやいや、すぐ終わりますから。遠慮しなくていいんですよ」

まさか師匠め、このまま俺を追い出す気か？　人をこき使っておいてご褒美もなしだなんて、そんなの天が許しても俺のチ×ポが許さん。……少し危険だが師匠の部屋で見つけたアレを使ってみるか。

俺は宿から持ってきた師匠の荷物、その中からとある物を取り出した。

「そうだ。荷ほどきと言えば、師匠の部屋でおもしろいものを見つけたんですけど。なんかこれ、俺のチ×ポに似てませんか？　こんなもの作らなくてもいつでも俺が――」

「今からシャワーを浴びるが一緒に入るか？」

「挿れてあげ、まっ!?　……えーと、ん？　師匠？　今なんて言いました？」

　師匠は返答の代わりに肩の露出したローブのファスナーを下げる。微かな衣擦れの音を立てて女の服が地面に落ちた。

　たわわに育ったメロンオッパイを包む黒いブラジャー。視線を落とせばキュッとくびれたウエストの中心に鎮座する、思わず舐め回したくなるおヘソ。それだけでも俺の情欲を十分過ぎるほどに刺激するというのに、トドメは凝った刺繍が施された黒パンティだ。

　これでチ×ポが勃たない男がいるのだろうか？　少なくとも俺は一瞬で勃起したね。そう、勃起したのだが――

「え？　あれ？　えーと、まだ魔王の呪いは発動してませんよね？」

　下着姿となった女の肌は発情時の見るからに火照った体とは別物のように冷たく、理知的な紫の瞳には獣欲のひと欠片も見当たらない。ともすれば異性を誘っているのではなく、身に着けている下着の宣伝でもしているかのような落ち着きぶりだ。

　そんな美しくはあれど性欲とは無縁に見える半裸の肢体が近づいてくる。途端、ほんのりと漂う甘い香りに鼻孔を擽られた。

「私達は恋人なのだろう？　気が向けばシャワーくらい一緒に浴びても変ではないだろう」

気まぐれ……なのだろうか？　らしいといえばらしいことを言って、師匠の指がそっと俺の二の腕を這う。

「それは……いや、そうですね！」

なんか知らんがチャンスはチャンスだ。俺は師匠の身体に腕を回すと、そのムッチリとした身体を抱き寄せた。鼻孔を擽る甘い香りが増して、柔らかな二つの膨らみが俺の胸部で形を変える。そのまま女の艶かしい唇に吸い付こうとしたのだが――

「焦るな、馬鹿弟子」

唇にそっと人指し指を当てられ、口同士の合体を阻止された。まさかの拒絶に俺は思わず眼を見開いた。

「そんな顔をするな。言っただろう？　シャワーを浴びると」

師匠はいつになく優しく微笑むと、これみよがしに両手を広げてみせる。これはひょっとして……下着を脱がせということなのだろうか？

「どうしたニオ？　私の身体を見たくないのかい？」

どうやら本当に脱がしていいらしい。エッチするにしてもこんなエロイベントを自分から発動してくれるとは、何があったかは知らないが今日の師匠はやけにサービスがいいな。

「それじゃあ、失礼して」

女の胸部を覆っている黒い布切れを外すと、解き放たれた果実がプルンと揺れた。

「うおっ、相変わらずの迫力」

「んっ!? こら、誰が舐めて良いとい、あっ!? ……ま、まったく。少し、んっ、乱暴だぞ」

師匠が何か言ってるが、ここはあえてスルーする。俺はまだまだ初々しさを忘れない師匠のピンク乳首を舌で転がして、メロンのような乳房を音を出して下品にしゃぶった。

「うひょ、うまっ、柔らけぇ。レロレロ。ジュル、ジュル。……ジュルルルル～!!」

「んぁ!? あっ、んっ……し、下は脱がさなくて、あっ!? い、いいのか？」

「待って……レロ、レロ……ください。今はこのオッパイを、ジュル、ジュルルルル～!! 味わい……ハム、ジュル……たいんですよ」

乳輪を中心に、師匠の乳房を俺の唾液でドロドロにしてやる。その度に官能に小さく震える身体。発情している時ほどではないが、それでも徐々に荒くなっていく師匠の吐息にスゲー興奮する。

俺は最初に比べて少しだけ硬度を増したピンク乳首に歯を立てた。

「ッ!? ……調子に乗るな」

「あいて？」

頭を叩かれ、思わず身体が傾く。その隙を突いてムッチリエロボディが俺から離れていった。

「ちょ？ し、師匠？ どこ行くんですか？」

「……シャワーを浴びると言わなかったか？」

黒いパンティを脱ごうと師匠の上半身がくの字を描く。紫の髪、その毛先が床に近づき、こちらに背を向けた女の臀部が強調される。黒いパンティが白い足をゆっくりと降りていった。

「おおっ！　師匠の尻穴」

「……私の尻穴が何だ？」

「あっ、いや、何でもないです」

呆れたような半眼を肩越しに向けつつも、手を使って尻穴を隠す師匠が最高に可愛い。ソファに向かって黒パンティが放られた。

「師匠の全裸、いつ見ても最高にエロいです。絵にして部屋に飾りたいくらいですよ」

「言っておくが、師の裸を商売にしたら破門だけではすまさんからな」

「いやいや、流石にそんな事しませんからね。純粋に師匠が綺麗だって話ですから。って、聞いてますか？」

人の話を最後まで聞かずにさっさと浴室に向かう師匠。その顔が半分だけ振り返った。

「来ないのかい？」

「いきます、いきます」

俺は慌てて師匠の隣に並ぶと、思わず頬擦りしたくなる白くてド迫力な尻に手を伸ばした。

「…………」

師匠は俺を白い目で一瞥したものの、何も言うことなくシャワー室に向かう。俺はそんな師匠に合わせて歩きつつも、ボリューム満点な尻を触りまくる。

「…………」

結構強く尻を揉みしだいても師匠は怒らない。それならばと俺は立てた中指を後ろの穴に――

「きゃっ!?　くっ、この……馬鹿弟子が！」

「ぐほぉ!?」
ヤ、ヤベェ、肘が鳩尾（みぞおち）に入った。息が出来ずに身体をくの字に折ってると、頭の上で浴室のドアが開く音がした。
「先に言っておくぞ、そっちに挿れたら当分エッチはなしだ」

「ケホ、ケホ。ってことは前の穴には挿れ放題ってことでいいんですか？」

「……ふん」

師匠は答えず浴室に入っていくが、この場合は答えないのが答えのようなものだろう。

「何か知らんが本当に機嫌がいいみたいだな。ブランさんの贈り物のせいか？」

あるいは俺の恋人である自覚でも芽生えたのだろうか？　あり得ない妄想にそれでも頬が緩むのを感じながら、俺は服を脱いだ。

浴室の床はやたらと光沢のある石でできていた。

「へぇ、シャワー室って聞きましたけど、ちゃんと浴槽もあるんですね」

浴室に入ってまず目についたのは大の大人が手足を伸ばしても余裕で寝っころがれるサイズの浴槽。湯を張れるってのは何気に贅沢なことで、国にもよるが家に浴槽があるのは貴族や一部の富裕層、それと魔術師が家にいる家庭くらいだろう。数ある城の一室とはいえ、こんな部屋をポンとあげるなんて……。師匠の家に寝泊まりすることを許されている今だからこそあまり驚かないが、廃棄街時代に聞いていたらブランさんに殺意を覚えそうな話だな。

なんとはなしに空の浴槽を眺めていると、蛇口の開く音とともに、背後から温かな水の気配がした。

「……師匠」

「何を似合わない感傷に浸っているのかは知らないが、裸の恋人を放置するのは感心しないな」

シャワーのお湯を浴びて女の白い肌が赤みを増し、水気を帯びた紫の髪がそれに絡み付く。いや髪だけではない。女の秘所を守る茂みもまた、股にヒタリと張り付いていた。

「師匠……最高にエロいです」

「そう感じたなら、早いところヤることをやったらどうだい？」

妖艶に微笑む師匠。俺は降り注ぐお湯の中に飛び込むとムッチリとした肢体を抱き締め、今度こそ艶やかで厚みのある唇を奪った。

「んっ……チュッ、チュッ……ニオ」

女の唇はまだまだぎこちなさがあったが、それでも師匠は俺の動きに合わせてくれた。

「ハァハァ……ヤべ、チユッ、チユッ。もう、我慢できねぇ。挿れますよ、いいですよね師匠」

「ああ。好きに挿れ、あっ!? んっ、あっ♡　ああっ♡♡」

もう処女ではないとはいえ、立った姿勢で随分と簡単に入った。シャワーで分からなかったが、ひょっとしてオマ×コ濡らしていたのだろうか？

「ハァハァ……ふ、ふふ」

「な、なに笑って、チュッ、チュッ。るんですか？　師匠」

パァン、パァン。パァン、パァン。

「あっ♡　ああっ♡　ハァハァ……い、いやな、こうして、んっ♡　改めて、チュッ、チュッ。挿れられると、んっ!?　あ、案外……ハァハァ……形が分かる、ひゃ!?　も、ものだと思ってな」

「師匠のオマ×コ、俺のチ×ポにスゲー絡みついてますもんね」

パァン、パァン。パァン、パァン。

「ああん♡　あっ♡　それ、は……ハァハァ……きもち、んぁ♡　い、いヒィって、んっ♡　ことかい？」

「そりゃ当然そうですよ。スゲー気持ちいいです」

パンパンパン！　パンパンパン！

「んんぁっ♡♡　あっ♡　すごっ、は、はひゃい♡　はや――」

ドピュ、ドピュ。ドピュ、ドピュ。

「ひゃあああああ♡♡♡」

「くぉ!?　さ、流石は師匠のオマ×コ、メッチャ搾られる」

シャワーに濡れながら互いの身体を強く抱き締め合う。快楽に震える女の指が俺の肌に爪を立てた。

「どうでした師匠、呪い抜きのセックスは？」

「ハァハァ……あっ♡　ふ、ふん。それほど、んっ♡　わ、悪くはなかったな。だが……」

「だが？　なんですか？」

「これで終わりではないのだろう？」

　発情していない理知的な瞳が挑発的な視線を向けてくる。俺は射精の終わったチ×ポを師匠のオマ×コから引き抜いた。

「ひゃ⁉　ハァハァ……んっ♡」

「さすが師匠、じゃあ早速で悪いですけど、次はバックでヤりたいんで壁に手をついてこっちにケツ向けてくれますか？」

「まったく……ハァハァ……ムードもへったくれもないね」

　女の肩にかかっていた髪がハラリと垂れて、こちらにド迫力な尻が突き出される。

「尻穴のシワまで丸見えですよ」

「そ、そうかい。んっ♡　お、お前からすれば……ハァハァ……さぞ気分のいい、あっ⁉　こ、光景……んっ、なんだろうね」

「そりゃ、あの師匠が自分から尻穴見せてるんですよ？　最高の光景に決まってますよ」

　ヒクヒクと嫌らしく男を誘う不浄の穴に指を這わせる。

「ひゃっ⁉　こ、コラッ！　ニオ、あっ♡　わ、分かって、んっ♡　い、いるんだろうね？」

「はいはい。こちらの穴にはチ×コ挿れるなって言うんでしょ？　でもね師匠、そのうち師匠の方から挿れてくれって言わせてみせますよ」

　アナルの皺を撫でながら、俺はギンギンに勃起したチ×ポでしっとりと股に張り付いた陰毛、その奥にある牝穴(めすあな)をなぞった。

「んぁ♡　ハァハァ……ま、まったく、すぐに、んっ、ちょ、調子に乗るのは、お、お前の長所であり、あっ♡　た、短所、ひゃっ!?　あっ、ああんっ♡」

陰裂をなぞっていたチ×ポをお説教師匠の中に突っ込むと、その上半身が弓なりに大きく反った。

「いいですねぇ、やっぱ師匠の中は最高ですよ」

「んっ、あっ♡　そ、そうか。せいぜい……ハァハァ……た、たのしめ」

「もちろんそうさせてもらいますよ」

パァン、パァン。パァン、パァン。

「んぁっ♡　あっ!?　ああっ♡　ひゃ!?　あっ、あぁああ♡♡　くっ……ハァハァ……ニ、ニオ、んっ!?　ゆ、指は、は、離せ」

左右の親指を使って師匠の尻穴を広げたりして遊んでたらクレームがきた。なので俺は女の後ろの穴を指の腹で上からグリグリと押してみた。

「きゃ!?　ニ、ニオ!」

「いいじゃないですか、別に挿れてるわけじゃないんですから」

パァン、パァン。パァン、パァン。

「ひゃっ♡　あっ♡　ふぅっ!?　んんっ、そ、そういう、あっ!?　も、もんだいでは……」

「でも尻穴を撫でると師匠の膣、スゲー元気に俺のチ×ポ締め付けますよ。本当は挿れて欲しいんじゃないんですか?」

グリグリ、グリグリ。

「そ、そん、ひゃっ!? こ、ことが、あっ♡ あ、ある……かぁ！」

「いやいや、本当ですってば。ほら、ほら！」

グリグリ。パァン、パァン。グリグリ。パァン、パァン。

「んぁあああ♡♡ あっ♡ も、もう、イ、イグ」

「え？ 待って、待って。せっかくだし一緒にイきましょうよ」

パンパンパン！ パンパンパン！

「ひゃあああ♡♡ あっ、んぁ♡ も、もう……だ、だひぇぇぇぇぇ♡♡♡」

「くそ、俺も後もう少しなのに……」

絶頂に達した女の体を容赦なく貫く。

「ひぁああ!? ちょ!? イッ、イッでぇる！ 今イッでぇるがらぁああ♡♡」

「よぉおおし。出ます！ 俺も出しますよ、師匠」

ドピュ、ドピュ。ドピュ、ドピュ。

「んひゃぁあああっ♡ あっ!? ああっ♡ あっ!? ハァハァ……も、もう！ ん♡ は、はげし、あっ♡ す、すぎだよ……ハァハァ……馬鹿弟子」

「す、すみません。で、でも……ハァハァ……気持ちよかったでしょ？」

「…………」

壁に手をついた女の、宝石を思わせる紫の瞳が自身の肩越しにこちらをジッと見つめてくる。シャワーの水で肌に張り付いた髪に荒い呼吸の度に揺れる乳房。男の情欲を刺激するその姿に、背後から女の陰部を貫いている俺のモノが硬度を増した。

「んっ!?　あっ♡　ハァハァ……お、お前の性器は、くっ!?　ほ、本当に萎えないな」

「へへ。まだまだ出ますからね。たっぷり楽しみましょうよ」

休憩など全く必要ない。師匠とならいつぞやのフラスコも余裕で一杯にできる自信があった。

パァン！　と互いの肢体がぶつかり合う卑猥な音が再び浴室に響く。

「んあっ♡　そ、それは……ハァハァ……か、構わないが、その前に、んっ!?　は、入っていいぞ」

「え？　何がですか？」

ひょっとして後ろの穴に挿れていいと言う意味だろうか？　まったく。すっかり淫乱に――

浴室のドアがガラリと開かれた。

「失礼します。あの、師匠。ブランさんがお呼びです」

「ぬぁ!?　あ、姉弟子!?　いつからそこに？」

ヤベ、師匠のエロボディに気を取られてまったく気が付かなかったぜ。

姉弟子は俺の質問には答えない。ただその赤い瞳は師匠のオマ×コに背後からチ×ポを突っ込む俺と、弟子に尻を突き出してチ×ポ咥え込んでいる師匠を慌ただしく行き来していた。

「ハァハァ……んっ♡　ブ、ブランが？　何の用だい？」

「それが、勇者様達から連絡があり、こちらに向かっておられるそうです」

「え？　勇者様が」

超然とした女の神秘的な美貌が脳裏をよぎる。他のメンツなら淫乱化してラッキーと思えるが、もしもあの人まで発情していたらと思うと、ちょっと緊張するな。

「なるほど、んっ、わ、分かった。もう少ししたら……ハァハァ……ブランのところに顔を出そう」

「師匠、それって……俺とのセックスを優先してくれたんですか？」

「ひゃっ!? んぁ♡ あっ♡ ああんっ♡ こ、こら、急に、うっ、うごくなぁ!!」

嬉しくてピストン運動を再開すれば、師匠が実に良い声を出してくれた。ハッとなった姉弟子が慌てて頭を下げる。

「分かりました。そのようにお伝えしておきます。それでは私はこれで――」

「あっ、ああっ♡ んっ♡ ま、まて……ハァハァ……カ、カロリーナ」

浴室のドアを閉めようとした姉弟子の手が止まる。

チ×ポの動きに合わせてムッチリとした肢体を嫌らしく揺らしているくせに、師匠は常日頃と変わらぬ威厳のある声で言った。

「ついでだ。お前も浴びていけ」

「「え？」」

俺は思わず姉弟子と顔を見合わせた。師匠の言葉が脳に浸透するにつれ、俺の顔は自然とにやけ、姉弟子の顔が火でも吹かんばかりに真っ赤になる。

「さ、流石です師匠。何て素晴らしい提案をするんですか」

パァン、パァン。パァン、パァン。

「ああんっ♡　ん、んんっ!?　ぐっ、ハァハァ……どうし、たぁ!?　あっ♡　あんっ♡　カ、カロリーナ。わたしの……ハァハァ……言うことが、きっ!?　んっ、きけない……の、かい？」

「い、いえ。決してそのようなことは。ただ、その……」

「言い訳は見苦しいですよ、姉弟子。師匠の言うことは絶対です。さぁ、早く脱いでください。さぁ、さぁ、さぁ！」

パンパンパンパン！　パンパンパンパン！

「ああっ♡　んっ、ぐっ……ハァハァ……んっ、あっ!?　あぁあああ♡♡」

「ニオ、アンタね～。……ハァ、分かったわよ」

ツンツンしながらも満更でもなさそうな顔で浴室に入ってくる姉弟子。そして――

「イッちゃうんですか、姉弟子？　俺に尻穴犯されて、師匠の擬似チ×ポでオマ×コ犯されて、イッちゃうんですか？」

パンパンパンパン！　パンパンパンパン！

「んぎゅうう～！　らめぇらめぇらめぇぇえ～♡　も、もう、んぁ♡　らヒェなのぉおお♡♡」

「そんな嫌らしい顔して何が駄目だい。まったく、んっ♡　わ、私の弟子は全員淫乱なのか、え？　どうなんだい！」

パァン、パァン。パァン、パァン。

「んひぃいいい♡♡　ご、ごめんなひゃい！　ごめんひゃぃ。じ、じしょおおお‼」

師匠とタッグを組んで、姉弟子をメッチャひぃひぃ言わせた。

＊

「遅かったな。先に一杯やっているぞ」

メチャクチャ素敵な夜を過ごした明くる日。朝食を取るべく師匠と一緒に城のリビングにやってくると、城主であるブランさんがワイングラス片手に出迎えてくれた。

「朝から酒ですか？」

「悪いか？　城主であるにも関わらず、昨夜呼び出しを無視されたのでな。ヤケ酒の一杯くらい問題なかろう？」

僅かな血の色を帯びた黄金の瞳が笑みと共に妖しく細まった。

「えっ⁉　あっ！　そ、それはその……そうだ。今夜俺と飲みませんか？」

「なんだ、こいつの代わりにまたお前のモノでも飲ませたいのか？」

赤いワインに波を立てながら半吸血鬼がそんなことを言う。

「い、いや、まさかそんな失礼なことを俺が言うはずが――」

「そうなのか？　お前の頼みなら喜んで飲むがな」

「マジですか⁉　それじゃあお願いしちゃおうかな」

「するな」

「いたっ？　し、師匠？　心配しなくても師匠を仲間はずれにはしませんよ」

「誰がそんな心配をするか。昨夜散々私達を玩具にしただろ。朝くらい肉欲から離れられないのかい？」

朝だからムラムラするんですよ。と言いたいが、師匠の機嫌が悪くなりそうなので素直に頭を下げる。

「すみませんでした！　師匠、どうぞ」

朝食が並んだテーブル。俺はブランさんの向かい側の椅子を引いた。俺も座ろうとしたらブランさんの従者がやって来て椅子に手を掛けた。そしてこちらが座るのを待ってから空のグラスに血のように赤いワインを注いでくれた。妹の隣に腰掛けているフリンダの銀の瞳が師匠へと向けられる。

「貴方が紫電のドロテア様。昨日はろくにご挨拶もせずに失礼しましたわ。まずは帝国貴族として魔王を退治してくださったことに心より御礼を。そしてブランの姉として妹と仲良くしてくださっていることに感謝を」

わざわざ椅子から立ち上がって頭を下げるフリンダの所作は洗練されていて、こうして見るといいところのお嬢様感が半端ない。……後でもう一回抱いておこう。

「好きでやったことだ。礼を言われることではないな。こちらの方こそ先に寄越した不肖の弟子が迷惑をかけたようで、師として謝りたい」

謝罪を口にしながらも、師匠は遠慮なくワインをあおった。

「迷惑だなんてそんな、むしろご迷惑をおかけしたのは私の方ですわ」

フリンダの奴、健気なことを言っているつもりかは知らないが、人を鞭打ちしたことを迷惑の一言で片付ける辺り、流石の図太さだな。だがその辺り、師匠も負けてはいない。

「そう言ってもらえると助かるな。なにせ友人の家族は私にとって身内のようなもの。こうして顔を合わせてみても仲良くしたいという想いは募るばかりだ。……仲良くしてくれるのだろう？」

「うふふ。紫電のドロテア様にそんなことを言われて断る者など、帝国どころか大陸中を探してもおりませんわ。私の方こそドロテア様と仲良くしたいと以前から考えておりましたのよ？」

「ドロテアでいい」

「感謝いたしますわ。では私のことはどうかフリンダとお呼びください」

「ああ、分かったよ。フリンダ」

師匠の持つ空のグラスに従者が新たなワインを注ぐ。フリンダが外交用の笑みを浮かべる師匠そっくりな表情でグラスを掲げた。

「私達の友情に」

師匠も小さくグラスを掲げる。

「友情に」

そして仲良くグラスに口をつける二人。ぶっちゃけ暇だ。かといって真面目に人脈を広げようとする師匠の邪魔をするなんて論外だし……。なんとはなしにブランさんに視線を向ければ、ブランさんは一人我関せずといった様子で大きな骨付き肉に牙を立てていた。

「ん？　どうしたニオ、これが欲しいのか？」

「あっ、いや、大丈夫です。腹はそんなに減っていませんから」

ブランさんの従者が動こうとするので慌てて止める。隣では師匠がまたグラスを空にした。

「そうか。ならまた私を抱きたくなったか？　ここにいる者は皆、口が固い者ばかりだ。この体が欲しくなったら遠慮せずに貪るがいい」

ガチャン！　とトレイから落ちたワイングラスが床を汚した。

「も、申し訳ございません」

この場にいる従者達の中では比較的若いメイドが青い顔で俺と師匠に頭を下げる。

「らしくないミスだな」

ブランさんはどうでもよさそうに肉を牙で引きちぎった。その横ではフリンダが一瞬だけ不快げに眉を寄せる。師匠が興味なさそうにワインを飲んでるので、ここは俺が対応しておくか。

「いえ、どうかお気になさらないでください」

というか今のブランさんの発言には俺も驚いた。この姉妹、俺との関係を隠す気がないようだが、自分達の立場を理解しているのだろうか？　聞きたいが、聞けばドツボにハマる気がした。

「そういえばドロテア、もう一人の弟子はどうした？」

「カロリーナのことなら、まだ部屋で寝てるよ」

姉弟子は元々朝に弱い。その上昨日俺と師匠に二穴を責められて、気を失うまでアンアン喘いだものだから、疲労から起きるのが遅くなっているのだろう。

フリンダが妙に色っぽい笑みを浮かべた。

「お疲れなのかしら。かくいう私も昨日は熟睡してしまって、いつもより起きるのが遅れてしまったわ。その点、ドロテアさんは流石ね」

師匠と姉弟子が明け方まで俺とヤりまくってたのを知っているのか、フリンダの口調にはどこか拗(す)ねたような響きがあった。

「これでも鍛えてるんでね。それで昨日の話の続きだが、勇者達が到着するのは――」

ドカァアアアアン!!

鼓膜に響くのではなく脳を直接揺らされたかのような、それは轟音と言うには不思議な音だった。

「エーテルサウンド!? 結界が破られましたの?」

驚愕に目を見開いて、フリンダが立ち上がる。

エーテルサウンド。この世界は元を正せばたった一つの力で構成されており、その『一つの力』が形と振動数を変え、波となったものをエーテル、集合し形を得たものをマテリアルと呼ぶ。世界の至るところに存在する波、つまりエーテルが激しく振動するとき、それはエーテルサウンドとして人体のエーテルを揺らす。それが先ほどの音の正体だ。そして結界とは――

「聞け! 何者かが我が城に転移してくる。非戦闘員は決められた避難場所に移動を開始しろ」

ブランさんの指示に従い、従者やメイド達は驚くほど落ち着いた様子でリビングを出て行った。

空間転移。それは『一つの力』が最も鈍化し形を為(な)したこの物質世界において、距離という概念を無視した移動手段。上位の振動数で構成されたエーテル界を介することで可能となるこの魔術を阻止するにはエーテル界の振動を一定に保つ術式が必要で、城や人が多く集まる街などには必ずこの術式が施されている。

それが破られた。それも力業で。相手の狙いはなんだ？　ってか、ここにいるのヤバくね？

「師匠、逃げま――」

「捻れよ命・『気流殺』」

「穿て雷撃・『紫電槍』」

「へ？」

いきなり師匠とブランさんが大技をぶちかました。半吸血鬼が放った闘気の渦と、魔術師の放った雷の槍が馬鹿広い城のリビング、その壁に直撃する。その直前――

「あら、凄いわね。私の出現場所を察知するなんて。ふふ。これは面白くなりそう」

突如として空間を侵食した闇に二人の力が呑まれて消えた。

「お、おいおい。おいおい⁉」

現れたその『何か』を前に心臓がエーテルサウンド以上の爆音を発する。

ヤバイ、ヤバイ、ヤバイ。ヤバすぎる。師匠とブランさんの合わせ技をあっさりと止めた？　それに何だこの馬鹿げた魔力は？　でかすぎて世界を覆ってるようだぞ？　こんなの……いや、以前に一度だけ……。

「ま、まさか、まお――」

「「はぁあああ‼」」

「きゃあああ⁉」

師匠とブランさんが起こした魔力と闘気の爆発に吹き飛ぶフリンダ。俺は慌ててそんな彼女をキャッチした。

「大丈夫か？」

「え、ええ。ありがとうございますニオ様」

フリンダは全身に浅くない火傷（やけど）を負っていたが、それでも気丈に微笑んでみせた。……無理もない。師匠とブランさんの本気のエネルギーの放出を間近で浴びたんだ。恐らく魔力を放出してダメージを減らしたのだろうが、一般人なら死んでいたところだ。普段の二人なら絶対に周りを巻き込むようなミスはしない。

「本気……かよ」

紫の魔力に反応して師匠の周囲をエーテル界に設置されたいくつもの術式が文字となって踊る。その隣ではブランさんが纏った黄金の闘気が万物を圧倒する圧力をもって床や天井に亀裂を入れていた。

エーテルの完全活性化。それはつまり全力戦闘の合図。

『紫電のドロテア』と『闘王女ブラン』が本気を出せば、こんな城、跡形もなく吹き飛ぶだろう。なのに、それだけのエーテル振動を向けられているというのに、現れた『何か』は――

「へぇ。人間にしては凄い力だわ。あの勇者といい、ほんの数十年程度で突出した個体がここまで人間側に揃うなんて。本来なら何百年に一度あるかないかの偶然が立て続けに起こる。……やはり時代の節目ということなのかしら」

喜劇でも鑑賞しているかのように笑っている。ボブヘアの髪は大自然を想わす翠。薄暗い闇を思わせる紫の瞳。美人だ。普段であればどうにか一発ヤれないか考えたであろうエロい身体をしている。なのに、何故か俺の脳は目の前のアレを女……いや、人として認識しなかった。

あんな怪物と本気の師匠達がぶつかったら、果たしてその被害はどこまで及ぶことになるのか。自然災害が目の前に迫っているかのような焦燥感に襲われた。

「クソ！　冗談じゃねぇ」

「ニオ様!?」

フリンダを抱えたまま部屋の出口を目指して駆ける。本格的な戦闘が始まる前に距離をとら――

「……マジかよ」

部屋の出口、その前に誰かいる。褐色の肌。上半身は露出が激しくて、迫力があるくせに形のよいオッパイが半分くらい露わになっていた。下半身は落ち着いた黒ズボン。肩の辺りまで伸びた真っ白な髪。瞳は前髪で隠れて見えないが、頭に生えた二本の角が女が魔族の中でも最凶最悪と謳われる悪魔族であることを証明していた。

俺一人で高位と思しき悪魔族を突破？　無理だ。フリンダを囮に使う？　焼け石に水。師匠やブランはどうだ？

自分でもコントロールできない思考が目まぐるしく脳内を飛び交う。一つ行動を間違えたらすぐにでも死んでしまう確信がある。もう完全にここは戦場だった。

炎が白い髪の悪魔を包んだ。

「今のうちよニオ、こっちに来なさい！」

「姉弟子？　この馬鹿!!　逃げろ！」

俺が叫ぶのと同時、悪魔を包んでいた炎が渦を巻く風によって吹き飛ばされた。

「え？」

と、姉弟子が悠長に目を見開いた時には既に、白い髪の悪魔は部屋の入口に立つ姉弟子の目と鼻の先に迫っていた。

ダメだ。二人の距離が近すぎる。とても間に合わない。姉弟子は死んだ。だがチャンスだ。この隙に壁を壊して逃げる。フリンダを捨てていけば更に時間が稼げるだろう。

決して誉められた選択ではないが師匠とブランさんなら分かってくれる。少なくとも生存に賭けた行動を非難するような二人じゃない。だというのに、何だか知らないが姉弟子とフリンダとの情事が脳裏に甦（よみがえ）ってきやがる。手の中で形を変える乳房の感触。俺のモノを受け入れ、淫らに震える甘美なる肢体。耳元を擽る女の甘い吐息。……クソクソクソクソクソッタレ！

「……抱くんじゃなかったぜ」

「え？」

と声を出したフリンダを放り投げる。そして自由となった全身に魔力を纏う。

「制限解除（リミットブレイク）・全ルーン起動による最後の強化（ラスト・エンチャント）を発動。『命よ燃えろ（ライフ・ファイヤ）』」

瞬間、俺の全身から『紫電のドロテア』をして私を超えていると言わしめた潜在魔力が全て解き放たれる。

白い髪の悪魔が姉弟子に手刀を振るう。恐らく人体など余裕で解体出来るであろう一撃に炎が結界となって立ち塞がった。

対戦士タイプとも呼ばれる自動防御型の結界だ。あらかじめエーテル界に一定のエネルギーを半マテリアルとして展開しておき、特定の質量が速度を伴って近づいてきたときに自動的に同等以上のエネルギーを展開して対象を弾く術式。

だが悪魔の攻撃は容易く炎の結界を打ち破る。

あの結界は自動故にあらかじめ設定しておいたエネルギー量以上を展開できない。つまりエーテル界に貯蔵しておいたマテリアル以上のエネルギーが衝突してきた場合は破られてしまうのだ。だがそれでも一瞬の遅延さえあれば姉弟子ならば――

「くっ!」

思った通り、姉弟子は白い髪の悪魔の攻撃を回避してくれた。体勢を考えない強引な回避なので次の攻撃は避けれないだろうが、一撃避けてくれれば十分だった。

ゴツン! と拳が鈍い音を立てる。俺に顔面をぶん殴られた白い髪の悪魔は砲弾となってドアや壁を突き破って見えなくなった。

姉弟子の瞳がこれでもかと見開かれる。

「ニオ、アンタそれまさか」

「話は後です」

全身が軋む。強すぎる俺の魔力が並みでしかない俺の身体を壊し始めているのだ。今すぐ魔力の放出を止めなければ。だが、だが……。

「クソッ！　やっぱりダメだ!!　止められねぇ。姉弟子？」

「やってるわ。でも無理。こんなの干渉できない」

事情を知っている姉弟子はすぐに行動してくれていたようだが、案の定というべきか、強すぎる魔力に阻まれて右往左往している。

軋む、軋む、軋む。全身がバラバラにねじ切れそうだ。だが俺では魔力を抑えられない。つまり俺が生き残るには――

「師匠に……抑えてもらうしかない」

「待ちなさい。魔力だけあってもアンタじゃあの戦いには――」

足に力を入れた途端、姉弟子の正論が後方に消えていく。俺だってできるなら戦いが終わるまで待ちたい。でも身体がもたない。その確信がある。なら、ならばせめて――

「やるだけ、やるしかねぇだろうがぁあああ!!」

師匠とブランさんに気を取られていた女の姿をした『何か』めがけて思いっきり拳を叩き込む。

だが――

「……この化物が」

俺のありったけを込めた拳は、女の形をした『何か』の掌であっさりと止められた。

「あら？　貴方おもしろ――」

「うおおおおお!!」

『何か』が何か言ってるが、勿論悠長に会話する気など俺にはない。喧嘩で身につけたあらゆる戦闘技術に自分でもコントロールできない魔力をのせて、とにかく殴って殴って殴りまくる。

するとなんだか知らないが、スゲーいい気分になってきた。

「くっくっく。……ひゃあ～はっはっは！」

スゲェ、スゲェ力だ。今の俺ならドラゴンだって素手で殴り殺せる。その確信があった。最強のドラゴンを、この俺が！　凄くね？　スゲェ、スゲェ、スゲェ、俺はスゲェ！　……ああ、でも、そんなにスゲェなら、なんで、なんで俺の両腕は…………肘から先がなくなっているんだ？

行き場を失った血が噴水のようにぴゅーぴゅー床に撒き散らされていく。痛みはない。ともすればこれは本当に現実なのか疑わしいくらいだ。

「「ニオっ！」」

師匠とブランさんの声。直後に紫電が六芒星を描き『何か』が飛び退いた。そしてそれを黄金の闘気を纏ったブランさんが追う。

「ま、まだだ。まだ俺は……」

腕が何だ。足だ。足がある。豊満で張りのある乳房。白い肌に張り付く紫の髪。股を開いた時のちょっと照れたようなあの表情。……ああ、また師匠とヤリてぇな。

「馬鹿弟子！　よけろ!!」

「え？」

師匠のらしくない叫び声。だがおかしい。俺は『何か』から目を離してはいない。何を慌てているのだろうか？

トンッ、と軽く小突かれたような振動に襲われた。

「……何だ？」

自分の身体を見下ろす。

「あ、あれ？　ゴホ……な、何で？」

おかしいな。心臓があるところに大きな穴が空いてるぞ？　これだと俺、死——

「ニォォオオオ!!」

トンッ
トンッ
トンッ
直後、俺の世界は闇に覆い尽くされた。

＊

『おお。荷物持ちよ、死んでしまうとは情けない』

目を開けると神秘的な雰囲気を放つ美女が目の前に立っていた。

雪のように白い髪と銀に輝く瞳。師匠と同じように肩の露出した服を着たその胸部は師匠に勝るとも劣らない巨乳。

「お前は……」

どこかで見た。だがそれがどこだったのかが思い出せない。……だがありえないだろう。こんな
いい女を忘れるなんて。

『それは仕方のないこと。そして祝福すべきことじゃな。妾(わらわ)を他者として認識できないほどに同一化が進んだということなのだから』

俺と美女以外何も存在しない闇の中、気づけば仰向けの俺に女が跨っていた。

ヌルリ、と下半身が生温かな感触に包まれた。

「は？　え？」

『だが、だからこそお主に死なれるのは困るのだ。お主の死は今や妾の死と同義なのだから』

闇の中で妖しく輝く銀の瞳がこちらを覗き込んできて、美女の肩からハラリと垂れた雪のように白い髪が俺の頬を撫でた。

パァン、パァン。パァン、パァン。

「うっ!?　おっ！　お、おおっ!?」

俺のモノを咥えた女の下腹部が淫らに動く。激しく上下に、そして浅ましく左右に。女が腰を振る度、チ×ポがキュッ、キュッと締め付けられ、暴力的な快楽に俺は身を捩(よじ)った。

「くおっ♡　ま、まへぇ!?　お前は、んぉ!?　だ、だれ――んんっ!?」

ぷっくらと厚みのある唇が俺の口を塞ぐ。そして女の口内から伸びてきた舌が蛇のように俺の口内を動き回り、蹂躙(じゅうりん)する。

ピチャ、クチュ。クチャ、クチュ。

神秘的な容姿からは想像も出来ない貪るようなキス。有無を言う暇もなく女の唾液を飲まされる度、ただでさえ靄が掛かっていた思考が更に曖昧なものへと変化していった。

クチュ、クチュ。ピチャ、ペロ。

ああ、何という気持ち良さ。絡み合う舌先が溶けて液体になっているかのようだ。その上で女が淫らに腰を振れば、もはや俺に抗う術などあろうはずもない。

「くおっ」

ドピュ、ドピュ。と飛び出した精が女の子宮へと流れ込んでいく。唾液で出来た糸を引きながら美女の顔が離れていく。

『滅ぼされる寸前、何とかしがみつけたせっかくの器が、よりにもよって慈母の奴に壊されるのかと嘆いておったが、中々どうして、妾たちの悪運は尽きぬようだぞ』

たわわな乳房をこれでもかと揺らして、女の腰使いが一層激しさを増す。それによってもたらされる快楽に、もはや俺は声も出せない。出せないのだが、……何故だろうか？　俺の上で腰を振っている女が一瞬だけブランさんに見えた。

『吸血鬼の力。ふふ。半魔とは思えぬ濃い力よ。これに妾の力を相乗させれば、お主の肉体を回復させることもできよう。この状態で力を振るえば妾は消えてしまうかも知れぬが、それもまたよし。病気を恐れてビッチはやっておれぬわ』

艶やかに笑う女の激しく揺れる乳房を鷲掴む。

『ほう、妾に抱かれてまだそんな余力が――』

モミモミ、モミモミ。

『んぁああ♡　よい。よいぞ！　そうだ。妾を求めるがいい。求めるのだぁ♡』

女の声が遠のいていく。それとは反対に強くなっていく快楽。俺は夢中になって腰を振った。

パァン、パァン。パァン、パァン、パァン。

『んぁあああ♡　ま、交わる。交わるぞ。それにしても、ふふ、これは面白い』

もはや女の表情もハッキリしない。ただ女が笑っていることだけは理解できた。……何を笑っているのだろうか？

『人間の描く絵空事によくあるであろう？　化物を倒した者が次の……んっ♡　ああっ♡　よい、よいぞぉお♡』

俺のチ×ポが一際深く肉壺を抉る。なんだろうか？　化物という言葉がやけに引っ掛かる。今更ながらに女の頭の上にあった山羊のような角が気になった。

ドクン！　と跳ねる心臓。

そ、そうだ！　こいつは……。だとしたらこれだけは言っておかなければ――

「お前を倒したの、俺じゃねぇし！」

ポトッ、と頭に乗っかっていた何かが落ちて暗闇が晴れる。これは……タオル？

「……ここは？」

ベッドの上、手触りからしてそこらの安宿ではお目にかかれない上質なシーツ。高級宿？　なんだってこんなところに？

「目が覚めたのですね。これも我らが光の女神様のおぼしめしです」

人がいるとは思っていなかったので、その声にビビった。見ればベッドの脇にシスター服を着た金髪金眼の女が立っていた。

「げっ!?　ネ、ネリー……さん？　なんでここに」

「お久しぶりです、ニオさん。久しぶりの再会がこのような形になって残念ですが、ひとまずはニオさんが無事で良かったです」

「は？　いや、だから何で俺は――」

ズキリ、と脳が割れるような痛みに襲われた。直後に起こる記憶のフラッシュバック。

「ッ!?　……………そ、そうか、俺は……。……ん？　手が……ある？」

確か両手とも見事に吹っ飛んだはずだが。

「師匠がやったのか？　あっ、いや、ネリーさんですか？　だとしたらありがとうございます」

エーテル振動数が負に属する魔力の物理法則への介入は他の追随を許さないが、人体への干渉は正の振動数に属する魔力（法力、もしくは霊力とも呼ばれる）がもっとも有効だ。これは基本的に負の振動数を常態としがちの人間のエーテルに正のエーテルが定着しやすいからだと言われている。

そして法力を操ることが出来る者を聖女と呼ぶのだ。

それにしてもどれだけ寝ていたのかは知らないが、あの傷を短時間でここまで完璧に治すとは。

性格はちょっとアレだが、流石に勇者パーティーに所属する聖女なだけはある。

いつものネリーであれば、ここで謙遜しつつも得意げな顔の一つでも見せるのだが、何故か俺の言葉を聞いて悲しげに俯いた。

「いえ、ニオさんの怪我を治したのはブランさんです」

「ブランさんが？」

それは予想の斜め上な人物だった。少なくとも師匠やネリーを差し置いて出てくる名前ではないはずだ。

「確かにブランさんの力は並外れていますが、基本的に自分の肉体にのみ強く作用する『気』では、ここまでのことができるとは……」

いや、待てよ？　ブランさんでも、いやブランさんだからこそ他者を回復させられる手段が一つあるな。いや、でもまさかそんなずは……。

「恐らくはニオさんの想像通りです。ブランさんはニオさんを自分の眷属に変え、吸血鬼の再生能力を与えることでニオさんを救いました」

「いやいや。ちょっと待ってください。あ〜……。俺、心臓吹っ飛んだんですけど？　いくら吸血鬼の再生能力でも眷属になるだけであの状態から復活できますか？」

「それは……分かりません。そもそも半魔であるブランさんに眷属を作ることはできないはずなんです。話を聞いてみたところ、ダメ元で試したブランさん本人も驚いている様子でした」

「そ、そうですか……」

目が覚めたら人間辞めてた事実にちょっぴり驚いていると、ネリーが俺の手をそっと握り締めた。

「己の意に反して魔族に変えられるなんて、酷い、とても酷い話です。きっとニオさんは今、どうやって穢れた自分を始末しようか考えていることでしょう」

「え？　いや、そんなことは……」

「でもそんなことはしなくていいんです。半魔であるということは半分は人間なんですから。だからニオさんやブランさんが死ぬのは魔族が全て滅んだ後でいいんです。その時が来るまでは、純粋なる人間、すなわち神に愛されし我らに奉仕し続けてください。それが魔に堕ちたニオさんに積める唯一の善行なのですから」

「は、はぁ。そうですか」

シスターもどきがドヤ顔で何か言ってるが、反論すると面倒くさいことになるのは経験から分かっているので、適当に流しておく。

「何はともあれ、ひとまずはブランさんに感謝ですね。あの状況で命を拾って、更に五体満足なんて奇跡ですよ」

吸血鬼化したことでこれから肩身が狭くなりそうだが、師匠は元々アウトローなところがあるし、権力者であるブランさんの眷属なら庇護を得るのもそう難しくはないだろう。

「それで師匠と姉弟子は？　やっぱり師匠でも多少のダメージは負ってしまいましたか？」

だとしたら姉弟子は師匠に付いているのか。俺も後で顔を出そう。

「……それが、ドロテアさんとカロリーナさんは連れ去られました」

「へー。そうですか、師匠と姉弟子が。珍しいこともあるもんです……って？　え？　は？　……………はぁあああ!?　師匠と姉弟子がっ!?　おまっ、それどういうことだよ？　コラァアアア!?」

ネリーの胸元を掴んで、その身体を乱暴に揺さぶる。

「ちょ、ちょっとニオさん、落ち着いて。当たってますから。当たってますから。半魔な上に獣欲に満ちた雄の手が、穢れを知らない聖女な私のオッパイに当たっちゃってますから!!」

「オッパイがなんじゃボケェエエ!!　早く答えないと揉みしだくぞ、この……ぬぐぁ!?」

腹部に走った衝撃に、俺は腹を押さえて踞る。

「まったく。怪我人なんだから大人しくしてなきゃ、メッ！　ですよ」

「そ、その怪我人に正拳突き叩き込んでおいて、な、何言ってやがる」

痛みに顔をベッドのシーツに埋めていると、ガチャリ、とドアが開く音が聞こえて来た。

「……貴様ら、何を遊んでいるんだ？」

「遊んでいません。ニオさんが魔族になったことでショックを受けていたので、鎮静剤を投与しただけです」

こいつはまた適当なことを……。いや、今はそんなことよりも。

「ブランさん。師匠と姉弟子は？」

「聞いたか。姉上お抱えの解析班が空間転移の移動先を割り出した。二人が連れていかれたのは闇島だ」

「闇島って、魔王である『慈母の闇』が拠点にしている島ですよね？　ソーサリー王国の西の？　てことは、あの女はやっぱり!?」

　神妙な顔でネリーが頷いた。

「ええ。皆さんのお話を聞く限り、ドロテアさんとカロリーナさんを攫（さら）ったのは、私達も遭遇した魔王ターリアバラン。通称『慈母の闇』で間違いないと思います」

「ネリーさん達もアレに遭遇したんですか？」

「はい。とは言っても本体ではなく影のようなものでしたが、それでも恐ろしい力を秘めていました。幸い勇者様が一緒だったので事なきを得ましたけど、……あの力、単純な戦闘能力なら『最大の姦淫』を上回っているかもです」

　姦淫の恐ろしかったところは、生命にとって欠かせない性を自在に操るその特殊能力だ。もちろんそれを抜きにしても高い戦闘能力を秘めてはいたが、その性質上、地力が他の魔王より頭一つ落ちたとしてもおかしくはない話だ。

　つまり師匠達を助けるには、あの魔王（サキュバス）よりも更に強い魔王（かいぶつ）を倒さなければいけないのか。……ヤバイ、何だか頭が痛くなってきたぜ。

「ニオさん、今の貴方はとっても疲れています。ですからまずは何も考えずに眠っちゃってください」

　せっかくの提案だったが、首を縦に振る気にはなれなかった。

「……いや。大丈夫です」

「全然大丈夫って顔してませんよ。後(あと)のことは私達に任せて。はい、怪我人は寝た寝た」

「……後のことって言いますけど、それは師匠達の救出のことですか？　それとも単純に活発に動き始めた魔族に対する対策のことですか？」

前回の魔王討伐時に動員した兵力は各国から集めた精鋭およそ六十万。その内半数以上が帰らなくなった事実を考慮すれば、次の魔王討伐が行われるのはいつになることやら。そもそも物語ではあるまいに、魔王に囚われた者を助けに行くなど現実的ではないのだ。

「私個人の意見としては、今すぐにでもドロテアさん達の救出に向かいたいと考えています」

これ、どう考えても結局動かないパターンの台詞だろ。連れ去られたのが赤の他人なら俺も似たようなことを言うのだろうが、攫われたのが師匠や姉弟子なら話は別だ。

「二人を見捨てるんですか？」

「……教会には既に救援要請を出しています。兵力という点では『最大の姦淫』が魔王の中でトップでした。早期の魔王討伐が行われる可能性は決してゼロではありません」

確かに『最大の姦淫』が保有する兵力は魔王の中でも最大だった。うまくやれば他の魔王はもっと少ない兵力で討伐が可能かもしれない。……が、少なくとも師匠と姉弟子のためだけに、それだけの兵力が動くことはありえない。教会の反応など待つだけ無駄だ。

こうなったら少数精鋭で突っ込むか？　いや、魔王を倒す前に魔族の大軍に囲まれるのがオチだ。だが魔王の目を掻い潜って秘密裏に師匠達を救出するのも非現実的だし。……やはり救出の間、魔族を引き付けるために出来れば十万、最低でも五万程度の兵力が欲しい。

脳裏に神秘を纏ったエルフの姿が浮かぶ。

「ネリーさんがいるということは勇者様も来ているんですか？」

「ああ。今は会議室で姉上と今後の方針を話してる」

「そうですか、それなら……」

「言っておきますが、勇者様にドロテアさんの救出を頼もうと思っても期待しない方がいいですよ。あのお方は法の体現者。大義のためにはいかなる犠牲も厭いません。魔王を相手に準備もせずに挑むような愚かな真似はしません」

ネリーの言う通りだ。勇者は決して悪人ではない。むしろ俺達の中では唯一の善人（ネリーも善人と言えば善人だが）と言ってもいいくらいだ。だがそれと同時に何かを決断する際、決して情に流されるタイプでないことも確かだ。

百人救うために一人殺す必要があった場合、他の者があれこれ悩んでいる間に、その一人をさっさと殺してしまう。そんなところがある。そんな女がいくら仲間とはいえ、たった二人のために危険を冒すか？　何か交渉材料はないのか。何でもいい。なにか……

ふと、俺の精を浴びて発情状態になった姉弟子やフリンダの姿を思い出した。

呪いが発動さえすれば、いくら勇者でも……。

「……とりあえず頼むだけ頼んでみます。ダメなら勇者様抜きでも師匠の救出に向かいます」

「ニオさん、気持ちは分かりますけど貴方だけでドロテアさん達を助けるのは不可能です」

「誰が俺だけと言いましたか？」

「え？」

不思議そうに目を瞬くネリー。俺はベッドから降りると、やけに口数の少ないブランさんに近づいた。

「……なんだ？」

半吸血鬼の声音はいつにも増して冷たい。ここでブランさんに断られたらかなりまずいことになるのだが……。ええい、ままよ。

俺はブラッド城に君臨する女の体を有無を言わさずに抱き締めた。

「ちょっ!? ニオさん何やってるんですか？ ブランさん、落ち着いてくださいね。ニオさんは魔族に堕とされた上、ドロテアさんを攫われて混乱しているんです」

背後が何やら喧しいが、俺は構わずブランさんの唇を奪った。

「ちょおおお!? え？ え？ 何やってるんですか？ 何やっちゃってるんですか？ というか、えっ!? 何でブランさんは避けないんですか？ 合意？ まさか合意なんですか？ 合意でチュウしちゃってるんですか？」

喧しい！ だが今は構っていられない。俺は唇を離すと、なるべくブランさんが好む強い男に見えるよう傲慢に笑った。

「師匠と姉弟子を助ける。ついて来い」

果たして返答は――

「男ができたら共に狩りをしたいと考えていたが、まさか最初の獲物が魔王になるとはな。……ふっ。それもまた一興か」

そうしてブランさんの腕が俺の首に回り、今度は自ら唇を重ねてくる。

よし。まずは個人における最強格にして、私兵を多く持つブランさんの協力を取り着けた。幸先は悪くない。

ホッと安心していると、柔らかな感触と共に小柄な身体が離れた。

「それでは勇者様と話したあと、俺達は師匠奪還のため、魔術国家ソーサリー王国へと向かいます。二人とも、しっかりついて来てくださいね」

「いいだろう。貴様がどこまでやれるのか、見届けてやる」

「いや、ついて行きませんからね？　というか、何でブランさんは荷物持ちでしかないニオさんに尽くす感じになってるんですか？　いくら穢れた血を引く半魔族だからって、もっと自分を大切にしてください」

ネリーは見るからに俺に従う気ゼロのよう、というかナチュラルにメッチャ酷いこと言ってるが……まぁいい。必ずこの女にも手伝わせてやる。

そう、魔王の呪いで淫乱化した勇者パーティーを荷物持ちの俺が堕としてでも、二人は必ず助け出してみせる。

決意を胸に、俺は俺のチ×ポを咥え込み、悦楽に喘ぐ女達を夢想した。

エピローグ

「他愛ねぇ」

その一言はどこまでも冷々としており、戦闘前に見せたマグマのような昂りは、もはやひと欠片(かけら)も存在していなかった。

「数十年ぶりに仕掛けてきたかと思えば、ターリアバランの奴、興醒めもいいところだぜ」

腰まで届く深紅の髪が汚れるのも構わずに、主は自らの手で倒されたドラゴンの死体に腰掛けた。

辺り一面を覆い尽くす死体の山から流れ出た血が山頂に湧き出る湯を赤く染めていく。

ドラゴンを始めとした一騎当千の兵で構成された軍隊を、殆どたった一魔で討ち滅ぼされてしまった。流石(さすが)は三大魔王の一角にして、我が主『殲滅(せんめつ)の業火(ごうか)』グリディア様だ。

「ちっ、ここは俺のお気に入りだってのに……。いや、血風呂というのも案外悪くねぇか？　おい、ユウヒ。テメーはどう思うよ？」

人類を争いへと導く、黄金のごとき輝きを放つ瞳がこちらを向いた。

「……ひとまずお召し物を着られるのは如何(いかが)でしょうか？」

湯浴みの最中を襲われたのだから致し方ないが、主は降り注ぐ陽光の下、生まれたままの姿を晒していた。

理性と狂気を綯交ぜにしたかのような眼光。全身に刻まれた数多の傷。本来であれば美を損なうそれはしかし、戦士としても女としても最上である主の身体を美しく彩っていた。

「湯について尋ねているのに、服を着ろとか。テメーはどんな時でも真面目だな」

人類でありながら魔族に与している身で真面目という評価を受けるのも何だか奇妙な感じだ。だがこの程度のことで主に反論する必要はないので、僕は地面に片膝をついた姿勢のまま黙って俯いた。

地面を見つめていると、頭上で主が空間から酒瓶を取り出されたのが気配で分かった。

「……姦淫も逝ったことだし、千年以上にも及ぶ俺達の闘争もいよいよ最後の時がちけぇかな。どうせ終わるなら精々派手な祭りに発展して欲しいもんだぜ」

魔族が三魔の王を頂に三つの勢力に分かれて争い続けて実に千年以上。度重なる衝突でその兵力を減らし続ける魔族とは反対に、繁栄し続けてきた人間がついに魔王の一角を討ち滅ぼした。もはや人類は自分達こそがこの大陸の覇者に相応しいとすら考えているだろう。

それは何という傲慢か。愚かで憐れな人間共め。お前達が勝者になるなど、我が主がいる限り決してあり得ぬというのに。出来ることならば今すぐにでもそのことを知らしめたい。だがしかし、今は人間などのことよりも――

「主様、少し調べたいことがありますので、お暇を頂いてもよろしいでしょうか?」

「ん？　ああ、好きにしろや。と言いてぇところだが、酒の肴だ。どこに何をしに行くか言ってみな」

主は酒を並々注いだ盃をあおった。

「はい。ターリアバランの動向を探るべく、魔術国家ソーサリー王国へ向かおうかと」

「ソーサリー王国か。確か慈母の奴が拠点にしている島に一番近い人間の国だな」

「はい。その通りです」

過去には闇島とソーサリー王国の間に幾つかの国家があったが、慈母の軍勢に攻め滅ぼされ、今やただの廃墟があるだけだ。

「あの国はその立地から常にターリアバランの動向に眼を光らせています。奴が保有する戦力がどの程度なのか、知ることができるやもしれません」

「人間のテメーなら潜入自体は簡単にできるだろうが、なにか伝はあんのかよ？」

「……友がいます。彼を頼ろうかと」

主の目に分かりやすい好奇の火が灯るのを見て、彼のことは伏せておくべきだったかと、少しだけ後悔した。

「へぇ。人間の国にいるってことは、当然そいつは人間だよな？」

「……はい」

「人間嫌いのお前に人間の友人がね。ああ、そういや以前聞いたな。あの国はテメーの……」

「はい。あの国は僕の故郷です」

忘れるはずがない。発生できるエーテル振動数が気力のみと判定されたその日のうちに棄てられ、少女時代を囚われたあのゴミ溜めの街を。そこで出会った唯一の友のことを。

俺はお前のようにはなれない。

冒険者になろうと言った僕に返した彼の言葉が蘇る。

己を知る彼は、あのゴミ溜を棄てる僕について来てくれはしなかった。それでも共にいた僕は彼の強さを知っている。きっと今頃はあのゴミ溜めを仕切る、ひとかどの者になっているに違いない。

主を前に不敬とは知りつつも、それでも僕は呟かずにはいられなかった。

「再会が楽しみだよ。……ニオ」

守護教会の務めをドロテア師匠に教わるニオ

師匠。聞いてくださいよ、師匠

なんだい？　馬鹿弟子

さっき守護教会の連中にしょっぴかれそうになったんです。連中、よその国で何であんなにデカい顔できるですか？

人類守護を謳い、多くの強者を保有する教会は魔族の襲撃や魔物被害に対して無償で武力を提供するからだ。国同士のいざこざには口を出さない代わりに、治安維持に関しては各国から独自の裁量権を与えられている

各国からって、そんな大きな権利、一体誰が保証するっていうんですか？

人類の天敵が跋扈する世界だぞ。国同士どころか村が違うだけで治安が大きく違うなんて珍しくない。教会の裁量を保証するものがあるとしたら、それは武力のみだ

所詮この世は力なのか。だから俺みたいな、いたいけな荷物持ちが不当に虐げられるんですね

ちなみにかけられた容疑はなんなんだい？

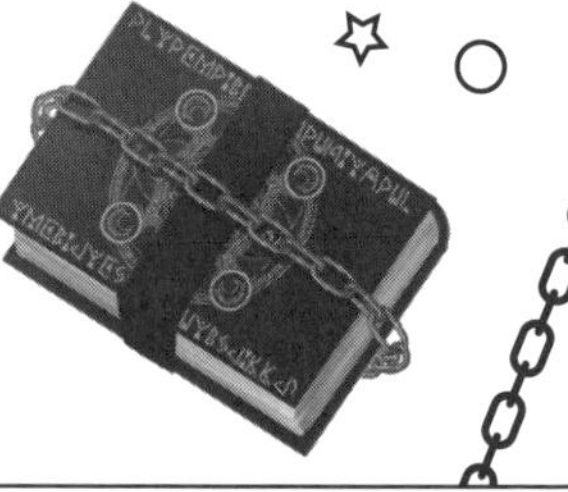

下着泥棒です

……盗んだのか？

いいえ。家から持ってきた師匠のパンティを魔が差して道端で嗅いでたら誤解されました

なるほど。カロリーナ

はい。師匠。スー（と大きく息を吸ってる）守護教会の信者さーん！　ここに変態がいます。しょっぴいてくださーい！

待って！　違うんです師匠。これは俺なりに師匠を想って……あっ、待って、待って。行かないで師匠。師匠ぉおおお!!

番外編
魔王の目覚め
ブランとともにフリンダに
囚われてしまったニオ。
意地（と肉欲）のために、
荷物持ちの反抗が始まる…！
これは、フリンダが堕ちるまでの暗闘の記憶。

「……思ったよりも速いな」

フリンダの作り出した二体の光の騎士が繰り出す攻撃を、ルーン魔術で倍増した速力をもって躱(かわ)す。そんな俺に対してフリンダは、お貴族様らしい高慢さが滲(にじ)み出た嘲笑を浮かべる。

「どうしたのかしら？　大口を叩いておいて逃げるだけ？」

「焦るなよ。それとも俺に抱かれたくて仕方ないのか？　だったら期待に応えてやるのも吝(やぶさ)かではないぞ」

繰り出される剣撃を華麗に躱(かわ)しながら軽口を叩く。するとフリンダのボンテージに包まれたデカパイが呆れたようにユサっと揺れた。

「ハァ。会話もままならないなんて、これだから下民は……。どうしてブランは貴方(あなた)のような者を仲間だと思えるのかしら。やはりここは私が姉としてしっかり導いてあげないといけないわね。そう、それこそ……ふふ。手取り足取りね」

恍惚とした表情で自身のエロボディを抱きしめたフリンダの肢体がブルリと震える。

「おいおい。妹を相手にどんな妄想してんだよ。そんな不健全な欲望に頼らなくても、俺がお前の穴という穴をちゃんと犯して、牝の素晴らしさを教え込んでやるから安心しろって。そんでもってその後はお前の大好きなブランさんを隣に並べて一緒に抱いてやるよ」

姉妹が俺のチ×ポでヒーヒー言ってる素晴らしい光景を語ってみると、さっきまで妹を凌辱する妄想に陶然としていた女が、酔いが覚めたと言わんばかりの冷たい視線を向けてきた。

「まさか本気で貴方のような最下層のゴミが私達を抱けると思っているのかしら？」

「はい？　逆に聞くが、このニオ様の華麗な動きが目に入ってるか？　ほら、ほら。当たらな〜い。お前の攻撃はまったく当たらな〜い」

会話の最中も光の騎士の攻撃は容赦なく続いているが、敵の動きを見切った俺はそれらを紙一重で危なげなく躱す。フリンダの術は当初に想定していたよりは強力なモノではあるが、勇者パーティーの一員として本物の怪物と対峙してきた俺から見たら、この騎士は光などと大仰なものではなくてハリボテの騎士でしかない。

「確かに上手に躱すわね。荷物持ちとは言っても、勇者様のパーティーに属していただけのことはあるようね。でも所詮は下賤(げせん)の者。ネズミのように逃げるので精一杯。私は違うわ。高貴な者として常に余裕と優雅さを忘れない。思い知りなさい下民、これが選ばれし者の力よ」

フリンダは更に三体の人造精霊を召喚した。

「へぇ。言うだけのことはあるな」

そもそも人造精霊を召喚できるのは神聖力を持ち、いずれエルフに進化できる聖女のみとされているが、師匠の見立てでは高い魔力を持つ者であれば聖女でなくとも可能とのこと。ただしその代わりとして一体の召喚にかかる魔力消費は膨大なものになるらしいのだが、合計で五体もの精霊を召喚し、大した疲弊も見せないとは……。

「流石はブランさんの姉といったところか」

「今更後悔したところで遅いわよ」

フリンダは勝利を確信した、優越感たっぷりの笑みを浮かべた。

「下民風情がこの私に対して侵した無礼の数々。本来なら極刑は免れないところだけれども、私は優しいから、そうね。腕一本で許してあげるわ。ふふ。片腕をなくして地べたに這う貴方を見れば、ブランも少しは目を覚ますでしょう」

そして三体の光の騎士がこちらに向かってくる。二体を相手にするだけでも精一杯なのに、更に三体も増えたら勝ち目などあろうはずもない。大方、そんなことを考えているのだろう。

「ったく、俺のこと舐めすぎだろ」

鞭を持ってない方の手で拳を作る。そして先ほどからしつこく攻撃を繰り返してくる目の前の人造精霊を――

「吹っ飛べ!!」

二体同時に思いっきりぶん殴った。更には迫る三体も。我ながら惚れ惚れする連撃だ。そして勝負はそれだけであっさりとついてしまった。

「あれ？　もうちょい頑丈かと思ったんだが、予想よりも簡単に消えたな。やっぱハリボテだろ」

「……はっ!?　えっ!?」

所詮は箱入りのお嬢様でしかないのか、武器である精霊が粉々に砕けて消えたというのに、フリンダは次の行動を選択もせず、呑気に驚いている。

「どうしたお嬢様？　他に芸がないならそろそろ犯すぜ」

俺がムッチリとしたそのエロボディにネットリとした雄の視線を向ければ、今までどれだけ視姦されても小揺るぎもしなかった女の体がビクリと震えた。

「ふ、ふざけないで」

フリンダの右手が魔力で淡く輝く。懲りずに魔術を発動しようとしてるみたいだが――

「おせぇ!!」

バシン！　と俺が振るった鞭が帝国の四大貴族、そのご令嬢の白い肌を打った。

「くっ!?　この――」

バシン！

「きゃっ!?　あっ!?　くっ、調子に――」

バシン！　バシン！

「ひゃっ!?　や、やめ、やめなさい！　私を誰だと――」

バシン！　バシン！　バシン！

「いやっ!?　あっ!?　あぁあああああ!!」

白い肌に赤い跡が刻まれていく。フリンダは気丈にも反撃を試みるが、師匠や姉弟子に比べて魔術の発動がとにかく遅くて欠伸が出る。

「何だ？　さっきまでの威勢はどうしたんだよ。余裕と優雅さだろ？　ほら、見せてみろよ」

ここまで来たらもはや猫をかぶる必要はない。拘束されて散々玩具にされた怨みをキッチリ返してやるぜ。

俺は変態お貴族様に近づくと女王様気取りのボンテージ、その胸元を力尽くで剥ぎ取った。果実のごときたわわな乳房が露出し、プルンと揺れる。

「きゃっ!? い、いや! やめなさい! 見ないで!!」

「は〜? 俺のような虫ケラに裸見られても恥ずかしくないんじゃなかったのか?」

「そ、それは……」

デカすぎて両腕から零れるデカパイを抱えながら、フリンダは一歩、二歩と後ずさった。

「いいね、その顔。どうやらようやく実感が湧いてきたようだな」

「じ、実感? 何を……何を言っているのかしら?」

俺はそそり立った肉棒を掴んで見せる。それに釣られて女の視線がこちらの股間に下りてくる。

欲望に膨張した肉棒を見つめる瞳には、今まではなかった陵辱への確かな恐怖があった。俺は高慢ちきな女のその表情をオカズに再びチ×コを上下に動かす。

「さっきまではコイツが自分のオマ×コに入るなんて、万が一にも思ってなかったんだろ? だが俺に勝てないと分かって、今更になってようやくお前は実感し始めてるんだよ。今日、ここで、お前はお貴族様としてではなく、ただの無力な牝として処女を奪われるってことをな」

できればこのタイミングで射精したかったが、それはちょっと難しかったので、代わりに手についた精子をこれ見よがしにもう一回鞭に塗った。

「穢らわしい! 穢らわしい! 誰が、誰が無力な牝ですって? 荷物持ち風情が——」

バシン!

「あんっ!? くっ、い、いや!? 汚い」

「その汚いモノがもうすぐお前の体の奥底にぶちまけられるんだぞ。分かってんのか? おい」

バシン！　バシン！

「くっ!?　あっ!?　だ、誰が、下民風情などに。貴方に股を開くくらいなら死を選ぶわ」

「は？　何だよそれ。ブランさんの姉に死なれるのは後味悪いな」

「そ、そうでしょう？　だったら、ど、どうかしら？　ここらで手打ちにしない？」

「手打ち？」

「そうよ。貴方をみくびっていたことは認めるし、謝罪もするわ。ここでやめるなら貴方の無礼は罪に問わないことを約束する。どうかしら？」

「馬鹿言ってんじゃねぇ！」

バシン！　とフリンダのデカパイを鞭でしばいてやった。

「ひゃあああ!?　くっ！　こ、このクズが!!　貴方のようなゴミに犯されるくらいなら、本気で死んでやるわ」

「言ってろ。だいたいな、乳首をビンビンに勃起させて、股ぐらから小便のように愛液を垂れ流しながらそんなこと言っても説得力ねぇんだよ」

「はっ!?　何を言って……えっ!?」

己の体を見下ろすフリンダ。その銀色の瞳が呆然と見開かれる。発情してますって喧伝してるかのように頬を紅潮させ、全身から牝の匂いをこれでもかと振りまき、更にはボンテージの股ぐら、そのハイレグ部分から愛液をボタボタと垂れ流してるくせに、本気で自身の変化に気づいていなかったようだ。

まぁ、普通のケガだって危機的状況下では認識されないことがあるしな。

だが、それもこちらが指摘するまでの話だ。鞭で打たれて赤くなったデカパイ、そのビンビンに勃起した自身の乳首を見下ろす女のエロボディが、まるで電撃でも浴びたかのようにビクン！　と震えた。

「えっ？　な、なに？　あっ♡　こ、これは!?」

女の呼吸が見るからに荒くなり、ムッチリとした腿が切なそうに擦り合わされる。

くっくっく。自分の身に何が起きてるのか理解できないって顔だな。人のことを勝手に変態と決めつけて、俺が突然始めたオナニーに疑問を持たないから、そうなるんだよ。

魔王の呪いが掛かった俺の精液。その効力は姉弟子で実証済みだ。フリンダごときが対抗できるものではない。

「どうしたんですか、フリンダ様。下民に犯されたら死ぬってあれだけ騒いだくせに、その様は。ひょっとしてレイプ願望でもありましたかね？　流石、実の妹を犯したがる変態は趣味も独特だ。ほら、犯してやるから今すぐ股を開いてオチ×チン挿れてくださいっておねだりしてみろよ」

俺の挑発に発情した牝の目尻がキッと釣り上がる。

「私に、ひゃっ!?　あっ♡　くっ、な、何を……ハァハァ……んっ♡　したの？」

「何だと思う？　当ててみろよ。ほら、ほら！」

バシン！　バシン！　と、お貴族様の柔肌を更に鞭で打つ。

「きゃっ!?　いたっ！　やめっ、くっ、あっ♡　ハァハァ……げ、下民風情が、こ、こんな……。

貴方もう、んっ♡ら、楽には死ねな――――」

「うるせぇ!!」

バシン！　バシン！

「ひゃあああ♡♡や、やだ！　そ、そこばかり、あん♡や、やめろ！　あっ♡や、やめなひゃい！」

執拗にデカパイを鞭でしばいて、フリンダの意識を上半身に向ける。その隙をついて俺は強烈な一撃をフリンダの無防備な下腹部に入れてやった。

バシン!!

「へ？　……あっ……ああっ……んぁあああああああああああ♡♡♡」

吹き出した潮が陰裂を覆うハイレグをものともせずに周囲に飛び散った。股間を手で押さえた格好で、フリンダがその場に膝をつく。

「流石は変態貴族、盛大にイッたな」

「ハァハァ……んぁ♡　こ、この、おっ♡　オヒョ♡　んっ、お、おのれ……私に、ひゃっ♡　な、何をヒィ、ひゃの？」

「だから当ててみろって。いや、そんなことはどうでもいいか」

足で快楽に震える牝の体を軽く押せば、フリンダはあっさりと床に倒れ込んだ。

「ぶ、無礼者!!」

「だからうるせぇよ」

バシン！　バシン！

「ひゃあああああ♡♡♡」

地面で無様に身をくねらせるフリンダ。まだまだ反抗的なお貴族様に鞭のおかわりだ。

「どうだ？　気持ちいいか？　気持ちいいだろ？　どうなんだ？　おい！」

「んぁっ♡　ああっ♡　や、やめなひゃい！　やめ……ヒョォおおおおお♡♡」

「またイッたのか、この変態貴族が。だがまぁ、それだけイッたなら準備は万全だろ」

俺は黒いボンデージに身を包んだ女王様気取りに跨った。

「なっ!?　だ、誰の上に、どいて!!　ど、どきなさい!!　いや、いやぁああ!!　やめなさい!!　やめて!!」

「俺がさっきそう言った時、なんて応えたか覚えているか？　泣き言を聞いて欲しいなら、いらない恨みは買うべきじゃなかったな」

師匠に負けない巨乳を乱暴に鷲掴む。

「いいね。性格は最悪だが、この胸は極上だな」

「いやぁああああ!!　さ、触らないで！　誰かっ!?　あっ♡　だ、誰かいないの？　今すぐ、んっ♡　こ、この下民を切り捨てなさい。誰かぁあああ!!」

「ここが防音なのは知ってるだろ。だがまぁ、耳障りなので……ほら、これでも咥えてろ」

「何を――――んぐっ!?」

俺は先ほど引きちぎったフリンダのボンデージの胸の部分、その布切れを女の口にねじ込んだ。

よし、これでうるさい口は封じた。

続いてボンテージのハイレグ部分を横にずらして濡れ濡れオマ×コを露出させると、俺は手早く屹立した肉棒をお貴族様の穴へとあてがった。銀の茂みに守られた牝穴を精子塗れの亀頭が撫でれば、女王様のエロい身体がビクリと震えた。互いの力関係を理解したのか、貴族特有の傲然な瞳がただの村娘のごとく不安に揺れる。そしてついに――

俺のチ×ポがフリンダのオマ×コを貫いた。

「むぐぅう!!　むぐぅううう!!」

布切れを咥えたまま、女の首が左右に激しく揺れる。

「おお！　気持ちぇ～。はは。どうですかね、フリンダ様。散々見下していた下民のチ×ポは？」

「むぐっ、むぐぅう!!」

女が凄い目で睨んでくるが、俺のチ×ポは構わずお貴族様のヒダヒダとした中を掻き分けていく。偉ぶってただけあって中々の良オマ×コだ。ただ気になるのは――

「意外と狭いな。ひょっとしてマジで処女なのか？」

口ではなんと言おうがこんな変態女、絶対ヤリマンだと思っていた。だから挿入前は処女を前提に言葉で嬲(なぶ)って、挿入後は何が処女だこのヤリマンが！　と責めるつもりだったのに、フリンダの中は予想に反した窮屈さで、こちらのチ×ポを初々しく締め付けてくる。

「はっ、笑える。高貴なお貴族様が処女を捧げたのはゴミ溜め育ちの下民でしたってか。なぁ、最初に咥え込んだチ×ポが下民チ×ポってのはどんな気分だ？　教えてくれよ」

俺の向ける嘲笑に対して、フリンダはぺっ、と口を塞いでいた布切れを吐き出した。

「よくも！　ふー。ふー。よくも……んっ!?　あっ♡　か、覚悟することね。必ず――」

パァン、パァン。パァン、パァン。

「んぁあああああ♡♡　や、やだぁ!!　う、うごかひゃいでぇえええ♡♡」

「え？　なんだって？　よく聞こえなかったから、もう一回言ってもらえないか？」

パァン、パァン。パァン、パァン。

「んひぃいい♡♡　あっ♡　あぁぁ♡　ど、どひぃでぇ、こ、こんな……ひぃいいい♡♡」

お貴族様は初めてのセックス……というか陵辱に、何故こうまで感じているのか理解できないって顔だ。高慢ちきな女の蕩けきった顔を見ていると、このまま中出ししたくなるが……それだと呪いの効果を解除してしまうんだよな。

精液を掛けるだけで簡単に女を発情させられる便利な呪いだが、こういう時は少しだけ使い勝手が悪い。俺は中出しできない不満を、ピストン運動に乗せて女にぶつけた。

パンパンパン！　パンパンパン！

「うひぃいいい♡♡　は、はひゃい！　や、やめぇでぇ！　も、もう、やめひぇええええ!!」

女の懇願に雄の征服欲が満たされる。ゾクゾクとした妖しい刺激が背筋を這い回り、俺は慌てて肉棒を引き抜いた。途端、ドピュ！　と飛び出す精液。それをフリンダのエロボディにぶっかけてやった。

「ひゃっ!?　な、なひぃ？　あ、いやぁ～！　やめ……ハァハァ……や、やめなひゃい！」

降り注ぐ精液から顔を逸らし、両腕を前に出して少しでも射精から身を躱そうとするフリンダ。

だがその程度では魔王の呪いは防げない。お貴族様の美貌が怒りに歪んだのは一瞬のことで、次の瞬間にはもう快楽に蕩けていた。

「ひゃっ!? ふぁっ♡ あっ!? ああっ♡ こ、これひゃ、ま、まさか……ハァハァ……あ、あなたの精液に、んっ♡ し、しかけが？」

「はぁ？ 一体何を仰っているのか、自分のような下賎の者にはさっぱりですね」

白濁に穢れたお貴族様の肌を鞭で打つ。

「ひゃん!? い、いひゃ！ や、やめ――」

バシン！ バシン！ バシン！ バシン！

「ふひゃあああああああ♡♡♡」

フリンダのエロボディが殊更大きく震え、その股から愛液が吹き出す。だが今度はここで止めない。もっともっと追い込んでやる。そのために絶頂に達し、牝顔を晒す女を俺は鞭で打ち続けた。

「ひゃあああ!? いひゃ！ や、やひぇでぇえええええ!!」

パシン！ パシン！

「ひやぁあああああああ♡♡♡」

フリンダの胸部のメロンがこれでもかと揺れてその背が大きく弓形に反れる。限界に達した女の股ぐらからついに愛液ではなく小水が勢いよく吹き出した。

「う、うひぃいい♡♡ ハァハァ……う、うひょ、わ、わたひ、あっ♡ こ、この、わ、わたひが

「……」

「漏らしちゃったな、小便を。下民の前で。なんだ？　そんなに気持ちよかったのか？」

地べたに倒れ込んでアヘアヘしてる女のアンモニア臭い股ぐらを、俺は踵で踏んづけてグリグリと刺激してやった。

「ふゃあああ♡♡　ど、どうひで、どうひで、こ、こんな……ひぃいいい♡♡」

中出しをしなかったので呪いは消えていない。だから女は愛液と小水を撒き散らした直後であるにも関わらず和らぐことのない快楽に身悶え、そして恐怖する。

「苦しいだろう？　その快楽は俺が消さない限り決して消えることはない。その苦しみから解放される方法はただ一つだ。俺に従え」

「フー。フー。んぁっ♡　あっ♡　ふ、ふひゃけないで！　だ、誰が、あっ♡げ、けひん、ふ、風情に屈するものですか」

この手の高慢ちきなお貴族様は一回プライドをへし折ってやれば後は簡単な場合が多いのだが、中々どうしていい根性をしている。流石はブランさんの姉といったところか。

「こ、こんな馬鹿げひゃ、あっ!?　こ、行為が、んっ♡　いつまでも、あっ♡　で、できると思わないことね。すぐに……ハァハァ……だ、誰か来るわよ……」

さて、どうするか。この女の言う通り、調教に時間はかけられない。しかし三日ならまだしも、あと数時間でこの女を屈服させられるかと問われれば、悔しいがその可能性は低いように思われる。

でも今更後には引けないしな～。いや、引き際を間違える方がヤバイか？

調教は諦めて師匠と合流。俺の脳が一番無難な選択肢を選ぼうとした、まさにその時だ――

（妾、ふっかぁああああつっ!!　ふー。危うく消滅するところであったが、何とかソウルマテリアルの再構築に成功したの。転生の秘術。ミクロコスモとはいえ、世界法則すら操るとは流石は妾。ん？　くっくっく。目が覚めて早々濡れ場に遭遇するとは、どこまでもついておる。どれ、新しい体の試運転といくかの）

万能感。あまりにも唐突に訪れたそれによって世界の見方が一変する。俺は床に転がって淫らに喘ぐ女を一瞥した。途端――

「うひぃいいい♡♡♡　なっ!?　なひぃ!?　ご、ごへぇえええええ♡♡♡」

フリンダの喘ぎ方が変化した。今までの快楽に身悶えているだけの姿とは明らかに異なる、それは限界を分かりやすく訴える完堕ち手前の哀れな牝の姿。

「誰か来るのを期待するのは勝手だが、お前ごとき、俺がその気になれば一瞬で堕とせるんだよ」

自分でもよく分からない肉体の変化だが、この状況でこれを利用しない手はない。俺は湧き起こる万能感のままに、女を見下ろす瞳に力を込める。そして念じるのだ。乱れろ、と。

「うひょおお!?　やぁああ!!　な、なひごれぇ!?　お、おねひゃい、ひゃ、ひゃめ、ひゃめでぇええええ♡♡」

愛液を吹き出しながら白目を剥くフリンダ。絶頂に意識を攫われた女ではあったが、魔王の呪いが逃避を許さない。

「はっ!?」

「起きたか。寝てる暇はないぞ、気持ちいいのはまだまだこれからだからな」

「うひぃいいい！？　だ、だひぇ♡　こ、これひじょう、んっ♡　だ、だめひゃのぉ」

「何がダメなんだ？　俺にどうして欲しい？　言ってみろ」

愛液と小水でグショグショになっている女の股間を再び踏んづける。

「うひょおおおお♡♡　うっ、うっ、ヒック、ヒック、ゆ、ゆるじでぇくだひゃい、も、もう、むひ！　むひなんでひゅううう!!」

「もう一度言う、俺のモノになれ。そうすればその快楽から解放……いや、それ以上のモノを与えてやろう」

ここで頷けば、もはや俺の支配からは逃れられない。そう悟った女の顔が目に見えて青ざめる。

「ひぃ♡　ひぃ♡　あ、あひゃだは、んひぉ♡　な、なひ？　なんなひょの？　な、なんひゃのぉおおおお!!」

フリンダの股ぐら、そこから放たれるアンモニア臭が一層酷くなった。

「俺がなんなのかって？　そんなの決まっているだろ。俺は……」

（そうだ。決まっておろう。妾は……）

「荷物持ちだ」

（魔王だ）

全身にみなぎるかつてない万能感。堕とせる。今の俺ならどんな牝もいとも容易く。

女もそれを察したのか、快楽と絶望に歪んでいたお貴族様の顔はやがて――

「うひっ♡　あっ、あっ、ああっ♡　ニ、ニオひゃまぁ～♡　ニオひゃまあああぁ♡♡♡」

極上の快楽を貪る、浅ましい牝のモノへと変わった。

〈了〉

あとがき

着脱という過程があるからこそ輝く裸体。ここまでお読みいただき有難うございました。ドロテアのカラー絵が最高だったと信じる名無しの夜です。十代の頃ならまた違った意見だったかもしれない。十代ならきっとそこはエロで良かっただろうと思ったかもしれない。立ち絵ならせめて裸にしろと思ったかもしれない。十代の性はパッションだからだ。今はちょっと違う。どう違うのか。後書で語るのは難しい。字数がないからだ。そう、つまりは原因と結果だ。服を着ているから裸が輝く。もしもヒロインが服を着ていなかったら？　興奮はきっと登場時の一時だけで終わるだろう。今回の書籍化に当たって多くの意見を聞いていただけた。その中の一つがドロテアの首から胸にかけて伸びている紐だ。最初はなかった。上がった絵を見て思った。この紐がなければもっと胸が見えたのに。俺は間違っていたのか？　いや違う。これだ。これこそが衣服の力なのだ。紐がオッパイを隠すからその下を妄想するのだ。あれが欲しい、あれを見たい、妄想はパワーだ。つまりは何が言いたいのか。決まっている。ここまでお読みいただき有難うございました。これしかないだろう。

二〇二三年九月　名無しの夜

●本作は小説投稿サイト「ノクターンノベルズ」（https://noc.syosetu.com）にて掲載された『魔王の呪いで淫乱化した勇者パーティを、荷物持ちの俺が堕とす話』を修正・加筆したものです。

Variant Novels
魔王の呪いで淫乱化した勇者パーティを、
荷物持ちの俺が堕とす話

2023年11月6日初版第一刷発行

著者……………………………… 名無しの夜
イラスト…………………………… 平沢 Zen
装丁……………………5gas Design Studio

発行人……………………………………後藤明信
発行所………………………………株式会社竹書房
〒102-0075　東京都千代田区三番町8－1
三番町東急ビル6F
email:info@takeshobo.co.jp
竹書房ホームページ　http://www.takeshobo.co.jp
印刷所………………………………共同印刷株式会社

天使をイカせてアイテムゲット!!
絶頂ガチャでダンジョン攻略!
コミック版
Webコミックガンマぷらすにて
好評連載中!
作画/桐野いつき
原作/ほーち　キャラクター原案/一ノ瀬ランド